KB098777

양심이 잠든 순간들 2

일러두기

본문에 등장하는 인물은 모두 가명이고 일부는 가상의 인물입니다. 혹여 등장 인물이 실존 인물과 겹치는 경우에도 전혀 무관함을 밝히는 바입니다.

양심이 잠든 순간들 2

문장수 장편소설

모아북스
MOABOOKS

작가의 말

오래된 일이다.

내 인생을 글로 쓰고 싶다는 생각을 처음 하게 때가 30년도 넘었으니, 오래된 일이다.

나는 태생부터가 평범하지가 못했다. 성장 과정도 평범하지 못했고, 다 커서 지금껏 살아온 인생도 평범했던 세월이 거의 없었다. 보람찬 삶이 되지 못하고 바람찬 삶으로 점철되었다. 풍찬노숙. 그 옛날 독립운동가들의 삶만 그런 게 아니라 건달들의 삶도 잠깐은 화려해 보일지 모르지만 속을 들여다보면 풍찬노숙을 면치 못하는 삶이다.

내 인생을 글로 쓴다면 소설로 쓰고 싶었다. 수필로 무슨 명심보감을 쓰기에는 반면교사로나 삼으면 몰라도 딱히 내놓을 것도 배울 것도 없는 인생이다. 재미도 없는 가짜 명심보감을 누가 보겠는가. 또 본들 무슨 소용이겠는가.

그래서 재미라도 있을까 싶어 소설로 쓰기로 한 것이다. 마지막 징역살이를 한 춘천교도소에서 처음 쓰기 시작하여 다람쥐가

도토리를 모으듯 틈틈이 써 모아온 글이 쓸데없이 길어져 장편을 이루었다.

내가 손으로 눌러 쓴 원고는 투박하다. 삶이 거칠고 욕되다 보니 글도 거칠고 욕설투성이다. 유일한 미덕이라곤 감추지도 부풀리지도 꾸미지도 않고 솔직하다는 것이다. 그 솔직함으로부터 조금이나마 이 글을 읽는 이유와 가치가 우러나왔으면 싶다.

나는 마흔 살이 넘어서야 평범한 삶으로 돌아가고자 결심했지만, 그게 말처럼 뜻처럼 쉽지가 않았다. 수십 년 살아온 삶의 관성이 어찌 하루아침에 바뀌겠는가. 별이 세 개나 달린 전과자 건달 두목이라는 굴레가 어찌 하루아침에 벗겨지겠는가.

내가 바라고 꿈꾸는 삶으로 한 걸음씩 가까이 가는 데는 가족의 사랑도 있었지만, 신앙의 힘이 컸다. 교도소에서 처음 예수님을 알게 된 나는 사회에 복귀한 이후로는 꾸준히 신앙생활을 해왔다. 나아가 안수집사 직분까지 받게 된 나는 간증을 통해 예수님의 은총을 증명하는 한편 평범한 삶으로 한 걸음씩 더 걸어 들어갔다.

내 소설의 주인공들이 되어준 아우들도 이제는 다행히 대부분 평범한 삶으로 돌아가 나름 터전을 잡아 행복하게 살고들 있다. 그래서 정기 모임으로 인정을 나누면서 지난날을 추억으로 얘기

할 수 있게 되었다. 가족의 힘이고, 하나님의 은총이다.

나를 예수님께 인도한 목장교회 송영수 목사님에게 감사한다. 내 삶을 지켜온 가족, 생사고락을 나누었던 벗들에게 감사한다. 모아북스 이용길 대표, 김이수 작가, 김선아 작가에게 감사한다. 누구보다 이 글을 읽고 있는 독자에게 감사한다.

새봄을 기다리며, 청정 문장수

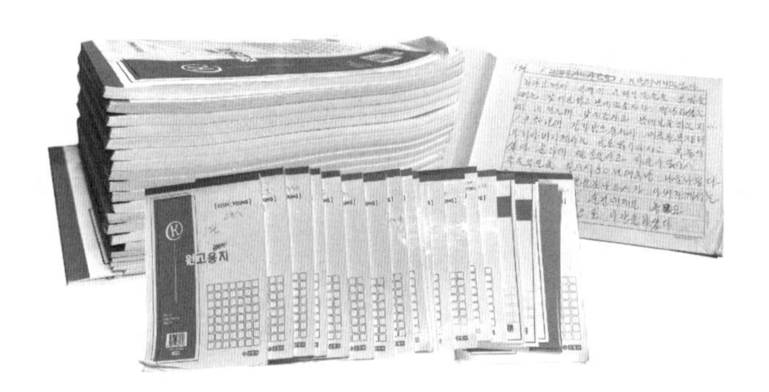

차례

13 법보다 가까운 주먹, 집보다 가까운 감옥

14 서울을 떠나 고양으로 간 까닭은

15 회개하는 삶, 인생은 이제부터

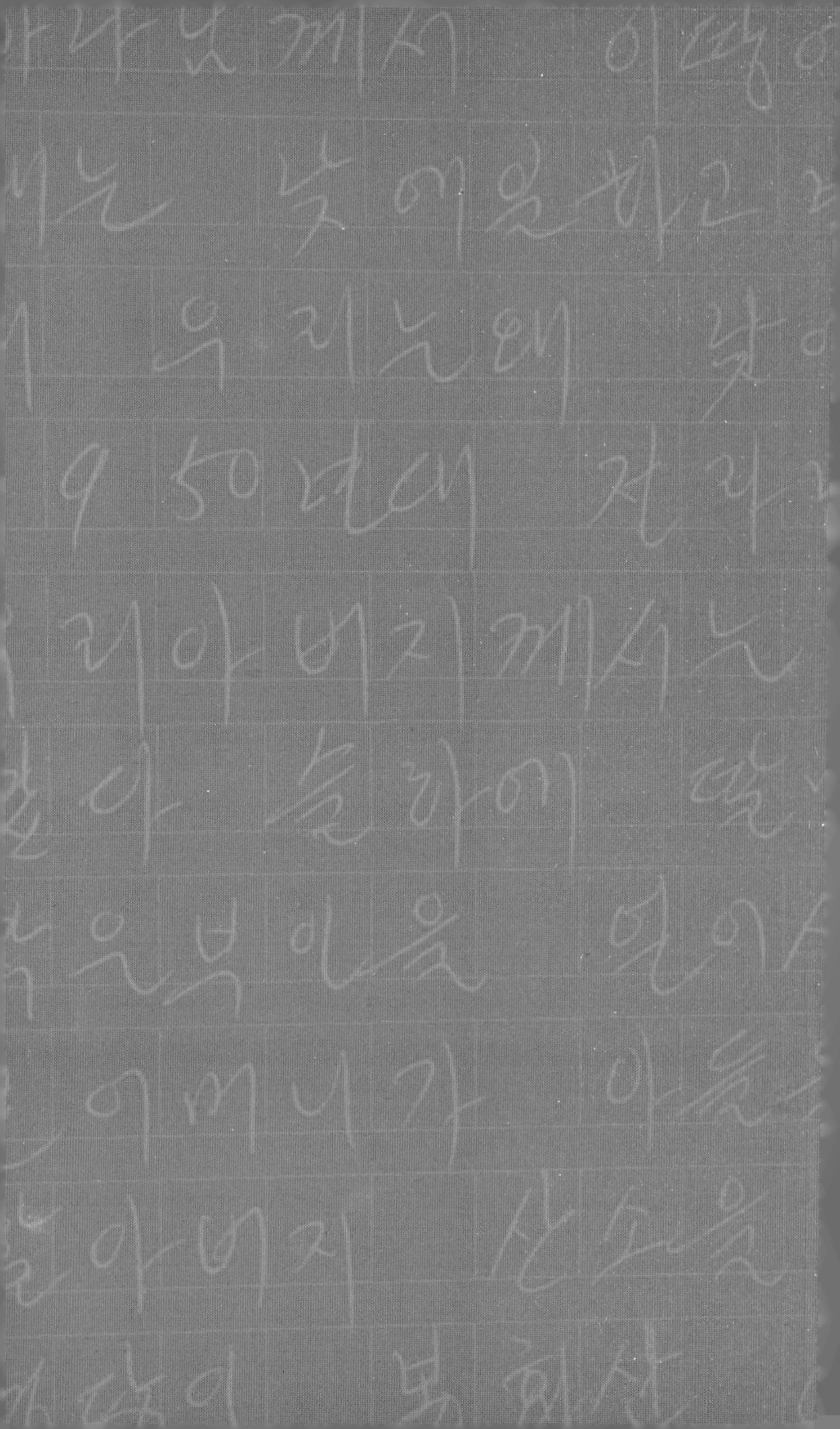

08

보스의 자격

나는 고향 친구를 위해 베푼 선의가 내 얼굴에 먹칠로 돌아올지는 꿈에도 몰랐다. 일이 술술 잘 풀리는 득의의 시절에는 마음이 너그러워져 주위를 넓게 아우르는 장점도 있지만, 자칫 해이해져 기본적으로 반드시 확인하고 넘어가야 할 것들을 빼먹는 어리석음을 저지르기 쉬웠다.

내 사랑하는 아우들

1970년대 후반에 이미 수출 백억 달러를 돌파한 우리나라 경제는 1980년대 들어 날개를 달고 더욱 비상했다. 전국의 수출공단은 수출 물량을 대느라 밤낮없이 바쁘게 돌아가고, 그 뒷골목에 번창하는 유흥업소들로 밤거리는 불야성을 이루었다. 우리 업소 또한 손님들로 매일 북새통을 이루었다.

손님이 많으면 많은 대로 걱정이 생긴다. 폭력이나 쌈박질은 일상이다시피 일어나고, 절도나 성추행도 잦다. 그런 걸 전부 우리 영업부에서 관리해야 한다. 그런데 갑자기 춘풍이 아우한테 징집 영장이 떨어졌다.

"형님, 군대 갔다 와야겠습니다."

"대한민국 사나이라면 군대는 갔다 와야지. 나도 공수부대 지원해놓고 80년도 사건 때문에 법무부 대학으로 가부렀잖냐, 하하하. 지금은 제1보충역 예비군 훈련을 받는다. 동생이라도 몸성히 잘 갔다 와라. 동생 후임 영업부장은 순천에서 올라와서 지금 얼음 장사 하는 민석이를 써야겠다."

"그러세요, 형님. 그 친구도 나이로 보면 나보다 선배인데, 형님이 인사를 저하고 친구로 시켜서 친구로 지내고 있잖습니까."

"그러게. 민석이도 내심 업소에서 일하고 싶었을 텐데 신입이라고 얼음 장사로 한데 내놓으니까 나한테 서운했을 거여. 입대하기 전에 식구들 모아서 밥 한번 먹자."

"예, 형님. 알겠습니다."

얼마 후, 춘풍이 아우 입대를 앞두고 식구들이 점심시간에 한자리에 모였다.

"다들 반갑다. 요즘 동네가 조용하니까 서로 얼굴들 보기가 힘들구나. 오늘 우리 식구들이 모인 것은 다름이 아니라 나와 함께 일하고 있는 여기 춘풍이 아우가 나라의 부름을 받고 입대하게 되어서 가기 전에 얼굴들이나 보고 밥 한 끼 같이 먹자고 모인 것이다. 오늘 보니까 못 보던 아우들도 몇 명 보이고."

"예, 형님. 제가 관리하는 아우들이 몇 명 우리 식구로 들어왔습니다."

용관이 아우가 일어나서 얘기했다.

"아그들아, 일어나서 인사들 드려라."

"예, 형님. 저는 강진이 고향인 경선이라고 합니다."

"저는 해남이 고향인 일명 양깡, 연흠이라고 합니다."

"저는 논산이 고향인 해룡이라고 합니다."

"그래, 반갑다. 다들 야물게 생겼구나. 용관이 아우가 이 아우들 잘 챙기고 관리해라."

"예, 형님."

"자, 우리 춘풍이 아우가 일어나서 한마디 하고, 건배 제의 한 번 해라."

"예, 형님. 알겠습니다. 여기 모인 형님들, 친구들, 아우들. 제가 군대 다녀올 때까지 건강하시고, 사고 안 나고, 돈 많이 버시고, 잘 지내길 바랍니다. 자, 건배사는 제가 '우리는 성공한다!' 하면 '성공한다! 성공한다!' 로 해주십시오. 자, '우리는 성공한다!'"

"성공한다! 성공한다!"

"예, 감사합니다."

"자, 많이들 먹고. 가게 일 때문에 일찍 시작했으니까 각자 업소 일에 충실하길 바란다."

"예, 형님."

"민석아, 고생 많지? 다음 주 초에 춘풍이 입대하니까 니가 우리 가게 와서 형이랑 같이 일하자."

"형님, 듣던 중 반가운 말씀입니다. 건달이 얼음 장사나 하고 있으려니까 쪽팔렸습니다."

"야 이 사람아, 원래 객지 생활하다 보면 이런 일, 저런 일 다 해봐야 다음에 성공하는 거여. 고생 끝에 낙이 온다는 말도 못 들어봤냐?"

"그래도 그렇지요. 저가 중학교 삼 학년 때부터 시내 생활을 했잖습니까."

"우리 고향은 인구가 십 만도 안 되지만, 여기 우리 구역은 서울 인구 천만 중에 이백만이 모인 곳이야. 이런 곳에서 이기고 생활한다는 것이 장난이 아니다. 그러니 정신 똑바로 차리고 생활해라. 엄한 사고 치지 말고 신중하게 처신하고…. 여기는 고향이 아니라 냉정한 객지란 말이다. 대영타운 나이트클럽 영업부장 김민석! 축하한다, 아우야."

"예, 형님. 열심히 하겠습니다."

"하하하, 춘풍아. 건강하게 잘 갔다 와라. 휴가 때 보자."

"예, 형님. 너무 걱정하지 마십시오."

"형님, 잘 갔다 오십시오."

"그래 아우들아. 나 군대 갔다 올 동안 형님 잘 모시고 야물딱지게 생활들 해라."

"예, 형님. 건강하게 잘 다녀오십시오."

"그래, 알았다."

"춘풍아, 이 주소 가져가서 시간 날 때 편지해라."

"예. 다녀오겠습니다. 충성!"

"하하, 군대 가기 전에 군기가 바짝 들었구나."

춘풍이 입대한 지도 여러 날이 지났다. 다들 자리를 잡아 열심히들 하니 우리 장호파도 이 지역에서 꽤 인정을 받아 영향력이 점점 커지고 누구도 함부로 얕보지 못하게 되었다.

고향에서 올라와 얼음 장사만 하다가 처음으로 업소 일을 맡아 하는 민석이를 불러 물었다.

"민석아, 업소 생활은 할 만하냐?"

"예, 형님. 얼음 장사 하는 거보다 심심하지 않고 재미있습니다. 우선 가게에 사람이 바글바글하니까 기분 좋고, 싸움이나 사고 날까 봐 긴장됩니다."

"손님들끼리 싸움 나면 한 대 맞더라도 웨이터들하고 말리고, 절대 손님들 때리면 안 된다. 그런데 가끔 덜떨어진 새끼들, 일명 반달들이 와서 영업 방해를 한다든지 소란 피우고 지랄하면 끌고 나와 먼지가 나도록 패부러라. 내가 큰형님한테 말씀드려 합의는 봐줄 테니까. 그런 놈들한테 너무 잘해주면 우리를 얕보고 자주 주접을 떤다."

"예, 형님. 그런 놈들은 자근자근 밟아부러야지요."

"그리고 여자 손님들 괴롭히고 변태 짓 하는 놈들도 끌고 나와서 밟아불고."

"예, 형님. 잘 알겠습니다."

그러고 있는데 아우 하나가 헐레벌떡 뛰어와 소리쳤다.

"형님, 큰일 났습니다. 가게에 놀러 온 쓰리꾼 놈이 금철이 형님과 말다툼하다가 작두칼로 금철이 형님 배를 긁어 상처가 크게 나서 병원에 갔습니다."

"뭐? 알았다. 그 새끼 잡아라."

"예, 형님."

이윽고 아우들이 놈을 잡아왔다.

"이 새끼냐?"

"예, 형님."

"이 쥐새끼 같은 놈이 여기가 어디라고 작두질을 해, 이 개새끼야."

"니는 뭐여? 이 쬐끄만 놈의 새끼."

"나 말이여? 내가 이 가게 지배인 장호다. 야, 민석아, 용관아."

"예, 형님."

"이 쥐새끼를 길 건너 건물 지하 파는 데로 끌고 가서 던져부러라, 뒤져불게."

"알겠습니다, 형님. 야, 따라와 이 새끼야."

"이것 안 놔?"

"못 놓는다."

놈을 길 건너로 끌고 가서 건물 지하 파놓은 데다 던져버렸다. 다행히 지하 파놓은 데에 물이 고여 첨벙, 하는 소리가 났다. 고인 물이 없었으면 땅에 떨어져 죽었을지도 모른다.

"악~ 사람 살려! 사람 죽는다!"

"형님, 어떻게 할까요?"

"한 오 분 뒤에 밧줄을 내려 끌어올려라."

"예, 형님."

"야 이 개새끼야! 살고 싶으면 그 밧줄 잡고 올라와라! 꼴 좋다 이 새끼. 비 맞은 쥐새끼 꼴이라니. 야 인마, 니 잘못했다고 우리 형님한테 무릎 꿇고 싹싹 빌래, 아니면 저쪽에 광명시 애기능 쪽에 가서 니가 묻힐 묫자리를 파볼 거냐, 어쩔 거냐. 니가 여기서 결정해라."

"아이고, 잘못했습니다. 제가 그 형님 찾아가서 치료비도 해드리고 무릎 꿇고 싹싹 빌겠습니다."

"야, 용관아. 이 새끼 진실성이 없는 것 같은데, 저기 각목 가져와서 타작을 더 해라."

"예, 형님."

옆에 있는 각목으로 용관이 등판을 몇 대 후려치자 그제야 고개를 숙였다.

"아이고, 잘못했습니다. 한 번만 살려주십시오."

"그러니까 이 새끼야, 작두칼은 쓰리 할 때 발각되면 사람들한테 겁줄 때나 쓰는 건데, 왜 사람 배를 가르고 상처를 내냐? 니도 오늘 사시미칼로 댓방 맞을래?"

"아이고, 잘못했습니다."

"민석아, 막둥이들 두 명 불러서 이 새끼 모텔에 데려가 물 좀 찌끄러라. 그리고 금철이 형님한테 데려가서 무릎 꿇려 싹싹 빌게 한 다음에 보내줘라. 한 번만 더 나타나서 얼굴 보이면 면상을 긁어불고."

"알겠습니다, 형님."

"나는 가게로 가서 영업하고 있을게."

"예, 형님."

그렇게 이런저런 일을 함께 겪으며 바쁘게들 살고 있는데 추석 명절이 돌아왔다. 전에 일정한 우리 구역이 없을 때는 늘 춥고 배고팠지만, 특히 명절 때는 더해서 서럽기까지 했다. 다행히도 이제는 춥고 배고픈 생활은 면해서 명절이면 고향의 가족들한테 사람 노릇도 해가며 재미나게 살게 되었다.

"홍 두목, 추석 명절이라고 공단에 관광차 들어왔는가 본데, 업소 생활 안 하는 아우들 명절 쇠라고 떡값 좀 챙겨줘야 하니까 나랑 아우들 데리고 가서 수금 좀 해오자. 만약 돈을 안 주면 앞에 있는 버스 바퀴 밑으로 다 들어가서 누워있어라. 내가 돈 받았다고 사인하면 일어나서 출발시키고. 마지막 버스 한 대는 상납받아서 용산역으로 가서 손님 태워서 돈은 챙기고 내려보내자."

"예, 형님. 알겠습니다."

나는 홍 두목이랑 아우들을 데리고 공단 관광차 있는 데로 가서는 말이 안 통하자 아우들을 바퀴 밑에 눕혀 버렸다.

"여기, 저 친구들 대장이 누구요?"

"내가 대장이요. 왜 그러시오?"

"저렇게 버스 바퀴 밑에 들어가 사람이 누워버리면 차가 어떻게 출발합니까?"

"아저씨가 버스 업자요?"

"그런데요."

"오늘 공단에 버스 몇 대 가지고 들어왔습니까?"

"백 대 가지고 들어왔는데요."

"아, 그래요. 설 명절 때는 한 대당 삼만 원 받았는데, 대당 이만 원씩 이백만 원하고 버스나 한 대 내주시오. 메뚜기도 한철이라고, 우리도 명절은 쇠야 할 것 아니요."

"알았습니다. 저쪽으로 가시지요. 이백만 원, 여기 있습니다."

"버스 한 대는요?"

"저 차 기사한테 얘기할 테니 한 대 가져가시오. 아니 언제부터 공단에도 이런 조직이 생긴 거요? 용산역이랑 서울역에만 있는 줄 알았는데."

"하하, 사람 많이 사는 데가 다 그렇지요. 서로 돕고 살아야 하는 거 아니요? 홍 두목, 동생들 철수시켜라, 수금됐다."

"예 형님, 알겠습니다."

"사장님, 돈 많이 버십시오. 설 때 봅시다."

"어이, 젊은 친구. 이름이라도 알고 지내면 안 될까?"

"이름은 알아서 뭐 할라고요? 경찰서에 신고하시게?"

"아니, 그게 아니고."

“미안합니다. 아우들하고 생활하다 보니까 여기까지 손을 뻗치게 됐네요. 사장님께서 우리한테 돈 준 것이 아까우면 설 때부터는 우리가 이 사업, 하겠습니다. 내 이름은 조금 더 사장님하고 친해지면 차차 알게 될 거요. 홍 두목, 고생했다. 동생들 이십만 원씩 용돈들 쓰라고 나눠주고, 나머지는 용관이하고 갈라 써라.”

“예, 형님. 형님은요?”

“나야 월급도 타고 얼음 장사에서 수입이 들어오잖냐. 맨날 가불해다 써불고 봉급은 한 번도 못 받아봤지마는. 하하하.”

“예, 형님. 감사합니다.”

사람 함부로 쓸 일 아니다

"어이 자네, 혹시 장호 아니여?"

"그래. 자네는 중앙시장 민구 아닌가? 여기는 어쩐 일이여?"

"집이 이쪽으로 이사 왔네."

"아, 그랬구먼. 반갑네. 지금은 뭐하신가?"

"응, 군대 제대하고 독산동에서 술집 보이 하고 있네."

"아 이 사람아, 건달이 아가씨들 밥풀이나 뜯어 먹는 술집 보이가 뭐여. 나랑 같이 생활하세. 이쪽에 디스코텍 지배인 자리 하나 알아봐 줄게."

"그럼 고맙지."

"일자리는 며칠 기다리고, 시간 나면 오거리 영타운으로 놀러 오소. 맥주 한잔하게."

"응, 알았네."

나는 민구 자리를 마련하기 위해 용관이를 불러 지침을 주었다.

"용관아, 홍 두목하고 시장통에 있는 미스터김 디스코텍에 서울 시내 건달이 영업부에서 일하나 본데, 가서 내보내고 나하고 사장 좀 만나게 해라."

"예, 형님. 알겠습니다."

일을 일사천리로 진행한 용관이 금세 답을 들고 왔다.

"형님, 그쪽 간부들 다 정리했습니다. 그쪽 가게 사장이 형님 좀 만나잡니다."

"알았다, 고생했다."

일이 순조로운 것을 보고 나는 아우들과 함께 좋은 기분으로 미스터김 디스코텍에 들어섰다.

"처음 뵙겠습니다. 가게 인테리어를 잘해놓으셨네요. 장호라고 합니다."

"아, 예. 얘기는 들었습니다만, 이 지역 대장이라고 해서 덩치도 크고 어마어마한 사람인 줄 알았는데 체격이 아담하시네요. 엊그제 왔던 아우님들은 덩치가 다들 크드만요."

"하하하, 원래 대장은 덩치가 클 필요가 없습니다. 실제로 보지는 못했지만, 유럽을 싹 쓸어버린 나폴레옹도 아담했다고 안 합니까? 조선 제일 주먹으로 명성이 만주까지 덮었다는 스라소니 형님도 덩치는 별로 크지 않았다고 하고요. 박정희 전 대통령도 야물지만, 덩치는 쬐깐했지 않습니까?"

"하긴 그렇지요."

"사장님, 우리 지역에서 개업하신 것을 진심으로 축하드립니다. 이 지역 오셨으니까 이쪽 사람을 영업부에 쓰시는 것이 어떤가 해서요?"

"그렇게 합시다. 그 대신 영업을 잘 하고 성실한 사람을 추천해주십시오."

"알겠습니다. 제 친구가 아우 하나 데리고 와서 일하도록 하면 어떨까요?"

"그렇게 하세요."

실제로 와서 보고 얘기해 보니 사장이 성품이 선선하고 일하는 선이 굵었다. 자질구레한 사안은 간섭하지 않고 믿고 맡기는, 대가 굵은 사장이 건달들로서는 능력 발휘도 되고 일하기가 편했다. 이렇게 자리 둘을 마련한 나는 민구를 불러 간곡히 당부했다.

"민구, 자네가 미스터김 지배인으로 아우 한 명 데리고 들어가소. 우리 식구들 체면도 있으니 열심히 좀 해주시게. 그래야 외부 사람들에게도 우리 식구들이 인정받을 것 아닌가."

"그러겠네, 친구. 고맙네."

나는 고향 친구를 위해 베푼 선의가 내 얼굴에 먹칠로 돌아올지는 꿈에도 몰랐다. 일이 술술 잘 풀리는 득의의 시절에는 마음이 너그러워져 주위를 넓게 아우르는 장점도 있지만, 자칫 해이해져 기본적으로 반드시 확인하고 넘어가야 할 것들을 빼먹는 어리석음을 저지르기 쉬웠다.

나는 그 무렵 새로운 사업을 구상하고 있어서 구경 삼아 가까이 있는 스탠드바로 놀러 갈 생각을 했다. 연예인들이 와서 노래를 부른다는 얘기를 듣고 어떤 덴지 궁금했다.

“청호야, 요즘 보니까 주변에 스탠드바가 하나둘 생기더라. 느그 친구들하고 구경도 할 겸 한잔하러 가자. 두 명만 불러라.”

“예, 형님.”

“독산동 대합실 스탠드바로 가자.”

나는 스탠드바는 처음이었다. 코너에 앉아 연예인들이 노래하는 모습을 가까이에서 보고, 노래 부르고 춤추는 손님들도 바라보면서 술을 마셨는데, 속으로는 스탠드바를 상대로 돈 벌 궁리를 하고 있었다.

“형님, 노래 한 곡 하시지요.”

“청호야, 나 노래 실력 뻔히 알면서 그러냐?”

“그래도 형님 십팔 번은 한 곡 있잖아요. 나훈아 노래요.”

“야, 니가 한 곡해라.”

“형님, 제가 노래하면 돼지 잡은 줄 알고 손님들 다 도망갑니다.”

“아 그러면 홍 두목이 한 곡해라. 노래는 홍 두목이 좀 하지.”

“예, 형님. 홍 두목이 소년원 있을 때 악대에 출역을 좀 했습니다.”

“하하 그래. 야, 홍 두목. 노래 한 자락 해봐라.”

“쑥스럽구먼요, 형님. 아가씨, 노래 한 곡 신청해주시오.”

"예, 알았습니다."

"빰빰빰♬ 빰빠라 빰빠♪, 코스모스 피어 있는 정든 고향 역 이쁜이 고뿐이♬ 모두 나와 반겨주겠지~ 달려라 고향 열차, 설레는 가슴 안고…."

"잘 한다~ 파이팅! 이야, 홍 두목이 노래를 좀 하긴 한다. 하하하. 자, 한잔하자."

다음 날, 나는 아우들을 불러 스탠드바에 놀러 가서 구상한 수익 사업을 구체적으로 실행할 방도를 의논했다.

"어제 말이야, 스탠드바에서 한잔하고 왔는데, 앞으로 스탠드바에 안주랑 얼음이랑 연예인 공급을 하면 솔찬히 재미를 보겠드라. 느그들이 연구 좀 해봐라. 우리 식구도 일할 수 있게끔 한두 명씩 집어넣고."

"예, 형님. 알겠습니다."

"사무실을 1층에 조그마한 것 하나 구하고, 경리 아가씨 겸 마른안주 포장할 아가씨 한 명 구하고, 우리 친구 종원이가 성실하고 부지런하니까 아우 하나 묶어서 안주 장사 책임지고 해라 할란다. 봉고차 소형으로 하나 사고, 나도 이번 기회에 승용차 하나 사서 탈란다. 미국 차 제미니라고 있는데 백팔십만 원 달라고 하드라. 돈은 건상이 형님한테 빌리고 벌어서 갚는다고 할란다. 마른안주 담을 나무그릇하고 랩으로 포장하는 기계 좀 알아봐라.

오징어하고 마른안주는 경동시장에서 도매로 사면 싸게 살 수 있단다. 용관이가 시간 좀 내서 알아봐라."

"예, 형님. 알겠습니다."

그렇게 준비해서 안주 배달 사무실을 하나 오픈했다. 나는 뭐든 한번 구상이 서면 뚝딱 해치워야 직성이 풀리는 성미라서 누가 일을 두고 미적거리는 것을 제일 싫어한다. 그래서 차도 봉고든 승용차든 말 나온 김에 바로 뽑아버렸다.

"형님, 차 멋집니다."

"응. 이 차가 국산 차 아니고 미제다, 미제."

"제목이 뭐다요?"

"제미니라고, 뽀다구 괜찮지?"

"근데 형님, 운전면허 있어요?"

"면허? 아직 없지."

"네? 아이고, 형님! 운전은 할 줄 아시고?"

"암, 운전은 할 줄 알지."

"어디서 배웠어요?"

"뭐 따로 배울 거 있냐? 기호 형님한테 공단 운동장 세 바퀴 연수받고, 고대 병원에서 로터리 모양으로 난 도로 다섯 바퀴 돌고 나서 시내로 몰고 나왔다. 민석아, 니가 옆에 타 봐라. 운전 가르쳐 줄게."

"아이고 형님, 저는 겁나서 안 타고 싶은데요."

"어허이, 자칭 건달이 차 타는 걸 무서워하면 되겠냐? 지나가는 강아지가 웃겠다. 저 봉고차는 운전면허증 있는 사람이 몰고 다녀야 한다. 다행히 종원이 친구가 면허증 있다니까 몰고 다니면 되겠다. 야, 남들이 보드라도 우리가 비록 공단을 낀 변두리파지만 대장은 차가 있어야 해. 그냐? 안 그냐? 금철이 형님은 로얄 살롱이라도 한 대 있으니까 다행이잖냐. 그리고 우리 식구들도 부두목급과 행동대장급은 올해나 내년 안으로 전부 포니 내지는 스텔라 중고차라도 타고 다니게끔 내가 아우들 모아놓고 얘기할란다."

"예, 형님. 좋은 생각입니다."

그날 저녁, 용관이가 심각한 표정으로 나를 찾아왔다.

"형님, 큰일 났습니다."

"무슨 사고 났냐?"

"그게 아니고요. 미스터김 사장한테서 전화가 왔는데, 영업시간에 민구 형님이 DJ 아가씨를 데리고 놀러 나가버렸답니다. 지배인이 영업시간에 그럴 수 있냐고, 영업을 활성화해야 할 관리자가 거꾸로 영업을 방해해서야 같이 일하겠냐고 노발대발 난리입니다. 다행히 마침 다른 DJ가 있어서 영업은 하고 있긴 한데, 문제가 심각한 것 같습니다."

"그러게 말이다. 우리 식구들 전체 얼굴에 먹칠, 아니 똥칠을 하는구나. 아무리 DJ가 맘에 들어도 그렇지? 영업이나 끝나고 놀던지…. 하여튼 내가 내일 그쪽 사장님 찾아뵙고 사죄드려야 할 것 같다."

"그러게요. 형님. 저가 봐도 잘못된 것 같습니다."

다음날, 초저녁에 나는 미스터김 디스코텍 사장을 만나러 갔다.

"이봐, 사장님 어디 계신가?"

"왜 그러시죠?"

"볼일이 좀 있어서."

"저희 사장님 아직 안 나오셨는데요."

"아, 그래? 나오시면 오거리 영타운 지배인이 찾아왔더라고 말씀 전하시게."

"예, 알겠습니다."

그렇게 알아듣게 일러두고 가게로 돌아왔다. 영업시간이 되어 가게 일을 보면서 이제나저제나 연락이 오길 기다리고 있는데, 누가 불손한 말투로 나를 찾았다. 가만 보니 어디 홍콩에서 온 놈처럼 머리는 장발에다 밤에 무슨 놈의 선글라스를 끼었는데 안 보이게 연장을 찬 게 틀림없었다. 직감적으로 나를 담그러 온 칼잡이라는 것을 알았다. 홍콩 칼잡이라, 하하.

"어이, 여기 지배인이 누구여?"

"아, 예. 왜 그러십니까?"

"장호라는 지배인한테 손님이 찾는다고 좀 전해라."

"아, 예. 잠깐 자리에 앉으시지요."

"뭐, 앉을 것 없어. 바지 구겨지니까. 나는 지배인 얼굴 좀 보고 가면 되니까 빨리 좀 오라고 해."

"예, 알겠습니다."

누군가의 사주를 받고 찾아온 놈은 품속에 숨겨온 연장으로 나를 작업하고 튀려고 앉지 않겠다는 것이다. 그렇다면 내가 놈의 허를 찔러야 했다. 나는 살짝 뒷문으로 빠져나와 아우들 다섯을 당장 가게 뒷문으로 오라고 불렀다. 아우들을 만나 가게 정문 쪽으로 돌아가니까, 아니나 다를까 승용차 한 대가 대기하고 있었다. 나를 연장질하자마자 저 차를 타고 튀려고 하는구나. 하하하!

"형님, 뭔 일 있습니까?"

"응 그래. 나는 대포 형님네 룸살롱에 가서 룸에 있을 테니까, 우리 가게 안에 들어가면 검은 양복에 선글라스를 끼고 나를 찾아온 놈이 있다. 놈을 불러내서 가슴에 숨긴 연장을 뺏고 나한테 데리고 와라."

"예, 형님. 알겠습니다."

아우들이 바람처럼 놈에게 달려갔다.

전화위복 그리고 새로운 사업

"아, 형씨께서 우리 형님을 찾았습니까?"

"야 이 새끼들아, 느그들은 뭐여?"

"말 좀 조심하시오. 우리 장호 형님이 형씨를 모셔오랍니다."

"어디로? 이 새끼들아!"

"아, 이 옆에 룸살롱이 있습니다. 그리고 그 품속에 차고 있는 연장은 우리가 보관해놨다가 가실 때 돌려 드리겠습니다. 우리도 다 연장을 차고 있는데, 먼저 연장을 주시면 우리도 연장을 다 이 가게에 보관하겠습니다."

"좋아. 그렇게 하지."

"자, 가시지요."

"잠깐! 우리 일행이 세 명 더 있는데, 같이 가도 되겠는가?"

"예, 그러시죠. 어디 있는디요?"

"저 앞에 검정 마크5 차에 타고 있는데 자네가 좀 모시고 오소."

"예, 그러지요."

좀 있으니 아우들이 칼잡이 일행 넷을 데리고 내가 기다리고 있는 룸으로 들어섰다. 칼잡이는 나를 보더니 뜨악한 표정으로 물었다.

"아니, 이 친구는 아까 가게서 만나 영타운 지배인 찾아오라고 내가 심부름시킨 친구 아니여?"

"그렇소. 일단 자리에 앉아서 얘기합시다."

그런데 뜨악한 건 칼잡이만이 아니었다. 칼잡이를 뒤따라 들어오는 사람을 본 순간 나도 뜨악했다.

"워매, 환장하겠네. 저 뒤에 있는 사람은 웃장터 영호 형님 아니요?"

"맞네, 맞아. 자네는 장호 아닌가?"

"아이고, 형님. 나요, 나. 장호. 나 어릴 때 아이스께끼 장사할 때 보고 이것이 몇 년 만이다요?"

"그래, 하여튼 반갑다."

"형님, 서울엔 언제 올라왔어요?"

"한 이 년 됐지. 어어 친구들, 인사들 나누소. 우리 고향 바로 밑에 아우네."

"영호 형님, 세 분 다 형님 친구들이요?"

"그래."

"그러나저러나 나는 영호 형님 빼놓고는 말 올리기가 그러니까 이해 좀 해주시오. 그리고 아까부터 나를 담글라고 우리 가게에 연장 차고 들어온 저 친구는 뭐 하는 친구요?"

"뭐 이 친구? 이 좆만 한 새끼가 보자 보자 하니까 영 싸가지가 없네."

"어이~ 홍콩, 당신 말이야. 덩치 믿고 까불고 있는데 지금이라도 한번 붙을까? 누가 더 연장질을 잘하는가 보게."

"그래 이 새끼야. 연장 한 자루씩 갖다가 한번 붙자."

"야야, 혁이야. 그만해라. 공단에 장호라고 하길래 설마 했더니 우리 고향 가까운 후배고, 초등학교도 같이 나왔네."

"영호 형님, 저 친구들도 우리 고향이요?"

"그렇지. 초등학교는 다른 데 나왔지만, 장호 아우 일 년 선배 되네."

"알았습니다. 참고할게요."

"자, 앉아서 술이나 한잔하면서 자초지종을 얘기합시다. 야, 아우들은 옆방에 가서 맥주 한 잔씩 하고 있어라."

"예, 형님. 괜찮겠습니까?"

"아, 그리고 느그들도 인사드려라. 우리 고향 선배님들이다."

"예, 형님. 저희도 고향 선배님들이라 그런지 쪼금 안면이 있네요. 인사드리겠습니다. 청호라고 합니다."

"용관이라고 합니다."

"중앙동 민석이라고 합니다."

"두 친구는 잘 모르겠고, 민석이 자네는 알겠구먼. 중학생 때부터 시내 안 나왔는가?"

"예, 그렇습니다."

"뭐가 좀 얽혔지만, 하여튼 객지에서 만나니까 반갑구마."

"아, 예. 말씀들 나누세요."

"어어, 그래. 자주 보세."

아우들이 나가고 우리는 정식으로 인사를 텄다.

"나는 전라도 장흥에서 올라온 장혁이라고 하요."

"아, 예. 반갑습니다. 나는 전라도 순천 출신의 장호라고 합니다."

"아 근데, 우리 장호 씨는 전혀 건달 냄새가 안 나고 점잖게 생겨부렀구마 왜 그리 미스터김 가게를 자주 괴롭혀쌌소?"

"아하, 미안합니다. 내가 처음부터 눈치는 챘는데 그쪽에서 나를 작업하라고 오다를 줬구만요?"

"장호 씨가 미스터김 좀 잘 봐주시오."

"알겠습니다. 우리 쪽에서 잘못한 걸 알고 사과하러 갔다가 사장님을 못 뵙고 왔더니 우리 선배님들하고 형씨를 보냈구먼요. 충분히 이해합니다."

"그렇소. 그 양반도 형님이 서울서 극장도 하시고 재력도 있는 양반인데 오죽 열 받았으면 나한테 작업을 시켰겠소. 뭔 말인지 알것소?"

"영호 형님, 중앙시장 민구 알지라?"

"음, 알지. 그 아우."

"그 친구를 지배인으로 앉혀놨더니, DJ 보는 아가씨가 이쁘다고 영업시간에 밖으로 데리고 나가 술을 마시는 실수를 해서…."

"그 아우, 고향에서는 그렇게 감푸지 않고 점잖았는데 그러네이."

"그러게요. 여기서 우연히 만났다가 기본적인 것도 알아보지 않고 덜컥 지배인으로 추천한 것이 망신살이 뻗치고 말았네요. 아무래도 업소 관리 무끼는 아닌 것 같으니 안주 장사나 시켜 볼랍니다."

"잘 생각했네, 아우."

"그 가게 누가 또 올 건가요?"

"응, 우리 목포 선배님이 내려올 것 같아. 아우가 잘 좀 모시소."

"알겠습니다."

"자, 즐겁게 한잔합시다. 지배인, 여기 아가씨들 좀 들어오라고 해. 양주랑 안주 좀 들여보내고."

"예, 알겠습니다."

"어이, 홍콩 친구도 재미있게 마시고 놀다 가고, 앞으로 좀 친하게 지내세."

"아니, 이 친구가 형님한테 반말을 찍찍하고 그래."

"하하, 위아래로 오 년은 객지 벗 아닌가?"

"뭣이 객지여? 이 사람아. 나도 장흥이 고향이고, 자네 성 영호하고 친구면 고향 성이나 마찬가지제."

"그런 것 같긴 한데, 나는 자네하고는 꼭 친구 묵고 싶구먼. 하하."

"아따 이 친구, 싸가지가 없네. 한번 맞아야 되겠구마?"

"다음에 붙기로 하고, 오늘은 술이나 즐겁게 한잔하자고."

"그러세. 이 친구, 쬐깐해도 상당히 야물구마. 하하하."

며칠 후, 청호가 미스터김에 새로운 지배인이 왔다는 소식을 가져왔다. 목포 선배가 지배인으로 온다더니 그 사람인 모양이다. 그래서 청호더러 가서 정중히 모셔오도록 했다. 후배가 오라가라 하면 기분 나쁠 법도 하건만 선선히 우리 가게로 나를 보러 왔다. 그것만 봐도 대가 굵고 심지가 깊은 선배라는 걸 알 수 있었다.

"반갑습니다, 선배님. 사정상 여기까지 오시라 해서 죄송합니다."

"뭔 소리당가? 그러잖아도 한번 찾아와 볼 생각이었네."

"저는 순천이 고향이고, 문장호라고 합니다."

"나는 목포 촌놈 최영석이네. 아우 얘기는 영호한테 많이 들었네. 영호랑 성태 그리고 며칠 전에 여기 왔다 갔다던 혁이랑 같이 생활하고 있네."

"저도 형님 얘기 많이 들었습니다. 영호 형님은 저와 같은 동네로 소싯적부터 겁나게 야물었던 형님인데, 종로로 안 나가고 어찌 형님하고 인연이 됐네요."

"아, 그것이… 계엄령 때 내가 순천으로 도망왔다가 인연이 되어 서울까지 같이 올라오게 됐다네."

"네, 그렇다면 보통 인연이 아닙니다. 제가 한 식구처럼 형님으로 모시겠습니다."

"나도 그렇게 생각할 테니까 좀 도와주시게. 실은 여기 미스터 김은 잠깐만 봐주고 본업으로 돌아갈 거라네. 다시 장호 아우 식구들한테 맡기고."

"뭐 하셨는데요?"

"충무로에서 프로덕션 했지."

"프로덕션요? 그게 뭡니까?"

"연예인들 업소에 소개하고, 지방 공연 기획하고, 축제 때 행사 뛰고…. 그런 일을 주로 하는 데지."

"저도 대충 듣긴 했는데, 그런 일을 하는 데군요. 우리 사무실이 여기 있으니까 여기서 하시지요. 뭐하러 충무로로 다시 나갑니까?"

"그래. 한번 생각해 보자고."

"예, 감사합니다. 우선 영등포는 빼더라도 관악구부터 구로구, 광명시까지만 해도 업소가 꽤 많으니까 프로덕션 할 만할 겁니다.”

“아우 말을 듣고 보니 그렇겠네. 충무로 말고 여기서 한번 해보자고.”

나는 생판 모르는 분야였지만, 영석이 형이 워낙 그쪽에 경험이 많고 도가 터 있어서 프로덕션 개업 준비는 그렇게 오래 걸리지 않았다. 개업을 며칠 앞두고 서남부 서울 일대에 초대장을 돌렸다.

“아우들아, 며칠 있다가 우리 사무실 다 프로덕션을 개업하니까 업소 사장들한테 빠지지 말고 초대장을 쫙 돌려라.”

“네, 형님.”

며칠 후, 영석이 형과 나는 우리 사무실에 ‘영 프로덕션’ 간판을 내걸고 새로운 사업의 출발을 알렸다. 이렇게 사업체가 하나둘씩 점점 늘어나는 것이 재미가 졌다. 업소 생활에, 안주랑 얼음 장사에, 구사대에 이어 이제 프로덕션까지 다양한 일을 하게 되었지만, 큰돈을 벌려면 우리 힘으로 우리 소유의 업소 몇 개쯤은 빨리 차려야 한다. 아직은 자금이 부족하지만 머잖아 이루겠지, 하는 희망이 프로덕션 개업으로 더 실감이 났다.

“바쁜 시간을 쪼개서 여기까지 와주신 사장님들과 관계자 여러분, 진심으로 감사합니다. 앞으로 연예인은 저희 영프로덕션을 통해 업소에서 써주시면 감사하겠습니다. 저희 영프로덕션에서는 사장님들께서 원하시는 어떠한 연예인도 합당한 가격에 맞춰서 공급해드릴 것을 이 자리에서 약속드립니다. 제가 이렇게 큰소리치는 데는 다 빽이 있습니다. 프로덕션 계의 전설, 영프로덕션의 최영석 사장님을 소개합니다."

"안녕하십니까? 방금 과분한 소개를 받은 최영석입니다. 하여튼 사장님들 사업에 도움이 되도록 열심히 잘 하겠습니다. 자, 건배하겠습니다. 이 자리에 참석하신 사장님들의 건강과 가게의 번창 그리고 영프로덕션의 성공을 위하여, 건배!"

"건배!"

"하나님 아버지, 저 좀 살려주세요!"

조직이 커짐에 따라 식구가 늘어나고 비즈니스 관계나 인간관계의 폭이 넓어지면서 챙겨야 할 경조사도 점점 더 많아졌다.

"형님, 고창 남덕이 형님 어머님이 돌아가셨는데요."

"상가는 어디라더냐?"

"구로동 집에서 한다고 하던데요."

"그래, 거긴 가봐야지. 남덕이 형님이 우리한테 신경 많이 써주시는데. 청호는 요즘 여름이라 얼음이 많이 나가니까 시간 내서 얼음 가게 좀 도와주고, 용관이랑 민석이가 초저녁에 나랑 같이 가보자."

"예, 형님. 알겠습니다."

저녁이 되어 아우들을 데리고 구로동 초상집에 들어서자 이미 조문객들로 북적북적했다.

"장호 아우, 바쁜데 이리 와줘서 고맙네."

"아이고, 뭔 말씀이다요? 당연히 와야지요."

"자, 마당에 상 차려놨으니까 밥들 묵어라."

"예, 형님. 느그들은 얼른 밥 묵고 가게 내려가서 일들 봐라. 나는 여기 좀 있다가 아홉 시쯤 내려갈게."

"예, 형님. 식사 맛있게 하십시오."

"그러자. 나는 원래 초상집 밥은 비위가 약해서 안 먹었는데, 여기 밥은 맛있네. 자, 술도 한 잔씩 해라."

"예, 형님."

초상집 마당에 여기저기 노름판이 벌어졌다. 나는 이리저리 다니면서 구경도 하고 노름 편의도 봐주면서 많이 먹은 사람한테 개평을 받았다. 개평 받는 재미에 들려 있는데, 남덕이 형이 나를 불렀다.

"장호야, 얼음 좀 가져와라."

"형님, 지금 개평 재미 보고 있는데 내일 아침에 갖다 드릴게요."

"아, 안 돼! 장지가 고창인데 여름이라 지금 얼음을 넣지 않으면 음식이 상한단 말이야. 집 앞에 오토바이 있으니까 그거 타고 얼른 좀 갔다 와라."

"알겠습니다, 형님."

나는 오토바이를 타고 가리봉 얼음 창고로 갔다.

"청호야, 얼음 대장으로 두 장만 실어라."

"형님, 술 드신 것 같은데 제가 봉고차로 실어다 드릴게요."

"술 많이 안 먹었어. 석 잔밖에. 싸게 얼음 실어라. 지금 초상집 마당에서 노름판이 벌어졌는데 개평 수입이 제법 쏠쏠하단 말이야."

"알았습니다. 그래도 조심하세요."

"그래."

나는 얼음 두 장을 오토바이 뒤에 싣고 상가로 내쳐 달려왔다. 상가에 도착해서 대문에 내걸린 노란 등을 보고 브레이크를 잡아야 하는데, 마음이 급한 나머지 앞에 있는 내리막길 계단을 못 보고 액셀을 잡아당겨 오토바이가 공중에 붕 뜨면서 맞은편 벽을 뚫고 나갔다.

'쾅' 하는 순간, 헬멧도 안 쓴 얼굴이 얼마나 아픈지 누가 정면에서 나의 얼굴을 해머로 내려친 것 같았다. 순간, 정신이 나갔는가 싶더니 돌아가신 어머니가 소복을 입고 나타나서 내 손을 잡아끌었다.

"장호야, 니 엄니 손잡고 좋은 데 가자."

어머니 얼굴을 바라보니 시커먼 귀신 얼굴이었다. 나는 무섬증에 몸을 떨었다.

"엄니, 얼굴이 무서워요. 이 손 놔요."

"아니야, 괜찮아. 내 새끼야, 가자."

"아! 하나님 아버지, 저 좀 살려주세요."

이렇게 소리치자 어머니가 내 손을 놓고 살며시 어디론가 사라졌다. 나는 그때 기절을 한 것이다. 쿵 하는 굉음을 듣고 초상집에서 튀어나온 사람들이 장호가 죽었다, 쌍 초상이 났다며 소리를 지르고 난리가 났다.

"야~ 얼른 구급차 불러서 고대 구로병원으로 옮겨라!"

나는 삐까~삐까~ 사이렌을 울리며 들이닥친 구급차에 실려 병원으로 이송됐다. 고대병원 응급실이 난리가 났다. 나는 그때까지도 깨어나지 못했다.

그 다음 날에야 깨어나서 보니 얼굴은 호박 같이 부어 있었고, 머리에는 양파망 같은 것이 씌워 있었다.

"장호야, 정신이 좀 드냐?"

"예, 형님."

"니 얼굴이 다 깨져부렀단다. 얼굴 붓기가 다 빠져야 수술할 수 있대."

"그래요, 형님?"

"그래도 안 죽니라고 다행이다."

"그러게요, 형님. 초상집 앞에 내려가는 계단이 있는 줄도 모르고…."

"야, 그래도 니가 뚫고 나간 벽이 블록 담이었으니까 망정이지 콘크리트 벽이었으면 목이 부러져서 즉사했을 것이래."

"그러게 말입니다."

"하여튼 살았으니까 천만다행이다. 며칠 있다가 부기가 빠지면 수술한다니까, 푹 좀 쉬어라."

"예, 형님. 감사합니다."

얼굴에서 부기가 빠지는 데만 열흘이나 걸렸다. 얼굴을 째고 부서진 광대뼈를 들어 올려 본드로 때우고 다시 꿰매는 수술이 다섯 시간 만에 끝났다. 나는 2인용 병실로 돌아와 맞은편 침대에 누워 있는 환자를 쳐다보는데 어디서 많이 본 듯 낯이 익었다. 고개를 갸웃거리는데 이윽고 생각이 났다. 프로야구단 OB 베어스의 잘나가는 투수였다. 텔레비전에서 자주 봐놔서 낯이 익은 것이다. 내가 아는 체를 하자 반갑게 인사를 받았다.

"반갑습니다. 아이고, 얼굴을 많이 다치셨네요."

"아, 예. 오토바이 사고가 나서 얼굴 뼈가 깨졌다고 하네요. 우리 야구선수님은?"

"아, 디스크 수술을 했습니다."

"이런 데서 만났지만 반갑습니다."

"저도 마찬가지입니다. 빠른 쾌유를 바랍니다."

"네, 그래야지요."

앞뒤 분별이 없으면 사고가 터진다

나는 그렇게 수술을 하고 보름 남짓 입원해 있다가 퇴원했다. 아직 얼굴이 부어 부자연스럽지만, 골방에 있기가 답답하여 프로덕션 사무실로 나가봤다.

"장호야, 아직 얼굴에 부기도 빠지지 않았는데 좀 더 쉬지 뭐 하러 벌써 나왔어."

"예, 형님. 다리는 멀쩡한데요, 뭐. 별일 없으십니까?"

"이번에 구로동에 권따로 형이 카네기 스탠드바를 오픈하는데 우리 사무실 소속 연예인을 안 쓰고 다른 쪽 기획을 통하여 연예인을 쓰나 봐."

"뭐라고? 그 양반이 지역 토박이로 자칭 건달인데 간댕이가 좀 부은 것 같습니다. 그래, 개업일이 언제랍니까?"

"모레라고 하드라."

"그래요. 제가 아직 몸은 성치 않지만, 아우들 두엇 데리고 가서 가게를 아작내불랍니다."

"안 돼야. 아우는 죽었다 살아난 지가 엊그제인데 벌써 사고를 쳐분다고? 다른 아우들 보내든가 하지."

"예, 형님. 제가 알아서 할게요."

나는 영석이 형의 염려를 뒤로하고 카네기 개업일에 아우 둘을 데리고 쳐들어갔다. 가게로 들어서니 무대에서 가수가 노래하고 있었다.

"아우들은 저 노래하는 아가씨 안 다치게 무대에서 데리고 내려가라."

이윽고 나는 무대로 뛰어 올라가 마이크 대를 휘둘러 닥치는 대로 박살을 내버리면서 큰소리로 외쳤다.

"야 이 개새끼들아! 느그들이 우리 영프로덕션 사무실 개업할 때 참석해서 우리 소속 연예인 써준다고 해놓고 나를 무시해? 나, 장호다. 앞으로 이 지역에서 연예인 쓸 때 영프로덕션 안 거치면 아작날 줄 알아, 이 새끼들아!"

한바탕 본때를 보여준 우리는 가게를 유유히 빠져나왔다. 카네기 스탠드바 개업하고 사흘쯤 지났을까. 친구 상호가 상기된 목소리로 전화를 했다.

"야, 장호야…."

"어, 친구. 뭔 일 있는가?"

"카네기에서 술을 마시다가 떡대들 몇 놈한테 허벌나게 다구리를 맞아부렀네. 자네가 아우들 데리고 빨리 좀 올라오소."

"알았네, 친구."

나는 아우들에게 카네기로 오도록 연락하면서 택시를 타고 카네기로 올라갔다. 카네기 문 앞에서 덩치 큰 젊은 친구와 맞닥뜨렸다. 순간 느낌으로 이 자식 같은데, 하고 쳐다보고 있는데 상호 친구가 얼굴에 피를 흘리면서 튀어나오더니 이른다.

"장호야, 저 새끼도 한패여."

"알았네."

다짜고짜 놈을 업어치기로 패대기를 쳐서 목을 눌러 제압하고 있는데, 저쪽에서 두 명이 나를 향해 뛰어왔다. 어두워서 잘 안 보이긴 했지만, 나는 연락받고 오는 아우들이겠지 여겨 방심했다. 그 순간 한 놈이 다가와서 내 면상을 걷어찼다. 기습을 당한 나는 턱이 시멘트 바닥에 쿵 하고 부딪히면서 그대로 기절하고 말았다. 턱뼈가 깨진 것이다.

나는 다시 구로동 고대병원으로 실려 가 턱뼈 붙이는 수술을 받았다. 며칠 후 권따로 형이 병실로 날 찾아와서 하는 말이, 나를 발로 찬 놈들이 유도대학 나온 자기 조카 친구들이라는 것이다. 지금 경찰서에 잡혀 있으니 우선 합의서에 도장을 찍어 달라고 했다. 나는 합의서도 읽어보지 않고 두말없이 도장을 찍어주고는 조건을 달기를 그놈들이 나와서 어디에 있는지만 알려달라고 했다.

일주일 동안 병원 신세를 지다가 퇴원한 나는 미스 최에게 이끌려 일단 집으로 들어갔다. 집에서 좀 쉬다가 해 질 녘에 미스

쇠 몰래 신문지에 칼 한 자루를 둘둘 말아 가슴에 차고 카네기로 갔다. 코너에 앉아 양주 한 병을 시키고 놈들이 나타나기를 기다렸다. 그 무렵, 내가 칼을 들고 나간 것을 알게 된 미스 최가 헐레벌떡 영프로덕션 사무실로 찾아가 식구들한테 그 사실을 알리고 제발 좀 말려달라고 한 모양이다. 느긋하게 양주를 시켜 한잔하고 있는데, 건상이 형이 기호 형과 함께 찾아왔다.

"형님들께서 여기까지 어쩐 일이십니까?"

"장호 아우 마음은 알겠다만, 아직 몸도 성치 않은데 술 마시고 사고 칠라고 그러냐? 복수할 시간은 많으니까 우선 아우 몸부터 추스려라. 그리고 아우 턱 깬 놈들은 오늘 여기 안 나타난다. 아우가 여기 와 있다는 정보가 벌써 파다하게 퍼졌다. 어이 아우, 다음 기회를 보고 오늘은 집에 들어가 좀 쉬어. 왜 그리 성질이 급한가?"

"형님, 싸나이가 죽기 아니면 살기지요 뭐. 갑자기 당해부니까 얼척이 없네요."

"아직 얼굴에 붓기도 안 빠졌는데 술 그만 마시고 일어서라."

"알겠습니다, 형님. 가시지요. 죄송합니다, 형님. 왜 이리 가슴이 답답하지요, 흑흑."

나는 술집을 나와 영프로덕션 사무실로 올라갔다. 사무실에는 친구 춘봉이, 원철이가 영석이 형이랑 탕수육을 시켜 빼갈을 마시고 있었다.

"야! 춘봉이, 원철이 느그들 보따리 싸서 고향으로 내려가라. 친구가 지금 이런 몸으로 복수한다고 작업하러 가 있는데 사무실에서 한가하게 술이나 처마시고 있어? 느그들이 시방 건달 깡패 맞냐? 이 새끼들아. 내일부터 내 눈에 띄지 마라. 보이는 순간 느그들부터 보내불라니까, 이 새끼들아. 형님, 나 들어가요."

"그래, 미안하다. 들어가 좀 쉬어라. 원철아, 연장 좀 챙겨봐라. 듣고 보니까 장호 말이 맞는 것 같다. 내 친구지만 장호가 그래도 대장인데."

"예, 형님. 연장 두 자루 챙겼습니다."

"신문지에 말아라."

"예, 형님."

"영석이 형님은 사무실에 계십시오. 나하고 원철이하고 카네기 근처에 그 새끼들 있는지 한 번 훑어보고 들어올게요. 있으면 작업해서 우리 친구 복수 좀 해주고 와야겠습니다."

"알았다. 하여튼 조심해라."

"예, 형님. 가자, 원철아."

"예, 형님."

두 사람은 카네기 앞에까지 갔다가 입구에서 카네기 전무 해봉이 형을 만났다.

"형님, 오늘 따로 형 조카 친구라는 그 두 놈, 가게에 안 왔습니까?"

"야! 느그들, 왜 자꾸 그러냐? 이제 그만 좀 하자. 아까도 장호 왔다가 건상이 형하고 기호 친구가 와서 데리고 갔다. 이제 한숨 좀 돌리려고 하니까 또 느그들이 와서 찾냐?"

"아니 형님, 아우가 묻는 말에 대답은 안 하고 뭔 자다가 봉창 뚫는 소리만 하요."

"야 이 새끼야, 뭔 말을 그렇게 싸가지없게 하냐?"

"아니 형님, 형님이라도 그 새끼들 말렸더라면 우리 친구 장호가 턱은 안 깨졌을 것 아니요."

"야 인마, 느그들이 먼저 우리 가게 와서 깽판을 쳤잖아."

"뭐시요? 이 양반이 보자 보자 하니까, 연장 한 방 맞아야 정신 차리겠구마."

"뭐? 이 새끼야!"

그 순간 춘봉이가 가슴에서 연장을 뽑아 해봉이 형 허벅지를 한 방 깊게 놔버렸다.

"아이고~ 나 죽네!"

연장을 다시 뽑아 한 방 더 놓으려는 순간, 언제 뒤쫓아왔는지 영석이 형이 말리고 나섰다. 둘만 보내놓고 아무래도 마음이 안 놓여 바로 쫓아 나온 것이다.

"춘봉아, 그만하자. 해봉이 형이 뭔 죄가 있다고 이 양반한테 그러냐?"

"아니 형님, 나이 더 먹은 선배라고 대우해줬더니 말을 함부로 하잖아요."

"알았다, 알았어. 원철아, 춘봉이 데리고 빨리 피해라. 해봉이 형은 나가 병원으로 데리고 갈 거니까."

"예, 형님. 알겠습니다."

나는 이런 사정도 모르고 집에서 막 잠을 자려고 하는데 기호 형이 자전거를 타고 집으로 왔다.

"어쩐 일이십니까? 형님, 들어오십시오."

"야! 장호야. 큰일 났다. 춘봉이하고 원철이가 해봉이 형 허벅지를 칼로 찔러서 지금 영석이가 고대병원으로 데리고 갔다."

"그 새끼들은 따로 형 조카 친구들 작업하라고 하니까 엉뚱한 해봉이 형을 왜 작업했답니까? 그래서 많이 다쳤습니까?"

"응, 그래. 영석이가 피를 막으려고 손을 허벅지에 갖다 대니까 손이 쑥 들어갈 정도로 많이 묵었단다."

"아이고, 피곤해서 좀 자려고 했더니…. 얼른 병원에 가봐야겠습니다. 형님, 자전거는 여기 놔두고 택시로 같이 갔다 오시지요."

"그래, 가보자."

우리가 구로동 고대병원 응급실에 도착했더니, 해봉이 형은 칼 맞은 허벅지를 수술하고 병실로 옮기려고 잠시 응급실에서 대기하고 있었다. 우리가 응급실로 들어가자 해봉이 형이 깜짝 놀라더니, 손가락으로 나를 가리키면서 큰소리로 외쳤다.

"의사 선생님, 저 사람 좀 나가라고 하세요. 저 사람이 나를 또 칼로 찌르려고 왔어요."

그러자 의사가 나한테 다가와 조용히 말했다.

"선생님, 좀 나가주세요. 환자가 안정을 찾아야 하니까요."

"예, 알겠습니다. 형님, 몸조리 잘 하십시오."

"야 이 새끼야, 느그들 꼴도 보기 싫어. 나가 느그들한테 뭘 잘 못했냐?"

"예. 죄송합니다, 형님. 뭔가 오해가 있었던 모양입니다. 다음에 찾아뵐게요."

"야 이 새끼야. 꼴도 보기 싫으니 오지 마."

"형님, 가시지요. 해봉이 형님이 제가 춘봉이한테 오다를 준 것으로 오해를 단단히 한 것 같습니다."

"그러게 말이다. 춘봉이가 연장질을 너무 심하게 한 것 같아. 많이 다쳤구마."

"춘봉이가 나한테 잔소리 듣고 손에 살이 내린 것 같습니다. 그러나저러나 치료비는 만들어줘야 하는데 걱정이네요."

"그래야지 건달이지, 그리 안 하면 양아치 된다."

"형님, 고생하셨습니다. 식사나 하러 가시지요."

"고생은 무슨 고생? 피해자는 친구고 가해자는 아우인데, 중간 입장에서 참 곤란하다."

"예, 형님. 저도 마찬가집니다. 연장 맞을 놈들은 다 도망가고 죄 없는 형님이 맞았으니 어이가 없습니다."

며칠 후, 잠적해 있던 춘봉이한테 연락이 왔다. 대전 쪽에 내려가 있는데 경비가 없다고 경비 좀 달라고 했다. 내가 은행 가서 부쳐준다고 계좌 보내라고 했더니, 잠깐 동네에 볼일이 있어 올라온다고 만나서 달라고 했다.

"야 이 친구야, 지금 남부서에서 형사들이 자네하고 원철이 잡으려고 혈안이 돼 있는데 올라오면 어떡하겠다는 거야?"

그러니까 살짝 잠깐만 올라갔다가 내려오면 된다면서 춘봉이 친구가 고집을 부렸다.

"알았네, 알았어. 장소와 시간 약속을 정하시게. 마침 나한테 얼음값 수금한 돈이 좀 있으니 전해줄게."

"내일 오후 여덟 시, 독산동 우시장 쪽에서 보세."

"알았네, 친구."

다음날, 연락을 받고 장롱 속에 넣어둔 돈을 꺼내서 춘봉이 친구를 만나러 가려고 막 방을 나서는 순간, 손에 쇠파이프를 들고 가스총을 든 형사들이 들이닥쳐 나를 잡았다.

"뭐야 당신들?"

"야 이 새끼야, 너 우리 몰라? 너희 공범들 독산동 우시장에서 다 체포해서 지금 차에 실어놨다. 너도 꼼짝 말고 우리랑 경찰서로 가자."

"이 양반들이 지금 뭔 소리를 하는 거여?"

"야 인마. 못 믿겠으면 집 앞에 봉고차로 가 봐. 김 형사, 장호 이놈의 자식 수갑 채워서 차에 태워. 너는 지금부터 묵비권을 행사할 수 있고 변호사를 선임할 수 있는 권리가 있다."

"좆 까고 있네, 씨발놈들, 돈이 어디가 있어서 변호사를 선임해?"

수갑을 차고 봉고차에 올라타니 아니나 다를까 영석이 형, 춘봉이, 원철이가 타고 있었다.

"아니 형님, 친구야. 이게 어떻게 된 거야?"

"나도 잘 모르겠네. 독산동 쪽에서 누군가가 밀때를 한 것 같네."

"그러니까 내가 뭐라던가. 위험하니까 올라오지 말라고 했잖는가?"

"미안하다, 장호야."

09

시련의 계절

시련의 계절 우리는 그렇게 하여 공단의 구사대도 하고 선거 때면 당을 도와 사람도 동원하고 벽보도 붙이고, 국회의원 경호도 했다. 그런 배경으로, 아우들이 사고 치고 잡혀 들어가면 그림을 구해다가 공단 사장들한테 강매하다시피 하여 변호사 비용으로 쓰기도 했다.

다시 감옥, 그러나 새로운 사랑

우리는 남부경찰서로 가서 따로따로 심문을 받고 조서를 받았다.

"문장호! 네가 춘봉이하고 원철이한테 해봉이를 칼로 찔러라고 시켰지?"

"아니 형사님, 내가 시킨 건 맞는데요. 내 턱 깬 놈들 연장질하라고 시켰지, 죄 없는 해봉이 형님을 연장질하라고 시킨 건 아닙니다."

"뭐? 이 자식아! 이거 혼이 더 나야지 말귀를 알아듣겠구먼?"

"아따 알아서 하시오. 죽이든지 살리든지."

"그래, 이 자식아."

퍽 하고 형사 주먹이 면상을 향해 날아왔다. 나는 피하지도 않고 그대로 얼굴을 갖다 대고 맞아줬다. 맞자마자 얼굴이 찐빵처럼 부어올랐다.

"아니 이 새끼, 살살 때렸는데 얼굴이 왜 이래?"

"김 형사, 이 새끼 얼굴 때리면 안 돼. 오토바이 사고로 얼굴 깨진 지 얼마 안 됐지, 또 얼마 전에 카네기 업주가 부른 운동한 친구들한테 턱주가리 나갔지, 그러니 이놈은 좀 살살 다뤄."

"알겠습니다, 반장님."

한바탕 형사들하고 조서 때문에 난리를 치고 있는데, 춘봉이랑 원철이가 경찰서 근처 어디 파출소로 끌려나가서 심하게 고문당하고 매타작을 당했는지 소금에 절인 배추처럼 축 늘어져서 왔다. 경찰서에는 출입 기자들이 수시로 드나들어서 피의자를 고문하거나 폭행하다가 들키기 쉬우니까 근처 파출소로 끌고 가서 피의자를 마구 두들겨 기를 꺾어놓곤 했다.

"어? 춘봉아, 원철아. 니들 꼬라지가 왜 그러냐?"

"아이고~ 말도 말아. 이 형사 새끼들 사람도 아니야. 물고문에 몽둥이찜질에 죽다 살아났어. 전디다 전디다 못해 즈그들이 원하는 대로 다 불고 왔다."

"저 개새끼들한테 나도 80년도에 한 번 되게 고문을 당해봐서 느들이 얼마나 고생했는지 말 안 해도 잘 안다. 하여튼 고생했다. 비겁하게 구걸하지 말고 당당하게 징역 살다 나오자."

"알았다, 장호야. 역시 넌 우리 보스여."

춘봉이와 내 눈에는 금세 이슬이 맺혔다. 원철이가 한숨을 푹 쉬며 하소연했다.

"형님, 건달 생활 이거 힘들어서 못 하겠습니다."

"야, 허우대는 멀쩡한 새끼가? 이 형들도 참고 이겨내는데."

"예, 형님. 죄송합니다. 앞으로 더 야무지게 생활하겠습니다."

"하하, 그래라. 고맙다, 아우야."

우리는 그렇게 별일을 다 겪으면서 일주일쯤 경찰서 유치장에 갇혀 있다가 영등포구치소로 이감됐다. 사 년 만에 다시 들어온 구치소였지만, 전혀 낯설지가 않았다. 우리는 간단한 신체검사와 소지품 검사를 받고 방을 배정받아 각자 방으로 들어갔다. 내가 방으로 들어서자마자 봉사원이 대뜸 물었다.

"야, 신입! 죄명이 뭐냐?"

"아, 나 말이오? 폭력행위 등인디요."

"그래? 빵끼통 청소시키려고 했더니, 폭력이라니까 오늘부터 빗자루 잡고 수건 개고 열심히 해라."

"아, 예. 봉사원님은 어디서 뭘 하다 징역 들어왔어요?"

"야, 인마. 신입이 건방지게 봉사원한테 그런 걸 묻고 그래? 이 자식 혼 좀 나든가 다구리 한 번 타야 되겠구마. 그래 이 자식아, 나는 조직폭력으로 들어온 수원대문파 행동대원이다. 어쩔래? 이 새끼야."

"아, 그래요? 나는 구로공단 장호파 두목이요. 나도 이삼 년 전에 원주교도소에서 방 봉사원도 해봤던 사람이요. 그리고 여기 영등포는 바로 우리 조직의 구역이나 마찬가진데, 조직의 두목을 무슨 빗자루나 잡고 수건이나 개라 하면 되겠어요?"

"그럼 뭘 어쩌자는 거야?"

"나한테 형씨가 봉사원 자리를 양보하든지, 아니면 체면상 재판 끝날 때까지 열외로 있다가 나가게 해주시요."

"쬐끄만 친구가 대가 있구마. 내가 자네 같은 아우 손 보고 독방 가느니 그게 낫겠구마."

"여보시오, 형씨, 물떡대 믿고 말 함부로 하지 마시요."

"어이 참. 이 새끼가, 허허."

"그럼 둘이 맞짱 한 번 뜰까요?"

"야 인마, 송장 치고 추가 뜰라."

"누가 할 소리를 하는지 모르지만 있는 날까지 잘 지내고, 생활하는 데가 수원이라고 하니까 나가서 인연이 있으면 또 보고 없으면 말고 합시다."

"알았네. 그럼 봉사원은 내가 하고 자네는 그냥 열외로 있다 가시게."

"감사합니다."

우리 네 사람은 서울 남부지검으로 출정을 가서 다시 조서를 확인하고 재판을 기다리고 있었다. 구치소나 교도소에도 새해에는 1일부터 3일까지 연휴로 쉬고 4일부터 면회가 시작된다. 신정을 방에서 지내고 4일째이 면회를 나갔는데 앞 좌석에 영등포에서 생활하는 선배가 있었다. 나는 반가운 마음에 세배는 못 드려도 새해 복 많이 받으시라고 인사를 드리려고 앞으로 나가려고 했는데, 경교대가 제지했다.

"면회 순서가 올 때까지 제자리에 앉아 계세요."

"어이, 경교대. 앞에 형님이 계셔서 새해니까 잠깐 인사만 드리고 다시 돌아올게."

"안 된다니까요."

"뭐? 이 새끼야! 아무리 우리가 죄를 짓고 구치소에 들어왔지만, 형이 확정된 것도 아니고 아직 미결인데 형님한테 새해 인사도 못 하냐?"

"안 됩니다."

"이 새끼가."

나는 경교대를 밀치고 앞으로 나가 인사를 했다.

"형님, 건강하시고 새해 복 많이 받으십시오."

"어 그래, 장호 아우도 건강하고 새해 복 많이 받아라."

"네, 형님. 감사합니다."

인사를 하고 다시 제자리로 돌아가려는 순간 경교대가 내 옷 뒷덜미를 잡았다.

"야! 이거 놓지 못해?"

"이 사람이 겁 없이 여기가 어딘지 모르고 질서를 어지럽혀?"

"이 새끼가?"

나는 돌아서면서 주먹으로 경교대의 면상을 갈겨버렸다. 옆에 있는 교도관이 달려드는 걸 보고 발로 턱을 걷어찼다. 면회장은 치고받고 순식간에 난리가 났다. 급기야 보안과에서 교도관들과 경교대가 출동하여 나는 꼼짝없이 묶여서 보안과로 끌려갔다. 죽지 않을 만큼 두들겨 맞은 나는 징벌 두 달을 받고 요시찰 마크를 부착하게 되었다. 징벌 기간에 한 평 반쯤 되는 독방에서 지내다 보니 답답하기 그지없었다.

징벌방에는 물건이라곤 베개 하나, 담요 한 장, 성경책 한 권뿐이었다. 운동, 접견, 목욕 등 모든 기본 권리가 박탈된다. 나는 무엇보다 말 상대가 없으니 답답하여 성경책도 읽어 보고, 성경책 속에 있는 찬송가도 목이 터지도록 불러봤다.

"나의 갈 길 다 가도록 예수 인도하시니…."

"야! 이 또라이 새끼야, 조용히 안 해?"

"야 이 양반아, 당신이 또라이지 내가 또라이냐?"

나는 교도관과 매일 말다툼도 하고 일부러 말하고 싶어서 시비를 걸면서 시간을 보냈다. 그런 중에도 우리는 재판을 받으러 나갔다. 1심에서 춘봉이는 5년, 우리 셋은 각각 2년을 선고받고 항소했다. 춘봉이는 직접 연장질을 했대서 형이 무거웠다. 항소심 재판을 기다리며 구치소 생활을 하던 중, 나는 징벌에서 풀려 다시 정상적인 감방 생활을 하게 되었다.

하루 삼십 분씩 할 수 있는 운동도 그렇고 때마다 하는 목욕, 이발, 접견 같은 기본 권리들이 새삼 소중하고 고맙게 느껴졌다. 뭐든지 손에서 빠져나가고 나서야 그 소중함을 알게 되는 모양이다.

나는 이번에 붙잡혀 들어오기 전에 미스 최랑 헤어졌다. 미스 최는 나를 무척 좋아해서 결혼까지 생각했지만, 무역회사 다닌다고 나한테 거짓말한 것이 들통났다. 그녀는 실은 야간에 유흥업소에서 일해오고 있었는데 처음부터 나를 속인 것이다. 그 일로 크게 다툰 우리는 그만 헤어지고 말았다.

그러고 얼마 지나지 않아 내게 새로운 사랑이 찾아왔다. 이대 앞에서 옷가게를 운영하는 미스 강이라는 아가씨였다. 그녀와 사귄 지 얼마 안 되어 덜컥 잡혀들어오고 만 것이다. 징벌이 풀리자 미스 강이 제일 먼저 면회를 왔다.

"장호 씨, 몸은 괜찮아요?"

"미안합니다. 만난 지 얼마 안 돼서 이런 안 좋은 모습을 보여드려서."

"별말씀을요. 장호 씨 그런 사람인 줄 알고 만난 건데요 뭐. 이번만 면회 다니게 하고, 나오면 저랑 결혼해서 새로운 삶을 한 번 살아봅시다."

"고마워요, 윤미 씨. 가게 보느라 바쁠 텐데 면회 대신 편지해요."

"호호호. 그건 내 맘이지요."

"하여튼 바쁜데 얼른 가서 일 봐요."

"알았어요. 영치금은 보냈고, 먹을 것만 좀 넣고 갈게요."

"아이고, 미안해서요."

"우리가 남인가요? 무조건 딴생각 마시고 건강해야 해요."

"예, 우리 윤미 씨도 건강하세요."

이골이 난 징역살이

구치소에서 영등포, 관악구, 구로구는 물론이고 그 밖의 다른 지역에서 올라온 재소자들한테까지 내 이름이 서서히 알려지기 시작했다.

접견이나 목욕, 운동, 이발을 갈 때 교도관 한 명이 재소자들을 열 명에서 이십 명까지 경호하여 줄을 세워서 간다. 가슴에 노란 표식을 단 나는 교도관 한 명이 일대일로 경호하여 데리고 간다. 법무부 요시찰 대상이다 보니 특별대우(?)를 받는 것이다. 반대편에서 지나가는 재소자들이 수군거린다.

“야, 저 새끼는 뭐 하는 새끼야? 노란 밥태기를 달고 혼자 다니냐? 사형수? 아니면 흉악범인가? 무기징역 받은 놈? 잘 모르겠는데 저 새끼 이름이 뭐냐?”

“어디 공단 조직폭력배라고 하던데. 무슨 장호파 두목이래.”

나는 그런 소리를 들으면서 혼자 웃고 지나갔다. 그런 가운데 항소심 재판이 시작되었다. 재판정에서 진술하는 가운데 나는 인정할 것은 인정했지만, 노리던 대상은 따로 있었고 피해자가 피해를 보게 된 것은 우발적인 사고였음을 간곡하게 호소했다. 그렇게 심리 과정이 모두 끝나고 마지막 선고일이 되었다. 그런데 생각지도 못한 일이 일어났다. 내 친구 상호가 재판 중에 해봉이 형을 휠체어에 앉히고 재판정으로 들어선 것이다.

"재판장님, 제가 피해자 박해봉 씨와 어제 합의를 보고 그 합의 당사자인 박해봉 씨를 이 재판정에 모시고 왔습니다."

그러자 재판정이 술렁였다. 잠깐 조용해지기를 기다려 재판장이 해봉이 형한테 물었다.

"박해봉 씨. 합의를 어떤 식으로 보셨나요?"

"예, 판사님. 이천만 원을 받고 합의서를 써주었습니다."

"합의 본 내용과 합의서는 가져왔나요?"

"예, 여기 돈 받은 영수증과 합의서를 가져왔습니다."

"아, 그래요. 여기 직원에게 전달해주세요. 그리고 오 분간 휴정합니다."

오 분이 지나고 재판이 재개되었다. 추가 심리 없이 바로 선고가 났다.

"피고 김춘봉을 징역 2년 6월에, 최영석, 문장호, 김원철을 각각 1년에 처한다."

"탕! 탕! 탕!"

"감사합니다, 존경하는 재판장님. 영호야, 고맙다."

"별말씀을. 면회 갈게."

"응, 그래. 들어가. 해봉이 형님, 건강하십시오."

우리는 그렇게 항소심 재판을 마치고 법정 버스에 올라 다시 구치소로 향했다. 경호하는 교도관들이 다들 축하한다고 말해주었다.

"영석이 형님, 상호가 그 많은 돈이 어디서 나서 합의를 봤을까요?"

"그러게 말이다. 나도 지금 꿈인지 생신지 모르겠다. 얼굴을 한 번 꼬집어봐야지."

"하하하, 꿈은 아닌 것 같습니다."

방으로 들어갔더니, 그간 정들었다고 걱정스러운 표정으로 봉사원이 물었다.

"어이 장호, 재판 어찌 됐어?"

"하하, 봉사원님 염려 덕분에 일 년 깎였습니다."

"진심으로 축하하네. 이제 미결 통상 사 개월 까고 팔 개월만 살면 나가겠구먼."

"그러게요. 다른 사람들도 모두 선고가 잘 나와야 할 텐데요."

우리 4동 담당도 나를 보더니 반갑게 덕담을 건넸다.

"야, 장호야. 재판이 잘 돼서 일 년 깎였다면서?"

"예, 담당님."

"다른 교도소 가서도 사고 치지 말고 잘 있다 나와라."

"잘 알겠습니다, 담당님. 그동안 여러 가지로 신경 써주셔서 고맙습니다."

"무슨 소리? 자네가 징벌 먹고 나와서 우리 4동에서 말썽 없이 생활해주어서 나로서도 고맙지. 하하."

"감사합니다."

며칠 후, 형이 확정된 우리는 두 군데 교도소로 나뉘어 이감되었다. 춘봉이 친구하고 원철이는 대전교도소로, 나하고 영석이 형은 공주교도소로 갔다.

그런데 다른 사건으로 들어와서 형이 확정된 영수 아우가 공주교도소로 함께 가게 되었다. 우리는 공주교도소에 도착하여 운동장에서 신체검사 및 소지품 검사를 받기 위해 대기했다. 그런데 방도 배정받기 전에 사고가 날 줄은 생각지도 못했다.

"790번 최영석."

"예."

앞으로 나와 보안과 직원이 호명했다.

"만기가 얼마 남았지?"

"약 팔 개월 남았습니다."

"머리가 많이 길구마."

옆에 있던 교도관이 영석이 형 머리에 바리깡을 갖다 대는 순간 느닷없이 영수가 뛰쳐나갔다.

"야 이 양반들아, 우리 영석이 형님이 누구신데 머리를 깎을라고 바리깡을 대는 거여?"

그러면서 말릴 새도 없이 교도관을 밀쳤다.

"야 이 새끼 봐라? 여기가 어딘 줄 알고 교도관 업무를 방해해, 이 새끼야! 야, 경교대! 이 새끼 보안과로 끌고 가."

그러고는 영석이 형 머리를 빡빡 밀어버렸다. 아무것도 모르고 형들한테 과잉 충성을 하다가 졸지에 보안과에 끌려간 영수가 얼마나 얻어터졌는지 다리를 절룩거리며 나왔다.

"영수야, 많이 맞았냐?"

"아닙니다, 형님. 쪼깨 맞았습니다."

"다행이다. 징역살이는 요령껏 사고 치지 말고 건강하게 잘 살다 나가는 놈이 최고여. 그러니 앞으로 조심하고 생활해라."

"예, 형님."

"하여튼 고생했다."

방 배정을 받는데, 나는 구치소에서 교도관을 폭행한 일로 요시찰 딱지가 붙어 그런 요시찰들만 따로 모아 수용하는 미지정 방으로 가야 했다. 한마디로 꼴통이라는 법무부 요시찰 딱지가 붙으면 공장 출역도 금지되었다.

영석이 형이랑 영수 아우는 공장에 출역할 수 있는 일반 혼거방으로 들어갔다. 공주교도소에 미지정 방이 일곱 개쯤 되는데 거기서 아는 사람이 서울, 전주, 고향 아우 한 명씩 셋이었다. 그 중 내가 좋아하는 고향 아우는 야무졌다. 나머지는 모두 생면부

지로 딱 봐도 전부 꼴통이었다. 거기다 경상도 말씨에 온몸을 문신으로 뒤덮은 꼴통들이 유난히 많았다.

나는 출역을 나가지 못하니 같은 교도소에 있으면서도 영석이 형이랑 영수를 볼 기회가 별로 없었다. 그러니 미지정 방에서 어떻게 지루하지 않게 나머지 징역을 보낼까 하는 생각만 하게 되었다. 같은 방에 전과가 많은 사이비 중이 있었다.

"어이, 땡초. 당신 죄명이 뭐요?"

"아니 이 젊은 친구가 겁대가리 없이, 스님 보고 땡초라니?"

"야 이 양반아. 스님이 뭐 빨라고 죄짓고 징역에 들어왔어?"

"그래 이 자식아. 꽃밭에 물 주고 징역 들어왔다."

"꽃밭에 물 준 게 뭐, 뭐야?"

"야 이 촌놈아. 꽃밭에 물 준 것도 모르냐? 전문용어로 몸 보시한 거여."

옆에 있던 경상도 빵제비가 팩트를 저격한다.

"여보시오, 스님. 그것이 간통이나 강간이지 뭔 육보시여? 하하."

"그건 그렇고 스님. 혹시 용 문신 뜰 줄 알아요? 몸에다 문신 하나 하려고 하는데, 호랑이보다는 용 문신이 낫지 않을까 싶네요."

"나는 그림이나 글씨밖에 못 쓰는데, 한번 해보지 뭐. 여기는 먹물이 없으니까 연탄재로 갈아서 해야지."

"하여튼 내일부터 멋지게 용 한 마리 떠주시오."

"알았네. 앞으로 나한테 땡초라 하지 말고 용두 스님이라고 불러주시게."

"용두 스님은 또 뭐요?"

"용두란 용 용자에 머리 두, 즉 용의 머리란 뜻이지."

"하하하, 예. 용두 스님, 알겠습니다."

나는 다음날부터 교도관 모르게 한쪽 벽 밑에서 연탄재를 갈아 몸에 문신을 새기기 시작했다. 이틀에 걸쳐서 아픔을 참고 문신을 팠는데, 용하고는 전혀 관계가 없는 글씨를 파 놨다.

"아니? 용두 스님. 이것이 어디를 봐서 용이요? 뭔 엄만 글씨를 파놨다요?"

"어흠, 장호 자네는 나가서 깡패 하지 말고 착하게 살라고 '淸淨心' 이라고 팠네."

"뭐라고요? 지금 나하고 장난치는 거요?"

"나무관세음보살. 맑을 청에 깨끗할 정, 마음 심. 맑고 깨끗한 마음으로 살라는 말이여."

"아니 스님, 누가 더럽게 살았대요? 목욕탕을 일주일에 한 번씩 다녔는데."

"어허이, 그 뜻이 아니라니까. 꼭 용 문신을 하고 싶으면 나가서 총천연색으로 파든지 아니면 전문가한테 먹물로 파야지, 연탄재로 파면 다음에 부작용이 생겨."

"아니 그럼 처음부터 그렇게 얘기하든지 해야지, 깡패한테 가당찮게 청정심이 뭐요. 참 나, 환장하겠네요."

"내 말 들어! 이 사람아. 하하하."

"에라이~ 땡초야. 용두 스님은 무슨 용두 스님? 용머리가 아니라 좃대가리 용두 아니여?"

공장에 출역하여 일도 하고 넓은 운동장에서 순화 교육을 받더라도 운동을 해야지 시간도 잘 가고 건강해지는데, 젊디젊은 야생마 같은 놈들을 종일 미지정 방에 가둬두고 운동장이라고 콧구멍만 한 데서 그나마 잠깐씩밖에 운동을 안 시켜주니 답답해 미칠 지경이었다. 징역살이 가운데 곱 징역을 사는 꼴이었다.

슬기로운 징역 생활

그렇게 답답하게 생활하고 있는데, 하루는 미지정 방에 대한민국 3대 조직 보스가 들어와 교도소 총반장이 되었다. 내 하는 모양이 눈에 띄었는지 그가 나한테 말을 걸었다.

"야 너, 이름이 뭐야?"

"아, 예. 문장호라고 합니다."

"네 고향이 순천이냐?"

"예, 그렇습니다."

"서울에서 누구하고 어디서 생활했어?"

"아, 예. 쉰 명쯤 되는 식구들 데리고 구로공단에서 생활했습니다. 형님들 가운데는 광주 공섭이 형님하고 순천 정석이 형님이랑 가깝게 지내고 있습니다."

"그래, 너 만기 얼마나 남았어?"

"팔 개월쯤 남았습니다."

"그래. 출소하면 그 두 놈한테 말이야, 내가 나가면 톱으로 모가지를 썰어버린다고 잘들 하고 있으라고 전해라. 너, 내가 누군지는 알지?"

"예, 형님. 말씀만 많이 듣고 오늘 봬서 영광입니다. 그런데 그 두 형님하고는 무슨 안 좋은 일이 있습니까?"

"너는 그것까지 알 것 없고, 그냥 그렇게만 전하면 돼."

"예, 알겠습니다."

그날 저녁때 입방하면서 영석이 형이 나를 잠깐 보러 왔다.

"형님, 아까 낮에 총반장 형님이 나한테 와서 공섭이 형님하고 정석이 형님을 나가면 모가지를 썰어버린다고 전하라고 하는데, 그 세 사람은 같은 식구 아닙니까? 혹시 사회에서 뭔 일 있었습니까?"

"나도 자세히는 몰라. 같은 식구였는데 계열사에서 두 사람이 총반장을 배신했다는 말을 들은 적은 있다."

"아, 그래요. 나는 그런 줄도 모르고…. 가만히 있을 건데 그 두 형님이 총반장님하고 식구라고 해서 두 형님을 괜히 팔았다가 나만 똥 돼부렀네요."

"하하, 그래. 총반장 형님이 그래도 순천 식구 중에 용신이를 제일 믿고 좋아한다."

"아, 예. 알겠습니다. 다음에 총반장님 만나면 죄송하다고 사과드리고 용신이 형을 좀 팔아야겠습니다."

"알았다. 늘 몸조심하고."

"예 형님도 건강 잘 챙기십시오."

우리 미지정 4동에는 낮에는 담당이 한 사람 들어오고 밤에는 땡통들이 교대로 들어온다. 나는 어떻게 하면 징역살이를 지루하지 않게 잘살아볼까, 생각에 빠졌다. 징역 팔 개월이야 무기수 오줌 누는 시간도 안 되지만 그래도 지루하긴 마찬가지다. 그래, 일단 되든 안 되든 담당하고 면담이나 한번 해보자고 작정한 나는 적당한 기회에 담당을 만나 약간 허풍을 쳤다.

"담당님, 제가 나이는 어려도 서울 한 지역의 대장입니다. 저를 좀 키워주시고 조금만 도와주십시오. 만기도 그리 많이 남지 않았으니 출소하면 꼭 담당님께 시원하게 인사도 드리겠습니다."

"뭘 어떻게 키워주라는 얘기여?"

"아, 다름이 아니고요. 운동 시간에 두 방씩 따서 축구나 좀 하게 해주십시오."

"운동장이 작아서 되겠어?"

"예. 공에서 바람을 빼고 헌 옷가지를 집어넣어서 차면 멀리 안 나갑니다."

"그러다 다치면 누가 책임지나?"

"제가 책임진다고 각서를 쓰고 각 방 봉사원들한테도 각서를 받겠습니다."

"그럼 일주일에 세 번씩만 해 봐."

"아이고, 담당님 감사합니다."

그리하여 전무후무한 교도소 미지정 방 축구 리그가 열리게 되었다. 이제 리그 규칙을 정하고 경기 대진을 정할 차례였다.

"어이 1방 당신들, 러닝 팬티 다섯 벌 걸고 2방하고 축구 한 번 할 거여?"

"야, 인마! 네가 무슨 빽으로 문을 따고 공을 차게 한다는 거야?"

"하여튼 할 거요, 말 거요? 인원은 다섯 명씩이니까."

"야, 그럼 해야지. 알았어. 기다려 봐."

"어이, 2방도 러닝 팬티 다섯 벌 걸고 1방하고 축구 할 거요? 인원은 다섯 명씩."

"진짜냐?"

"네, 그럼 진짜지요."

"아, 그럼 해야지. 그러잖아도 답답해 죽을 판인데 그깟 러닝 팬티 다섯 장이 대수겠냐? 열 장이라도 해야지."

첫 대진을 성사시킨 나는 담당에게 알리고 열쇠를 요청했다.

"담당님, 키 좀 주십시오."

"안 다치게 잘해라. 나 모가지 떼이면 갈 곳도 없다."

"하하! 담당님, 걱정하지 마십시오. 살살 잘할게요."

"어이, 1방 다섯 명 나오시고, 2방도 다섯 명 나오시오. 시간이 없는 관계로 원래 삼십 분인데 십 분 늘려서, 전반 이십 분 후반 이십 분씩 차겠습니다."

"어이 4방 소지, 자네가 러닝 팬티는 가지고 있어."

"예, 형님. 알겠습니다. 운동장이 작은 관계로 너무 똥뻘은 차지 마시고, 아기자기하게 패스 위주로 공을 차주시면 감사하겠습니다. 각 방 주장 나오세요. 서로가 안 다치게 살살 하시기 바랍니다."

"알았다."

"에이, 심판한테 반말하면 퇴장시킵니다."

"아, 예~ 알겠습니다."

"자, 선수들! 이쪽으로."

내가 심판으로서 킥오프를 선언하자 마침내 역사적인 리그 첫 경기가 시작되었다.

"패스! 패스하라고!"

"슛 때려!"

"아~ 아깝다!"

작은 운동장이지만 모처럼 열기가 피어나고 사람 사는 소란이 일었다.

"삐-삑삑, 전반전 타임아웃!"

"자, 후반전 작전들 짜시고요. 이 시합에서 이겨서 러닝 팬티를 따는 팀은 세 벌 가져가시고, 두 벌은 불우이웃 돕기나 배고픈 방을 위해서 취사장에서 장지로 바꿔서 배식할 거니까 그리들 아세요."

"개평이 두 벌이면 너무 많지 않아?"

"뭐가 많아요. 얼마나 된다고? 그거 두 벌이 아까우면 다음부터는 축구 못 합니다."

"어이, 심판. 알았네, 알았어. 두 벌 내고 운동하는 것이 몸에도 좋고 시간도 잘 가지. 우리 방은 계속 할라네."

"우리 방도 계속할 거여."

"아, 예. 감사합니다. 자, 후반전 들어갑니다."

"벌써?"

"예. 시간 관계상."

"알았네."

'삐-삑삑', 후반전 킥오프.

"야, 야. 패스해! 혼자 몰고 다니지 말고 패스 좀 하라고."

"야, 들이밀어. 밀착방어 하라고."

"어이, 틈을 주지 말고 바로 슛 때려!"

"아, 아깝다."

1대1. 무승부로 경기가 끝났다.

"양 팀 모두 수고하셨습니다. 상호 간에 경례! 그리고 양 팀이 비겼을 때는 양쪽에서 한 벌씩 내어놓으면 됩니다."

"알았네, 심판. 오랜만에 스트레스 해소도 하고 땀도 흘리니까 기분이 대낄이네."

"야, 소지야."

"예, 형님."

"러닝 팬티 두 벌 취사장에 갖다 주고 깡지 한 통 받아서 각 방에 조금씩 나눠줘라."

"예, 형님. 알겠습니다."

"그리고 내일 두 벌 더 보낸다 하고, 나는 몸 좀 만들라니까 콩 좀 삶아서 그릇에다 소금 좀 뿌려서 한 그릇 가져와라. 몸 좀 만들어서 징역 사는 동안 나를 무시하는 빵잽이들 혼 좀 내야겠다. 하하하."

"예, 형님. 알겠습니다."

"매일 보리밥만 먹으니까 단백질이 부족해서 그런다."

아무리 무료하고 지루한 징역살이를 재미있게 보내려고 해도 징역은 징역이었다. 시간을 깨는 것도 한계가 있었다. 단편소설 같은 것은 금방 끝나니까 일부러 삼국지나 대하소설 같은 긴 소설을 빌려 보기도 한다.

그래도 공장에 출역하는 영석이 형이나 영수는 순화 교육도 받고 넓은 운동장에서 운동도 할 수 있어서 지루하지 않게 징역을 잘살고 있지 싶었다. 좀 시간이 지나자 총반장도 나에 대한 오해를 풀고 가끔 담배도 보내주곤 했다. 나중에 알고 봤더니, 총반장이 제일 믿는 아우 용신이 형한테 편지로 나에 대해서 넌지시 물어보았다고 한다. 아마도 그때 용신이 형이 좋게 말해줘서 총반장도 나를 좋게 본 모양이었다.

미지정 방에서 보내는 날들은 정말 답답하기 그지없는 곱 징역이었지만, 나름대로 징역을 풀어서 살다 보니 어느덧 만기일도 이십여 일 코앞으로 다가왔다. 그러자 사회에 나가서 살 일 걱정으로 잠이 오지 않았다. 이제나저제나 출소일만 꼽다가 막상 나갈 때가 되니 고민이 깊어져 하룻밤에도 기와집을 몇 채씩 지었다 부쉈다 했다.

그러던 중, 점심시간에 뜻하지 않은 사고가 터지고 말았다. 아침점호 때 얼굴을 잘 모르는 부장이 점호하다 말고 나를 불렀다.

"야, 제일 뒤에 머리 긴 놈! 이리 나와 봐."

"저 말입니까?"

"그래, 인마."

"아니 부장님. 아침부터 기분 나쁘게 내가 먼 잘못을 했다고 인마 점마 합니까?"

"야, 너 만기 얼마 남았어?"

"이십 일쯤 남았습니다."

"야, 인마. 아무리 그래도 머리가 너무 길잖아."

"예, 부장님. 좀 봐주십시오. 제가 영화배우인데 이번에 출소하자마자 촬영이 있어서 머리를 일부러 기른 것입니다."

"영화 제목이 뭔데?"

"아, 예. '흐르는 코피를 잉크 뚜껑으로 막아' 라 입니다."

"뭐라고? 그게 제목이야? 이 자식이 지금 나랑 농담 따 먹자는 거야?"

"부장님, 진짜랑께라. 못 믿겠으면 담당님한테 물어보십시오."

"야 인마, 개소리 집어치워. 이 새끼가 나한테 혼 좀 나 봐야 정신을 차리겠냐?"

그 순간, 열이 받은 나는 철창 사이로 주먹을 내밀어 부장의 면상을 쳐버렸다.

"이 양반이 맨날 싸래기밥만 처묵었는가, 아침부터 욕지거리에다가 반말지거리야?"

"뭐? 이 도둑놈 새끼가 나한테 주먹질을 해? 너 오늘 죽어봐라."

"니 꼴리는 대로 해라, 이 막개비 새끼야."

부장은 즉시 비상전화를 걸었다.

"야, 보안과 경교대 다섯 명, 속히 미지정 4동으로 보내. 재소자한테 폭행을 당했다."

이윽고 나는 경교대에 잡혀서 보안과로 끌려갔다.

"이 새끼 신분장 조회해 봐. 왜 미지정에 수용되었는지? 이 새끼 보소, 영등포 구치소에서 교도관하고 경교대한테 주먹질해서 징벌 먹고 요시찰 달았구먼. 그런 놈이 반성도 안 하고 여기서 또 교도관을 폭행해? 이 새끼 또라이 새끼야. 이 새끼 꽁꽁 묶어서 안 죽을 만큼 패버려. 뼈다구 안 부러지게."

"알겠습니다."

이윽고 몽둥이찜질이 시작됐다.

"아이고~ 나 죽네, 이 개새끼들아. 차라리 죽여라, 죽여!"

갑자기 교도관이나 경교대가 죽이도록 미워졌다. 어려서부터 아버지 얼굴도 못 보고 천덕꾸러기로 커서 친구나 동료에 대한 의리는 강하지만, 나를 무시하고 힘으로 짓누르는 사람한테는 건달이든 경찰이든 교도관이든 가리지 않고 무모할 만큼 겁 없이 반항했다.

"이 새끼가 그래도 잘못했다고 안 빌어?"

"야 이 양반아, 당신이 아침부터 나한테 욕하고 머리 길다고 시비했지. 나가 뭘 잘못했어?"

"야 이 새끼야, 네가 먼저 나한테 철창 사이로 주먹질했잖아."

"당신이 먼저 욕하고 시비하니까 내가 주먹질했지, 이 양반아."

"뭐 이 새끼야? 야, 이 새끼 뜨거운 맛을 봐야 정신 차리겠구나. 야, 경교대! 이 새끼 솜옷 입혀서 모래밭에 던져버려. 뒤지면 내가 책임질게."

"알겠습니다."

나는 한여름 뙤약볕에 솜옷을 입고 밧줄에 묶여 던져졌다. 정말 미치기 딱 좋았다. 이글거리는 햇볕에 몸은 벌레가 기어 다니는 듯 간지럽지, 땀은 쏟아지지, 숨쉬기는 곤란하지. 할 수 없이 개죽음당하는 것보다 훗날을 기약하자는 생각으로 항복했다. 그때야 솜옷을 벗기고 보안과로 끌고 가 꿇어 앉혔다.

다음에 재소자들한테 들은 얘긴데, 공주교도소는 원래 재소자가 조그만 사고를 쳐도 또라이로 취급하여 사람을 개돼지 취급하여 다룬다고 했다. 보안과에 꿇어앉아 있는데, 총반장이 오더니 나를 발로 내지르며 퉁바리를 놨다.

"야! 장호. 건달이란 놈이 항복을 해?"

"아니 총반장님, 제가 독립운동가도 아니고 그렇게 모진 고문을 하는데 항복 안 할 장사가 어디 있습니까?"

"그래도 그렇지, 인마. 나도 계엄사에 끌려가서 사흘 동안 죽을 고문을 당했다. 여기는 고문도 아니야."

"예, 죄송합니다."

"그렇게 고생할 걸 교도관한테 왜 주먹질을 했냐?"

"부장님, 야를 어떻게 할까요?"

"이제 잘못을 인정했으니 보안과장님 결재받아서 미지정 방으로 돌려보냅시다. 참 나, 이십 년 근무하면서 재소자한테 주먹으로 얼굴 맞아본 것은 처음이요."

"그렇지만 부장님, 제가 봐도 이만큼 했으면 좀 과하지 않았나 생각이 듭니다."

"야, 장호. 괜찮냐?"

"예, 어디 부러진 데는 없는 것 같습니다."

나는 뭇매를 맞은 후유증으로 방에서 꼼짝하지 못하고 사흘째 누워 있었다. 나흘째 되는 날, 나랑 한바탕했던 부장이 나를 관구실로 불러냈다.

"야, 장호. 미안하다. 내가 너무 심하게 한 것 같아서 너한테 사과하러 왔다. 자, 담배 한 대 피우고 나를 용서해라. 너하고 특별히 감정이 있어서 그런 것이 아니고 직업상 어쩔 수 없이 그랬다."

"아~ 그래요. 부장님, 나 담배 끊었습니다. 나도 재소자로서 부장님한테 폭력을 쓴 것은 대단히 잘못된 일이나 부장님은 내가 아마 징역이 많이 남았다면 여기 올 사람도 아닙니다. 그래서 부장님이 나한테 한 짓은 도저히 용서가 안 됩니다. 짐승한테도 그렇게 하면 벌 받습니다. 그리고 재소자한테 그렇게 모진 고문을 한다고 절대 교화되지 않습니다. 그런 악랄한 고문은 원한만 살 뿐입니다. 나는 여기서 나가는 날 부장님을 꼭 잡아서 갚아줄 것입니다. 부장님 표정과 기분이 어떤지를 꼭 한번 물어볼게요. 아니면 부장님을 죽이고 다시 들어와서 징역 살겠습니다."

"어이, 장호. 한 번만 용서해주면 안 되겠나?"

"하하, 두고 보시면 알 것입니다. 그러니 돌아가십시오."

나는 이를 갈며 관구실을 뛰쳐나왔다.

'개새끼, 두고 보자.'

며칠이 지나고 드디어 만기 출소일이 밝았다.

"자, 다들 건강하시고요. 내가 면회를 올랑가는 모르겠지만, 나오시거든 서울 올라오셔서 구로공단 쪽으로 한번 놀러 오세요. 아무 다방이나 업소에 들어가 장호를 찾으면 연락처나 있는

데를 가르쳐줄 겁니다. 하하, 미안합니다, 먼저 나가서."

"어이 별말씀을. 아우가 있어서 시간 잘 깨고 즐거웠네."

"예, 감사합니다. 사랑하는 아우들아, 건강하게 잘 지내다 나와라."

"예, 형님도 건강하십시오."

"사회에서 보자. 징역들 얼마 안 남았지?"

"예, 형님."

정문 출입구를 바라보자 문 앞에서 아우들이 나를 기다리고 있었다. 나는 정문을 향하지 않고 보안과로 뛰어 올라갔다.

"박 부장님 어디 갔습니까?"

박 부장님 휴가인데요. 무슨 일 있습니까? 저희한테 말씀하세요."

여교도관이 말했다.

"아, 예. 박 부장님 휴가 끝나고 돌아오면 장호라는 출소자가 얘기하더라고, 교도관으로서 똑바로 재소자들에게 대하라고 전해주시오. 재소자들 고문이나 시키고 우월감에 도취하여 함부로 하면 재소자들한테 원한만 살 뿐 재소자 교화에 전혀 도움이 안 된다고 전해주시오. 그러다가 칼 맞고 뒤지든지 병신 되고 난 뒤에 후회하지 말라고요."

"예, 그렇게 전해드릴게요."

"안녕히 계십시오."

다시 자리를 잡다

"야~ 잘들 있었냐?"

"예, 형님들. 고생 많으셨습니다. 정일아, 형님들 두부 좀 드리고 이제 교도소 그만 가시게 달걀을 교도소 앞문에 던져서 깨부러라."

"어어 알았네, 친구."

"야, 아우들아. 여기까지 온 김에 대전교도소 들러서 춘봉이 친구 면회 좀 하고 올라가자."

"예, 형님."

우리 일행은 올라가는 길에 대전으로 빠져 춘봉이 면회를 갔다.

"친구야, 고생이 많지?"

"그래, 벌써 일 년이 지나갔구나. 오늘 출소한 거여?"

"그래. 형님이랑 나는 같이 나오고, 영수는 한 달쯤 남았네. 우리야 일 년이니까 금방 지나갔지만, 친구가 걱정이네."

"일 년 육 개월이야 금방 가지 뭐. 원철이도 출소하여 지금쯤 대전터미널에 가 있을 걸세. 어제 내가 만기방에 들러 얼굴

봤네.”

“그러게. 우린 이쪽으로 오고 원철이는 터미널로 갔구나. 친구, 아무쪼록 건강하고 면회 자주 못 오더라도 용서하시게. 영치금은 안 떨어지게 매달 부칠게.”

“알았네, 친구. 올라가서 내 자리도 잡아놓고, 사고 치지 말고 생활 잘 하시게.”

“알았어, 친구야. 운동 열심히 하고 책도 좀 보고. 잘 지내시게. 올라 갈라네.”

“그래, 잘 가시게.”

“형님, 올라갑시다.”

“그래, 가자. 춘봉아, 형이 한 번 내려올게.”

“예, 형님.”

우리는 서로가 눈물을 글썽이며 서로의 눈을 마주치지 않고 접견실을 빠져나왔다. 일 년 사이에 구로공단 주변도 많이 변했다. 대형 업소도 몇 개 더 들어서고 작은 업소도 많이 생겨 밤이면 불야성을 이루었다.

“야, 아우들아. 동네 별일 없냐?”

“형님, 별다른 문제는 없고 이리 출신 건달 선배가 와서 스탠드바를 오픈했는데 우황을 많이 떠는 편입니다.”

“그래, 그렇다면 내가 손 좀 봐야지. 일 년 동안 동네를 비웠으니까 우선 주위에서 신세 진 분들한테 인사부터 드려야겠다. 그

담엔 일 년 동안 옥바라지한 너희 형수 될 사람도 좀 만나야지 않겠냐? 거기 이리 건달인지는 그런 다음에 만나서 얘기해 보고, 사람 같으면 동네서 같이 생활하고 아니면 내가 정리할란다."

"아닙니다, 형님. 그 선배도 다 장단점이 있습니다. 나하고 몇몇 아우들한테는 잘합니다."

"야, 청호. 니가 야물고 싸움을 잘하니까 가까이 한 거 아니여. 알았다. 내가 사흘쯤 후에 직접 만나보고 결정할게."

"예, 형님. 일단 숙소는 연하장 모텔에 한 달 잡아놨으니까 거기 가서 푹 좀 쉬십시오."

"알았다. 내일이나 다들 모여서 같이 밥 묵자. 영석이 형님, 가시지요."

"그래. 모텔에 가서 짐 정리도 하고 좀 쉬자."

"예, 형님."

곱 징역 일 년을 살고 사회에 나온 첫날 밤이 그렇게 깊어갔다. 이제 20대 중반, 나이를 먹었나? 이런 여관이 아니라 지친 심신을 추스를 수 있는 집이, 그 집에서 기다리고 있을 사랑이 그리웠다. 내일이면 보겠지만, 미스 강이 보고 싶다는 생각과 함께 깊은 잠에 떨어졌다.

"자기야, 고생 많았지?"

"고생은 무슨 고생? 당신이 징역수발 하느라 더 고생했지. 조만간 결혼하기 전에 독산동에다 월세방 하나 마련해서 둘이서 같이 살다가 여건 좀 만들어서 결혼하자."

"알았어, 자기야. 방은 내가 마련할게."

"옷 장사는 잘되는가?"

"응, 자기야. 가게 위치가 이대 입구라 그런대로 잘되네요."

"다행이네. 집안 식구들도 다들 잘 계시고?"

"응. 언니 혼자만 자기가 교도소 간 걸 알고 있고 아빠, 엄마는 몰라."

"휴~ 다행이구마. 사위 될 놈이 전과자인 줄 알면 펄쩍 뛰실 건디. 하하."

일 년 만에 사랑하는 사람을 만나 회포를 푼 나는 다음날 아우들을 불러 돌아가는 상황을 듣고 우선 할 일들을 일렀다.

"다들 반갑다."

"형님, 고생 많으셨습니다."

"고생은 뭔 고생? 이 생활 하다 보면 교도소 문은 넓으니까 아우들도 염두에 둬라."

"예, 형님."

"앞으로 안주 장사는 민구 친구가 하시게. 자네 어머니께서 자네가 매일 놀고먹는다고 걱정하시대. 얼음 가게는 청호가 동생 하나 데리고 하고. 조만간 정석이 형이 독산동에 대형으로 스탠드바를 오픈하는데 내가 섭이랑 꽁치 데리고 일 보기로 했으니까 그리들 알고 있어라. 우리 영석이 형님은 프로덕션 그대로 하시고, 원철이는 이리 선배 만나서 밥자리 알아볼 테니까 그리 알고 있어라."

"예, 형님."

"청호 니가 내일 마당 레스토랑으로 이리 선배님 좀 모시고 와라."

"예, 형님."

다음날, 청호가 스탠드바로 가서 이리 선배를 청해 마당 레스토랑으로 왔다. 나는 미리 와서 기다리고 있다가 밖으로 나가 정중하게 맞았다.

"처음 뵙겠습니다. 장호라고 합니다."

"아, 반갑네. 이번에 고생했담서? 아우님 얘기는 다른 아우들한테 많이 들었네. 나는 이리 해송이라고 하는데, 내 친구가 이리 창모네."

"아, 예. 창모 형님은 제가 존경하는 형님입니다."

"그래. 창모한테 나를 물어보시게. 그러면 검증이 끝날 거네. 이렇게 만난 것도 인연인데 앞으로 형 아우로 지내면 어떨까?"

"저야 좋습니다, 형님. 참, 제가 아끼는 아우 한 명이 지금 형님 가게에서 일하더군요."

"아, 작은 정일이?"

"예, 형님. 제 아우 한 명만 더 써주시면 안 되겠습니까? 아니면 한 사람 월급 정도 용돈으로 주시든지요."

"까짓것 장사도 잘되는데 그러지 뭐. 나이를 떠나서 이 지역 대장이 얘기하는데 그 정도는 들어줘야지 예의 아닌가."

"하하하, 감사합니다, 형님. 앞으로 잘 모시겠습니다."

"나도 아우님한테 잘할게."

"예, 형님."

이리 건달이면 자존심도 셀 텐데, 해송이 형이 나와는 초면임에도 나를 인정하고 선선하게 협조를 해줘서 기분이 좋았다. 나는 이렇게 마음의 은혜를 입으면 그 몇 배로 잘하려고 애쓰는 기질이었다. 아마 내가 없는 사이에 우리 아우들에게 나에 대해 듣고 어느 정도 파악한 모양이었다. 건달도 이렇게 서로에 대해 알고 인정할 건 인정할 줄 알 때 건달이지 유아독존 자기만 잘난 줄 알고 기고만장하여 상대방 무시하면서 설치면 양아치다.

원철이한테 한 약속을 지킬 수 있게 되어 결국 해송이 형이 보스로서의 내 체면을 세워준 것이다.

"원철아, 니가 섬마을 해송이 형 가게 지배인으로 가서 작은 정일이 영업부장 삼아서 둘이 열심히 잘 해라."

"예, 형님. 잘하겠습니다."

우리도 며칠 지나 정석이 형하고 독산동에 삼백 평쯤 되는 지하에다 지구촌 스탠드바를 오픈하였다. 코너가 오십 개에 아가씨가 백 명으로 스탠드바치고 작은 가게는 아니었다. 연예인도 다양하게 다수 출연시키고 디스코걸도 서너 명 고용하여 분위기를 끌어올렸다. 개업하자마자 손님이 미어터졌다.

"야~ 아우들아. 뭔 손님이 매일 이렇게 쏟아져 들어 온다냐? 정신 똑바로 차리고 영업해야겠다."

"예, 형님."

가게는 사장 정석이 형 밑으로 용철이 형이 영업 사장을 맡고, 지배인인 내 밑으로 섭이가 영업부장, 경석이가 관리부장, 고향 아우인 눌보가 웨이터장을 맡아서 영업을 꾸려갔다.

오픈하고 한 달쯤이나 되었을까. 대한민국 액션 영화의 거물인 박거성 큰형님이 미국에서 귀국하여 우리 가게에 출연했다. 크게 히트한 영화 〈팔도 사나이 용팔이〉 출연 배우로 이름을 날린 형님이다.

나 어렸을 때 고향에 있는 맘모스극장에 쇼가 들어오면 우린 큰형님 근처에 가기가 별 따기보다 힘들었다. 그 옆에는 늘 산적 같은 떡대 형들이 경호원으로 붙어 다니기 때문에 극장 안에서나 제대로 보지, 극장 밖에서는 볼 수도 없는 그런 형님이었다.

"큰형님, 참 감개무량합니다. 그렇게 가까이서 보기 힘든 형님을 이렇게 모시고 술도 한잔하고 하니까 너무 행복하고 좋습니다."

"그래, 장호야. 이 형도 잘 나가다가 미국에서 사업하다 말아

먹고 고국에 돌아와 고향 아우 장석이도 만나고 너희도 만나니까 너무 기분이 좋구나."

"예, 형님. 저희도 영광입니다."

"그래, 야무지게 열심히 살아라."

"예, 형님."

거성이 형님은 최고의 영화배우이지만 운동을 많이 하고 타고난 싸움꾼이어서 웬만한 건달들 이상으로 주먹을 잘 쓰는 데다가 다혈질이었다. 무대에서 노래하다가도 무대 아래서 손님들이 별생각 없이 반말로 야, 거성이 노래 잘한다면서 비아냥거리면 무대 아래로 뛰어 내려와 그 손님들한테 주먹질과 발차기를 거침없이 해댔다. 그때마다 우리는 말리느라 진땀을 뺐다.

"큰형님, 우리 선에서 알아서 정리할 테니까 진정하십시오."

"아니야, 저 후레자식들이 내가 누군 줄 알고 감히? 사업하다 좀 잘못되어서 여기 와서 노래나 부른다고 나를 무시해? 개새끼들."

"큰형님, 여기가 변두리라서 술 취하면 별 양아치 새끼들이 다 있습니다. 저희도 매일 한두 건씩 하고 있습니다. 진정하십시오."

어느 정도 장내가 안정되자 무대 위에서는 사회자가 행사를 진행했다.

"다음 출연 가수는 방실이! 〈서울 탱고〉를 부르겠습니다."

"큰형님, 사무실로 들어가시지요. 어이~ 주방장, 갈비찜하고 양주 한 병 가져와라."

"예, 형님."

우리 큰형님은 양주랑 갈비찜을 좋아해서 항상 갈비찜을 주방에 준비해둔다. 다행히 주방장 코털이 음식을 맛있게 잘하는 편이다.

"큰형님, 진정하시고 다음 일정 없으면 천천히 드시고 가십시오."

"그래. 장호 니도 한 잔 받아라."

"예, 큰형님. 우리 어렸을 때 보면 큰형님 친구분, 혁신원 원장님이 계셨잖아요."

"아~ 정채 친구. 니가 그 친구를 어떻게 아냐?"

"아, 예. 잘 알지는 못하지만, 순천극장 쇼 들어오면 특이하게 손수레를 타고 오시잖아요. 손수레를 한 사람이 끌고 두 사람은 옆에서 밀면서 경호하고요."

"아, 그래그래. 정말 재미난 친구지. 나 잘나갈 때 많이 도와주었지."

"예, 큰형님. 소문 들어서 알고 있습니다. 저도 영화관을 좋아해서 그때 큰형님께서 출연하신 영화는 거의 다 봤을 겁니다."

"하하하, 아우하고 나는 나이 차이가 크지만, 대화하다 보면 내가 잊어먹고 있던 것까지 동생이 다 기억하고 있구마. 그래. 고맙다, 장호야. 이 못난 형을 그렇게 인정을 해줘서."

"아이고 큰형님, 큰형님은 대한민국 국민이 다 알아주는 명배우이십니다. 저도 영화 한번 출연해 볼라고 여기 자주 오는 영화감독 한 분을 최고급 양주든 뭐든 아끼지 않고 극진히 모셔왔는데, 올 때마다 자꾸 기다리라고만 하고 있습니다."

"그 자식 이름이 뭐여?"

"예, 큰형님도 이름만 대면 알 만한 감독입니다."

"그래, 나를 만나게 해주라. 내가 얘기해줄게."

"예, 큰형님."

건달과 정치, 슬기로운 노사협상

오후에 출근해서 가게 사무실에 앉아 있는데 전화벨 소리가 유난히 크게 울렸다.

"예, 지구촌 스탠드바입니다."

"장호냐?"

"예, 누구십니까?"

"나 해송 룸살롱 완용이다."

"예, 형님. 별일 없으시지요?"

"응, 별일 없지."

"내일 오후 두 시쯤에 시간 좀 내라."

"예, 형님. 무슨 일 있습니까?"

"너 돈 벌게 해줄라고."

"예, 형님. 알겠습니다. 제가 형님 가게로 가겠습니다."

"그래, 내일 보자."

"안녕하십니까? 형님. 무슨 돈을 벌게 해준다고요?"

"돈 벌 일이 있다. 나하고 같이 공단 이사장님 뵈러 가자."

"그분 국회의원 아닙니까?"

"집권당에서도 잘나가는 국회의원이지. 국회의원은 공단 이사장도 겸임할 수 있어. 여기가 국가 산업단지라 그런가 봐."

나는 건달이 된 이후 처음으로 정치인을 만나게 되었다. 유명한 정치깡패 이정재의 일화를 알고 있어서 혹시 나도 이러다 정치깡패 되는 거 아닌가 하는 섣부른 상상이 날개를 폈다. 정치인, 그것도 집권당의 거물 국회의원이라니 호기심은 있었지만 찜찜한 기분 또한 어쩔 수 없었다. 정치인을 그다지 믿지 못하는 편이었다. 하지만 돈 벌게 해준다는 말은 솔깃했다. 나는 상기된 얼굴로 완용이 형을 따라 공단 이사장실로 들어섰다.

"안녕하십니까? 이사장님."

"어서 와요, 최 사장. 최 사장 형님은 잘 계십니까? 지난번 선거 때 나를 많이 도와주었는데."

"예, 이사장님. 이 친구가 장호라는 아우입니다."

"아, 그래요. 반갑습니다. 장호 동지는 우리 최 사장한테 얘기 많이 들었어요. 이번에 우리 당에 아우들하고 입당했다지요."

"예, 이사장님."

"우리 서로 힘을 합해서 대한민국과 구로공단의 발전을 위하여 손잡고 일 좀 해봅시다. 다름 아니라 요즘 부쩍 운동권과 노동자들이 회사 일에 너무 조직적으로 참여하고 노동운동을 한답시고 회사 경영에 감 놔라 배 놔라 하고 회사가 어려운데 임금을 너무 많이 올려주라고 하고 밀어붙이고 파업을 일삼으니 문제가 심각합니다. 우리 공단 측도 외국 거래처에 납기를 못 지키면 망신이고, 국가적으로도 수출 백억 달러를 넘어 오백억 달러가 목표인데 파업이 잦아지면 목표 달성이 늦어질 것 아닙니까. 그래서 고심 끝에 구사대가 좀 필요해서 장호 동지를 만나보자고 한 것이오."

"아, 예. 이사장님, 잘 알겠습니다."

"그리고 이번 기회에 장호 동지를 우리 구로 갑 지역 민정당 청년부장으로 임명할 테니 내 정치 일도 많이 좀 도와주시오."

"감사합니다, 이사장님."

우리는 그렇게 하여 공단의 구사대도 하고 선거 때면 당을 도와 사람도 동원하고 벽보도 붙이고, 국회의원 경호도 했다. 그런 배경으로, 아우들이 사고 치고 잡혀 들어가면 그림을 구해다가 공단 사장들한테 강매하다시피 하여 변호사 비용으로 쓰기도 했다.

"야, 아우들아. 잠바들 챙겨 입고 전부 옥상으로 올라와라. 저기 정문 앞에 몰려와 있는 노동자와 운동권 학생들을 밀어내는데 우리가 쟈들한테 맞는 한이 있어도 절대 쟈들을 한 대라도 때리면 안 된다. 알것냐?"

"예, 형님."

"자 지금부터 정문으로 내려가서 회사 안으로 한 명도 진입 못

하게 막아라. 쟈들이 우리 회사에 쳐들어와서 회사를 점거하는 날이면 이 농성이 장기적으로 가서 회사가 망할 수도 있다. 그때는 우리도 돈 한 푼 못 받고 공단 이사장님이나 사장님들이 우리를 안 묵어줘서 우리는 이 공단 바닥에 더 이상 설 자리가 없어진다. 뭔 말인지 알겄냐?"

"예, 형님."

노동자와 운동권 학생들 백여 명은 비장하게 투쟁의 노래를 부르고 깃발을 날리며 온몸으로 밀고 들어올 기세였다. 나중에 물어보니 노래패 꽃다지가 부른 이후 파업 투쟁 가요가 되다시피 한 〈동지가〉라고 했다. 이 노래를 듣고 있자면, 그러면 안 되는 거지만 왠지 사나이 가슴을 뜨겁게 적셨다.

♬휘몰아치는 거센 바람에도 부딪혀오는 거센 억압에도 우리는 반드시 모이었다. 살을 에는 밤, 고통받은 밤, 차디찬 새벽 서리 맞으며 우린 맞섰다. 사랑, 영원한 사랑. 변치 않을 동지여. 사랑 영원한 사랑, 너는 나의 동지♪….

그에 비하면 우리 구사대는 오십여 명. 수적으로는 절대 열세였다. 그런 데다가 다치게 해서는 안 되는 제약이 따라서 한번 밀리면 걷잡을 수 없게 될 터였다.

"야! 구사대. 밀리면 안 돼. 몸으로 정문을 막고 담으로 넘어오는 놈들은 잡아서 다시 내보내."

"예, 형님."

우리는 그렇게 조업 현장을 지키고 있는데, 어쩌다 우리 구사대 아우 한 명이 저쪽 노조원들에게 붙들려 가고 말았다. 포로가 된 것이다. 그래서 나는 저들이 또 담을 넘어오거든 그중 아무나 두 명을 다치지 않게 조심해서 붙잡아 놓으라고 지시했다. 아무래도 우리 쪽 아우를 찾아오려면 포로가 필요했다. 우리는 둘을 잡아놓으면 협상력이 배가될 것이었다.

다음날, 나는 저쪽에 통보해서 2대1 포로 교환을 제안하여 협상 약속을 받아냈다. 일단 노조 쪽 가족이 운영하는 호프집에서 만나 포로 교환 문제를 협상했다. 우리는 한 명을 받고 저쪽은 두 명을 받는 조건이어서 협상은 어렵잖게 타결되었다. 마침내 3공단 운동장에서 구사대 대표와 노조 대표가 포로를 데리고 나와 포로 교환을 실행했다.

노사분규 현장에서의 포로 교환이라니. 전대미문의 일이었다. 이 일로 구사대 쪽과 노조 쪽은 기본적인 신뢰 관계가 형성된 것인지, 분규의 원인이 된 문제도 생각보다 쉽게 풀렸다.

포로 교환 사건이 있고 나서도 노동자 및 운동권 학생들과 며칠을 밀고 당기는 실랑이를 벌였다. 그러다가 나는 직접 정문 앞으로 나섰다.

"여기 노동운동 대표가 누구요?"

"내가 대표요."

"아, 우리는 이 앞에 포로 교환 때도 서로 봐온 사이 아니요? 우리 초면도 아닌데 이따 저녁때 양쪽 대표끼리 가리봉 오거리에서 만나서 생맥주 한잔하면서 협상도 좋고 대화 좀 하시게요."

"아, 맞아요. 구사대 대표 맞지요?"

"맞습니다. 나도 이 회사를 살리기 위해 온 것이고, 여러분도 결국 이 회사를 살리자는 거 아니요? 그러니 우리가 서로 원수진 것도 아닌 데다 회사를 살리자는 목표도 같은데, 대화로 못할 게 뭐 있겠습니까? 협상합시다."

"알았소."

"그럼 저녁때 가리봉 오거리 환희다방 1층에 있는 생맥줏집에서 일곱 시에 만나시지요."

"알겠습니다."

양쪽 대표단이 가리봉 오거리 생맥줏집에서 만났다.

"다시 정식으로 인사드리겠습니다. 구로공단 노조위원장 김철진이라고 합니다."

"저는 학생운동 남부총연맹 부회장 이무성이라고 합니다."

"반갑습니다. 나는 구사대 대장 문장호라고 합니다. 그리고 여기 두 사람은 우리 아우들입니다."

"용관이라고 합니다."

"저는 민석이라고 합니다."

"우선 시원한 생맥주 하시면서 이야기들 나누시지요. 사장님,

여기 생맥주하고 통닭하고 감자튀김 하나 주십시오."

"예, 알겠습니다."

"자, 건배하시지요. 위원장님, 우선 고생하십니다. 나도 공돌이 생활도 해보고 철강상회 점원도 해봤습니다. 위원장님 측에서 요구하는 임금 인상이 맞습니다. 저희도 공장 다닐 때 시골집에 이만 원이라도 보내주고, 방 월세 주고, 남은 돈으로 옷이라도 한 벌 사 입고, 여자친구 만나서 짜장면이라도 한 그릇 사 먹고 영화라도 한 편 보면서 스트레스도 풀고 하려면 적어도 월급 십만 원은 받아야 하는데, 육칠만 원 받아서는 쓸 게 없다는 걸 잘 알고 있습니다. 그동안 우리가 회사에 머물면서 회사 사정을 대충은 알고 있는데, 노조 측에서 요구하시는 임금 이십 프로는 조금 과한 것 같고, 우리가 사장님 동의를 얻어낼 테니 십 프로 선에서 마무리하시는 게 어떻겠습니까?"

"구사대는 무식한 깡패들로만 알았는데, 젊은 친구가 상당히 합리적이네요. 우리도 노조원들과 합의를 봐야 하니까 오늘은 적당히 마시고 내일 이 시간에 다시 한번 만납시다."

"예 알겠습니다. 자, 마저 한잔 드시지요. 건배 한번 합시다. 우리 구로공단의 발전과 노사와 학생운동의 발전을 위하여!"

"위하여!"

다음날, 나는 회사 대표를 찾아가 자초지종을 털어놓고 양해를 구하는 한편 저쪽에서도 어느 정도 선에서 양보할 뜻이 있으니 이쪽에서도 그만큼 양보하여 아름답게 마무리하는 것이 회사로서도 길게 보면 여러모로 이익이지 않겠느냐고 설득했다.

"사장님, 제가 주제넘게 어제 저쪽 대표들을 만났습니다."

"그래, 저쪽에서는 뭐라고 하던가?"

"목숨을 걸고 월급 이십 프로를 올려주든지, 아니면 회사가 문을 닫든지 끝까지 투쟁하겠다고 난리인 것을 제가 회사가 어려우니까 십 프로 선에서 사장님께 말씀이나 한번 드려본다 하고 다시 만나기로 했습니다."

"십 프로면 그쪽에서 수용한다던가?"

"회사 측에서 답이 떨어지면 우리가 나가서 마무리하고 오겠습니다."

"우리 회사 측도 회의를 좀 해야 하니까, 다섯 시 안에 연락 줌세."

"예, 사장님."

다섯 시쯤 사장이 나를 불렀다.

"장호 대장, 실은 아직 우리 회사가 어려워서 임금 십 프로 올리는 것은 조금 무리지만 앞날을 내다보고 우리 노동자들이 조금만 열심히 해주면 어느 정도는 커버할 수 있으니까 오늘 저녁에 저들을 만나서 회사 사정을 잘 말씀해주시고 임금 인상 십 프로 선에서 합의 보는 것으로 마무리해주시게."

"예, 사장님. 잘 알겠습니다."

나는 다시 오거리 생맥줏집으로 노조 대표들을 만나러 나갔다.

"어서 오세요, 장호 씨."

"예, 위원장님. 우선 시원한 생맥주 한잔하시지요."

"아, 그럽시다. 오늘은 내가 사겠소."

"무슨 말씀을. 내가 사야지요. 사장님, 여기 맥주하고 통닭하고 골뱅이하고 오징어 한 마리 주세요."

"예, 감사합니다."

"자, 한잔하시지요. 건배합시다. 위원장님, 오늘 내가 회사 사장님하고 의논하여 임금 십 프로 인상하는 것으로 합의를 봤습니다. 그리고 회사가 잘되면 이십 프로가 아니라 삼십 프로라도 올려준답니다. 그러니 위원장님 측에서도 이번에는 그 정도 선에서 마무리해주십시오."

"우리도 어제 회의를 했는데, 이번 파업은 그 정도 선에서 마무리하기로 했습니다."

"아이고, 감사합니다. 위원장님, 우리 공단의 발전을 위하여 건배합시다."

"그럽시다. 우리 공단과 노조와 우리 모두의 발전을 위하여!"

"위하여!"

우리는 이렇게 노사분규를 합의로 이끌어 마무리해주고 구사대 점퍼를 벗었다.

"야, 다들 고생했다. 오늘은 삼겹살과 소주로 목구멍에 때 좀 벗기자."

"야호! 형님, 감사합니다."

나는 사례금으로 받은 돈을 봉투째로 고생한 아우들에게 주었다.

"청호야, 이 돈 가지고 아우들 똑같이 나눠줘라. 이 돈은 느그들 쓰고."

"예, 형님."

따르릉. 그때 사무실 전화가 울렸다.

"아, 여보세요."

"장호 동지요?"

"예, 누구십니까."

"나, 공단 이사장이요."

"예, 이사장님."

"이번에 아무 사고 없이 노사분규를 잘 마무리해줘서 참으로 다행이고 고맙소."

"예, 이사장님. 다 이사장님의 염려 덕분입니다."

"조만간 최 사장하고 회사 김 사장하고 저녁 식사나 합시다."

"예, 알겠습니다."

10

배신의 계절

참 아이러니했다. 꽤 규모가 큰 가게가 세 개씩이나 미어터지도록 번창하는데, 형님이라는 사장 한 사람만 행복하고 그 밑에서 고생하는 아우들은 다 불행하니…. 한 사람의 탐욕이 빚은 참사라고밖에는 할 말이 없다. 나는 명색이 대장으로서 아우들 볼 면목이 서지 않았다. 이처럼 분위기가 어수선한 가운데 며칠 지나지 않아 정석이 형이 나를 부르더니 다짜고짜 나더러 가게에 나오지 말라고 했다.

올챙이 적 모르는 개구리

지구촌 스탠드바는 날마다 손님들로 북적거렸다. 물 만나 고기처럼 사업 운이 활짝 트인 정석이 형은 지구촌에서 오백 미터쯤 떨어진 곳에 골든벨 스탠드바를 새롭게 오픈하였다. 골든벨도 현장 간부들은 우리 아우들이 맡아서 하고, 고향에서 올라온 정석이 형 친구가 영업 사장을 맡았다. 새로 오픈한 골든벨도 문을 열자마자 대박이 났다.

정석이 형의 사업은 날로 번창했다. 골든벨을 오픈한 지 불과 석 달 만에 또 하나의 스탠드바를 인수하였다. 골든벨에서 삼백 미터쯤 떨어진 그 가게는 상호가 정거장 스탠드바인데 오픈하자마자 손님들로 미어터졌다.

나는 아우들과 최선을 다해서 가게가 번창하도록 일했다. 시쳇말로 정석이 형에게 충성을 다한 것이다. 그런데 사업이 번창할수록 정석이 형의 욕심도 더욱 커져서 도무지 아우들한테 뭘 조금도 나눠 줄 생각을 하지 않았다. 그릇에 물이 차서 넘치면 좀 흘러서 우리도 좀 받아 마시는 재미가 있어야 하는데, 채워질 만하면 더 큰 그릇을 갖다 놓고, 또 좀 채워질 만하면 더 큰 그릇을 갖다 놓으며 자기 혼자 욕심만 차리니 나와 아우들은 목이 마르고 배가 고팠다.

월급은 몇 푼 안 되지, 아우들은 많지, 가끔 가게에서 깽판 치는 놈들 두들겨 패기라도 하면 치료비와 합의금 물어줘야지…. 정석이 형은 갑부가 되어 가는데 그 밑에서 개고생하는 우리는 맨날 적자 인생에 삼팔따라지를 면치 못했다. 무엇보다 가게 일보다가 사고가 터져 나가는 돈도 우리 알량한 월급에서 까이다 보니 정석이 형에 대한 불만이 한계점 이상으로 쌓이기 시작했다.

"장호 형님."

"왜?"

"정석이 형님이 우리한테 너무하는 것 아닙니까?"

"뭐가?"

"혼자만 돈 다 벌고, 우리한테는 쥐꼬리만 한 월급으로 생활하라고 하니 우리 밑에 아우들한테 밥 한 그릇 사주기도 힘듭니다."

"정석이 형님이 시내 생활할 때나 종로 생활할 때도 원체 어렵게 생활했단다. 아마 많이 벌면 우리도 좀 챙겨주지 않겠냐? 조금만 더 참고 열심히 해보자."

"아니 그래도 그렇지요, 형님. 지금도 가게가 벌써 세 개인데 영등포에 또 하나 오픈한다는데요."

"하하하, 이러다 술집으로 그룹 되겠다. 야! 아우들아, 그래도 우리가 모시는 형님이 잘되니까 얼마나 좋으냐? 안 그럽니까? 용철이 형님."

내가 아우들을 다독이려고 정석이 형을 두둔하자 옆에 있던 은미 형수가 평소 느낀 바가 있었는지 의미심장한 한마디를 던졌다. 우리 고향 출신의 걸출한 형님과 서로 좋아하는 사이라서 우리가 형수님으로 깍듯이 모시는 분이다.

"그건 그런데, 정석 씨가 많이 변한 것 같애."

"원래 사람이 돈이 없다가 돈 좀 벌면 목에 힘이 들어가고 사람이 변한단 말은 들었습니다만…."

"어쩔 겁니까? 괜히 억울하면 출세하라는 말이 있겠어요? 우리도 어떻게든 업소 하나씩 해야지요. 평생 남의 집 눈칫밥만 먹을 수 없잖습니까?"

"그건 맞는 말이네, 아우."

참 아이러니했다. 꽤 규모가 큰 가게가 세 개씩이나 미어터지도록 번창하는데, 형님이라는 사장 한 사람만 행복하고 그 밑에서 고생하는 아우들은 다 불행하니…. 한 사람의 탐욕이 빚은 참사라고밖에는 할 말이 없다. 나는 명색이 대장으로서 아우들 볼 면목이 서지 않았다. 이처럼 분위기가 어수선한 가운데 며칠 지나지 않아 정석이 형이 나를 부르더니 다짜고짜 나더러 가게에 나오지 말라고 했다.

"아니 형님, 농담이지요? 이유가 뭡니까? 나는 그동안 형님이 고향 선배라고 깍듯이 예의를 지키고 충성을 다했는데 아무 이유 없이 그만두라고 하면 이 아우를 너무 무시하는 것 아닙니까?"

"야 인마. 느그들 시간만 나면 사무실에서 나 흉보고 욕하고 그러면 되겠어? 내가 좀 잘되고 있으니까 느그들이 망하기를 바라는 거냐?"

"어떤 새끼가 형님한테 고자질한 거요? 우리는 다른 것 없고 돈이 좀 필요해서, 가게가 잘되니까 월급을 좀 올려주든가 아니면 형님이 금일봉 조로 용돈 좀 주면 좋겠다고 몇 번 우리끼리 얘기한 적이 있습니다. 그런데 형님은 가게를 몇 개씩 내도록 우리한테 해준 게 뭐가 있습니까? 나도 그렇고, 섭이나 식이 아우도 가게에서 사고 나면 다 자기 월급으로 치료비 주고 합의 보고 했습니다."

"야 인마, 뭘 그리 말이 많아? 그만두라면 그만두지."

"그래요? 형님, 고양이가 쥐를 쫓을 때도 도망갈 구멍은 남기는 법입니다. 안 그러면 쥐가 고양이를 물 수도 있어요. 형님, 명심하시오."

"이 새끼가 어디서 공갈을 치고 난리여?"

"알았소, 형님. 그만둘랍니다. 형님 혼자 잘 묵고 잘 사시요."

나는 다시는 안 볼 생각으로 돌아서서 나와 아우들을 불러 상황을 정리했다.

“섭이야, 식아. 내가 가게 그만두게 되었으니 느그들도 이달까지만 여기 있고 그만둬라.”

“아니 형님, 무슨 이유로 그런답니까?”

“우리가 자기 흉을 보며 씹고 다닌다고 그러는데, 아무래도 다른 이유가 있는 것 같다.”

“그렇다면 형님, 말일까지 기다릴 거 뭐 있습니까? 우리도 오늘부로 형님과 함께 그만둘랍니다.”

“야, 월급은 받고 그만둬야지.”

“그까짓 월급 주면 받고 안 주면 말지요, 뭐.”

“알았다, 그것이 모양새가 낫겠다. 나가자. 오거리 가서 술이나 한잔하게.”

“예, 형님. 가시지요.”

자리를 잡고 앉아 술이 좀 들어가자 아우들의 불만이 봇물로 터졌다.

“우리가 여기 아니면 밥 못 먹고 사는 것도 아니고…. 정석이 형님이 저한테도 심하게 했지만, 장호 형님한테도 함부로 막말하는 것 같았습니다. 형님, 잘하셨어요. 우리는 밑에서 개고생도 마다하지 않고 충성을 다하는데 자기 혼자 배 터져 뒈지도록 처먹으려고 가게를 몇 개씩 하도록 우리한테는 명절 떡값 한 번을 안 줘요, 그래. 처신을 그따구로 하는데 고향 선배고 형이면 뭐한다요?"

"하긴 그렇다. 그래도 내일 나가서 깨끗이 끝내는 것이 좋겠다."

"아니 형님, 그렇다고 꼬리를 내려부러요?"

"자기도 건달이고 식구들이 있는 데서 서로 껄적지근한 것이 아니냐?"

"형님, 지 성질에 못 이겨 뒤져부러라고 냅둬불제 뭐 할라고 가요?"

"알았다, 아우들아. 내가 알아서 할게."

"맘대로 하시오, 형님."

다음날, 영업 시작 전에 가게로 나가 용철이 형한테 물었다.

"형님! 정석이 형님, 어디 있어요?"

"어, 좀 전에 세 시쯤 가게에서 오백 가지고 나가던데…. 연예인 섭외하러 갔는지 어디를 갔는지 아직 가게에 안 들어왔다. 장호 아우, 내가 장 사장한테 다시 얘기해 볼 테니까 여기서 나하고 아우들하고 다시 일하면 안 될까?"

"아이고, 형님. 우리덜 마음은 벌써 여기를 떠나 불었어요. 오늘 정석이 형님 얼굴이나 보고 어제 내가 심하게 말했던 것을 사과하고 마무리할라고 왔어요."

"그래. 나도 마음이 답답하네."

"하하, 형님. 살다 보면 이럴 수도 있고 저럴 수도 있지요, 뭐! 형님이 보기에 우리가 정석이 형님한테 충성했지요."

"암 그렇고말고. 유흥업소 생활 이십 년에 아우들처럼 열심히 하는 친구들은 처음 봤어."

"감사합니다, 형님."

그때 가게로 들어온 은미 형수가 반갑게 인사했다.

"장호 삼촌, 오늘 일찍 나왔네?"

"예, 형수님."

"반도패션 옆에 생맥줏집을 하나 봐두었는데 나하고 거기 한 번 가볼까?"

"예, 형수님."

우리는 생맥줏집에 자리를 잡고 앉아 맥주랑 안주를 시켜놓고 이리저리 둘러보았다.

"삼촌, 이 가게 어때요?"

"위치도 좋고 가게 시설도 괜찮네요."

"그래요?"

"형수님. 형님 체면도 있고…. 물론 스탠드바 코너도 작은 벌이는 아니지만, 이 가게 하세요."

"그래요, 삼촌. 나도 같은 생각이에요."

"이제 일어나시지요. 형수님, 가게 앞까지 모실게요."

"예, 삼촌."

"형수님, 저 가게 그만뒀어요."

"왜요? 삼촌."

"다음에 말씀드릴게요."

적반하장 그리고 전쟁

나는 형수를 차에 태우고 지구촌 스탠드바 앞으로 갔다. 막 도착하여 가게 앞에 차를 주차하려고 하는데 느닷없이 봉고차에서 대여섯 명이 쇠 파이프와 야구방망이를 들고 내려서 내 차를 내려치기 시작했다. 얼굴을 보니 면이 있는 친구들이었다.

재빨리 차 문을 잠근 나는 '이 새끼들아, 비켜!' 라고 소리치고 경적을 눌러대면서 액셀을 힘껏 밟아 도망쳤다. 봉고차가 계속 뒤쫓아왔다.

"형수님, 잠깐 내리세요."

"왜 그래요? 삼촌."

"저 새끼들 차를 돌려서 박아부러야겠어요."

"안 돼요! 삼촌. 빨리 도망가요."

"미치겠네. 정석이 형님이 연애인 섭외하러 간 것이 아니라 저 새끼들 데리러 갔고만요. 저 새끼들 이태원에서 생활하는 고향 놈들인데…."

나는 최대 속력으로 밟아 구로동 쪽으로 올라갔다. 뒤돌아보니 봉고차라서 내 차를 못 따라잡고 멀찌감치 뒤처졌다. 나는 차를 잠시 세웠다.

"형수님, 지금 빨리 내리세요."

"예, 삼촌. 그리고 이거 몇 푼 안 되지만 기름 넣고 멀리 도망 가세요."

"괜찮아요, 형수님. 걱정하지 마세요."

나는 형수를 내려 드리고 아우들을 불러 차에 태웠다.

"야! 민우야, 청호야, 빨리 타라."

"아니 형님, 무슨 일 있습니까?"

"아무래도 전쟁 한번 해야 할 것 같다. 노량진 아우들 숙소로 가자."

나는 당시 군산 식구들 일부와 영등포에서 삼각 축을 이루고 있는 충성이 식구와 연합하여 세력을 키우고 있어서 어떤 조직하고 전쟁을 해도 밀리지 않을 만큼은 되었다. 게다가 조직 규모가 커지면서 광주 큰형님하고도 가깝게 지내고 있었다.

"아차, 먼저 신림동 세월장 모텔에 들러서 용석이 형님하고 충성이 친구를 만나서 상의 좀 하고 가자. 내가 요새 정신이 하나도 없다."

"예, 형님."

이윽고 신림동에 도착한 우리는 용석이 형부터 만났다.

"용석이 형님, 정석이 형님 식구들이랑 전쟁을 한번 하려고 하는데 형님 생각은 어떠십니까?"

"야, 무슨 일 있었냐?"

"형님도 알다시피 내가 그동안 아우들 데리고 정석이 형한테 충성을 다했는데 아무 대책도 없이 가게를 그만두라고 해서 좀 묵어댔더니 고향 아우들 시켜서 나를 작업하라고 해서 오늘 하마터면 되게 당할 뻔했습니다. 형님 나가서 제 차를 한번 보십시오. 쇠 파이프, 야구방망이로 내리쳐서 다 찌그러지고 유리창도 깨졌습니다."

"야, 장호야. 지금 시국도 뒤숭숭하고…. 웬만하면 네가 참고 화해하면 안 되겠냐? 내가 나서볼게."

"하하, 형님 말씀은 고맙지만 내 선에서 책임지고 알아서 할게요."

나는 아우들과 노량진으로 주형이 아우를 보러 갔다.

"어쩐 일이십니까? 형님."

"지금 급하니까, 나중에 내가 큰형님한테 보고할 테니 연장 준비해서 차 다섯 대에 아우들 이십 명쯤 태워서 독산동 반도패션 앞으로 빨리 와라. 나는 먼저 민우랑 청호하고 가 있을 테니까. 지금 급하다. 전쟁이다, 전쟁."

"예, 알겠습니다. 형님."

"아우들아, 우리가 먼저 가서 동네 있는 아우들을 집합시키자."

나는 가면서 용관이에게 전화를 걸었다.

"용관아, 지금 아우들 좀 모아서 지구촌 스탠드바 길 건너 반대편으로 얼른 와라. 정석이 형님 식구들하고 전쟁 한번 해야겠다."

"예, 형님."

우리가 지구촌 스탠드바 맞은편에 도착해서 그쪽을 쳐다보니 저쪽 놈들이 이십 명쯤 와 있었다. 저 정도 쪽수면 우리한테 충분한 승산이 있었다. 노량진에서 연장 싣고 오는 아우들이 한 삼십 분이면 도착할 것이고, 우리 공단 식구들이 하나씩 모이기 시작하니까 다 모일 때까지 눈에 안 띄게 시간을 좀 끌면 될 터였다. 참, 일이 안 되려니까 그때 하필이면 우리 쪽 아우가 지구촌 앞에서 택시를 내리면서 저쪽 식구들한테 걸리고 말았다.

"야, 너 억이 아니냐? 너, 여기서 장호하고 생활한다면서. 근데 지금 몽둥이 가지고 어디 가냐?"

"장호 형님이 이 앞으로 오라고 해서 가는 길인디…."

"그래…. 정석이 형님, 그 새끼들이 길 건너에 있는 모양입니다."

"그럼 얼른 길 건너로 넘어가자."

열대여섯 명쯤 되는 정석이 형 패거리가 연장으로 무장하고 금세 우리를 둘러쌌다.

"야! 장호. 여기서 뭐 해?"

우리 쪽은 일곱 명뿐인 데다가 비무장이어서 지금 붙으면 백번 깨진다. 그래, 어떻게든 시간을 조금만 끌어보자. 나는 머리를 써서 시간을 끈다고 정석이 형한테 일부러 말을 걸었다.

"아니 형님. 내가 뭘 잘못했다고 이러십니까? 나는 그동안 형님한테 충성을 다한 죄밖에 없는데…."

"뭐? 인마. 니들이 맨날 모여서 사장인 나를 씹어대고 배신 때리려는 음모…."

"형님, 말 같잖은 소리 좀 그만하십시오. 나한테 언제 그런 거 직접 확인이라도 해봤어요? 아우들이 형님 욕해도 내가 오히려 나무라고 형님 변호를 어떻게 했는지…."

그렇게 정석이 형이랑 설전을 벌이고 있으려니까 정석이 형 옆에서 우리 얘기를 듣고 있던 그쪽 아우 강호가 말을 자르면서 느닷없이 내 얼굴에 주먹을 날렸다.

"형님, 이 새끼하고 무슨 말을 그렇게 길게 합니까?"

불시에 한 방 맞은 나는 더 참을 수 없었다.

"야! 뭣들 하냐? 죽기 아니면 살기로 붙어불자."

우리는 겁 없이 붙었지만, 맨주먹과 연장질의 싸움은 결과가 불을 보듯 훤했다. 쇠 파이프에 팔다리가 부러지는 소리와 함께 비명이 난무했다. 우리 쪽 아우들은 맞으면서도 깡다구는 죽지 않아서 저쪽 식구들 야구방망이를 뺏어서 나한테 주먹질한 강호의 등판을 내리쳤다. 놈은 허파가 떨어지는 부상으로 병원으로 실려 갔다. 그렇게 오 분여쯤 치고받았을까. 노량진에서 출발한 아우들이 차에서 내려 이쪽으로 뛰어오는데, 누가 신고를 했는지 하필 그때 전투경찰대가 들이닥쳤다.

"야! 주현아, 아우들 데리고 얼른 튀어라."

나는 아우들을 다 피신시키고 혼자만 형사들한테 잡혀갔다. 자랑은 못 되지만, 나랑 잘 아는 형사들이었다. 형사들은 나를 경찰서로 연행하지 않고 근처 술집으로 데리고 갔다.

"야, 장호야! 너, 전쟁할 거야? 안 할 거야? 또 싸운다면 지금 경찰서로 데려가서 모두 조사해서 구속할 것이고, 전쟁 안 한다면 여기서 풀어줄게. 어때?"

"예. 좀 봐 주십시오. 안 할게요."

"정말이지?"

"예, 형사님."

형사들 하는 모양을 보니 정석이 형과 미리 어떤 거래를 한 게 틀림없었다.

"그럼 빨리 병원 가서 다친 데 치료해야지."

"예. 감사합니다."

형사들에게 풀려나 아우들한테 연락했더니, 오류동 덕산 병원 응급실에 있다고 했다. 응급실에 가서 보니 가관이 아니었다. 팔이 부러진 아우, 다리 부러진 아우, 머리 깨져 붕대 감고 있는 아우…. 말로 표현할 수 없이 참담했다. 이 개새끼들, 가만두나 봐라. 나는 정석이 형 쪽에 전화를 걸었다.

"야! 느그들 지금 어디 있냐?"

"왜 물어? 이 새끼야!"

"한 번 더 붙어서 끝장을 보자."

"이태원에 있다, 이 새끼야."

"내가 그쪽으로 지금 갈 테니까 꼼짝 말고 기다려, 개새끼들아."

"야, 인마. 말로만 하지 말고 올라올 거면 빨리 와, 이 새끼야."

나는 즉시 아우들을 불러 출동 준비를 시켰다.

"채욱아, 아우들 무장시켜서 이태원으로 가자. 어차피 한 번 더 붙을 거, 지금 가서 다친 아우들 복수 좀 해주자."

"예, 형님."

이태원에 도착한 나는 작전명령을 내렸다.

"여기 느그들은 해밀턴 호텔 쪽에 가서 저쪽 애들이 있는지 살짝 보고 오고, 그리고 거기 느그들은 저쪽에 안쪽 라인 쪽으로 올라가 한 놈이라도 보이면 즉시 연락해라."

"예, 형님."

정찰 나간 아우들이 돌아와서는 고개를 저었다.

"형님, 한 놈도 안 보여요. 업소에 들어가서 물어보니 이십 명쯤이 독산동 쪽으로 우리를 잡으러 넘어갔답니다."

"그래. 이 새끼들이 우리 허를 찌르려고 뒤통수를 칠라 하구만. 야, 얼른 독산동으로 넘어가자."

우리는 독산동으로 출발하여 지구촌 스탠드바로 쳐들어갔다. 사무실로 들어가 보니 정석이 형 친구가 거기 앉아 우리 쪽 동태를 파악해서 정석이 형한테 연락해 주고 있었다.

"형님, 이 새끼가 그쪽으로만 연락해 주고 있는 것 같습니다. 도끼로 대가리를 까버려야 되겠습니다."

"참아라, 채욱아. 이 새끼가 뭔 잘못이 있겠냐? 시킨 놈이 잘못이지. 야, 다들 가게 영업 방해하지 말고 3공단 운동장으로 집합해라."

그러고 있는데 광주 공섭이 형한테서 연락이 왔다.

"야, 장호야. 어디 있냐?"

"형님, 그건 왜 물어보십니까?"

"나 지금 가리봉 오거리인데, 너 좀 만나서 상의할 것이 있어서 왔다."

"무슨 일인데요?"

"정석이하고 화해하면 안 되겠냐?"

"형님, 그게 뭔 말씀이요? 그 양반하고 나는 둘 중 하나가 깨져야지 이 전쟁이 끝날 것 같습니다. 형님, 누구랑 오셨어요?"

"혼자 넘어왔다."

"알았습니다. 그쪽으로 지금 갈게요."

공섭이 형은 정석이 형하고 의형제처럼 가까운 사이였다. 나는 공섭이 형을 만나러 아우 한 명만 데리고 가리봉 오거리로 나갔다.

"형님, 식사는 하셨습니까?"

"아직 안 했다. 가자, 어디 조용한 데 가서 소주나 한잔하게."

"예, 형님."

우리는 근처 고깃집으로 들어갔다.

"형님, 한잔 받으십시오."

"그래. 너도 한잔 받고…. 장호야, 이유야 어쨌든 정석이하고 둘이 싸워서 뭐가 좋겠냐? 정석이도 이 싸움이 쪽팔린 모양이더라. 고향 아우하고 끝까지 붙어서 져도 쪽팔리지만, 또 이기면 뭐 하겠냐? 정석이도 고생고생하다가 이제 막 일어나려고 하는데 그동안 고생한 것을 수포로 돌리고 싶겠냐?"

"예, 형님. 우리 쪽도 너무 억울합니다. 서로 동등하게 붙어서 깨졌으면 할 말이 없지만, 그때 우리는 비무장 상태로 있다가 일방적으로 당한 거 아닙니까?"

"정석이도 그 얘기 하더라. 너희 쪽 노량진 아우들 오 분만 빨리 왔어도 누구 한 명 죽었다고. 그러니 장호야, 네가 아우니까 피해를 좀 봤더라도 정석이 쪽에서 치료비는 해준다니 화해하는 것이 서로 좋겠다. 그쪽 아우 한 명도 사경을 헤매고 있다."

"알겠습니다, 형님. 내일 만날 장소하고 시간 좀 잡아주세요."

"그래. 내일 오전에 연락하마. 고맙다, 장호야."

이튿날, 공섭이 형이 아침 일찍 연락을 해왔다.

"장호야, 오늘 오후 2시에 남서울 호텔 커피숍으로 나와라. 정석이가 청호하고 둘이 나오란다."

"예, 형님. 알겠습니다."

청호랑 둘이 나오라고? 왜? 아무래도 이 앞에 청호가 자기한테 주먹을 날린 데 대한 앙금이 아직도 남은 모양이었다. 나는 청호를 데려가서 좋을 일이 없겠다 싶어 혼자 나갔다.

호텔 커피숍으로 나가서 보니 정석이 형이 아우들 다섯을 데리고 나와 있었다.

"야! 장호야. 왜 청호는 안 데리고 왔냐?"

"예, 형님. 청호가 시골에 무슨 일이 있어서 혼자 나왔습니다."

정석이 형 옆에 있던 아우들이 깐죽거렸다.

"그 새끼 손 좀 봐야 하는데…. 쪼끄만 새끼가 어디다 주먹질해? 개새끼가."

"어이, 장호. 시골에서 족보도 없던 놈이 왜 서울에서 까불고 다니냐?"

"느그들, 말조심 안 하냐? 느자구없는 새끼들, 위아래도 없냐?"

"이 새끼 봐라? 턱쪼가리를 날려 버릴라. 정석이 형님, 장호 이 새끼 난지도 데리고 가서 묻어불지요."

"뭐라고? 이 어린 놈의 새끼들이…."

그 순간, 주먹과 발이 날아왔다.

"야 이 새끼들아! 나는 그래도 느그들이 시내에서 생활한다기에 마음속으로 항상 멋있게 생각했는데 완전 양아치 새끼들이었구나. 화해하러 온 사람인데 기본 예의는 지켜야지, 협박도 모자라서 주먹질까지 하고 지랄이야. 이 새끼들아, 차라리 난지도로 끌고 가서 죽여라, 죽여. 이 개새끼들아."

"이 새끼가 뒈질라고 환장을 했나?"

보다 못한 정석이 형이 말리고 나섰다.

"야! 그만해라. 장호 말이 옳다. 화해하는 뜻으로, 서초동 쪽으로 가서 개운하게 사우나 갔다가 저녁 먹고 룸살롱 가서 한잔하자. 장호 아우, 가세!"

"예, 형님."

그러고 강남 대화 룸살롱에서 정석이 형 일행이랑 한잔하고 있는데 어떻게 알았는지 고향 친구들과 철호 형이 들어왔다.

"철호 형님, 오랜만입니다."

"그래. 장호도 오랜만이다."

"예, 형님."

나는 친구들을 돌아보며 반가운 인사를 건넸다.

"친구들, 오랜만이네. 잘들 지내고 있지?"

"잘 지내고 있네. 장호 자네도 이번 기회에 철호 형님을 중심으로 우리 쪽으로 줄을 서시게. 자네 정도면 철호 형님이 크게 대우해 주실 거네. 자네도 잘 알다시피 우리 조직이 현재 대한민국에서 최고 아닌가."

"말이라도 고맙네만, 자네들이 알다시피 나는 원래 고향에서 생활했던 사람도 아니고 서울에 운동하러 왔다가 이상하게 일이 꼬여서 매스컴 한 번 탄 바람에 본의 아니게 깡패가 되어버렸네. 친구들이야 일찍이 고향에서부터 생활하다 올라왔지만 말이야."

"그래도 장호 자네는 대단하네. 그쪽이 공단이고 변두리지만 그 일대를 다 장악했다는 것은 대단한 것이여."

"생활하다 보니까 다른 두 친구 식구랑 연합하여 세력이 조금 커진 것뿐이네. 철호 형님, 제가 좀 건방진 말씀을 드릴랍니다. 우리 고향 사람끼리 무슨 파, 무슨 식구 나누지 말고 우리 고향 이름을 따서 통합하면 안 되겠습니까?"

"그래. 좋은 말이다. 우리와 윗선에서는 서로 잘 지내는데 밑에 아우들이 걸핏하면 싸우고 이 파네 저 파네 따지니 문제다. 그나저나 장호는 오늘 정석이랑 화해했으니 앞으로 변함없이 잘 지내라. 그리고 형이랑 오랜만에 만났으니까 술이나 기분 좋게 한잔하자."

"예, 형님. 잘 알겠습니다."

"자, 건배하자. 우리들의 발전과 의리를 위하여!"

"위하여!"

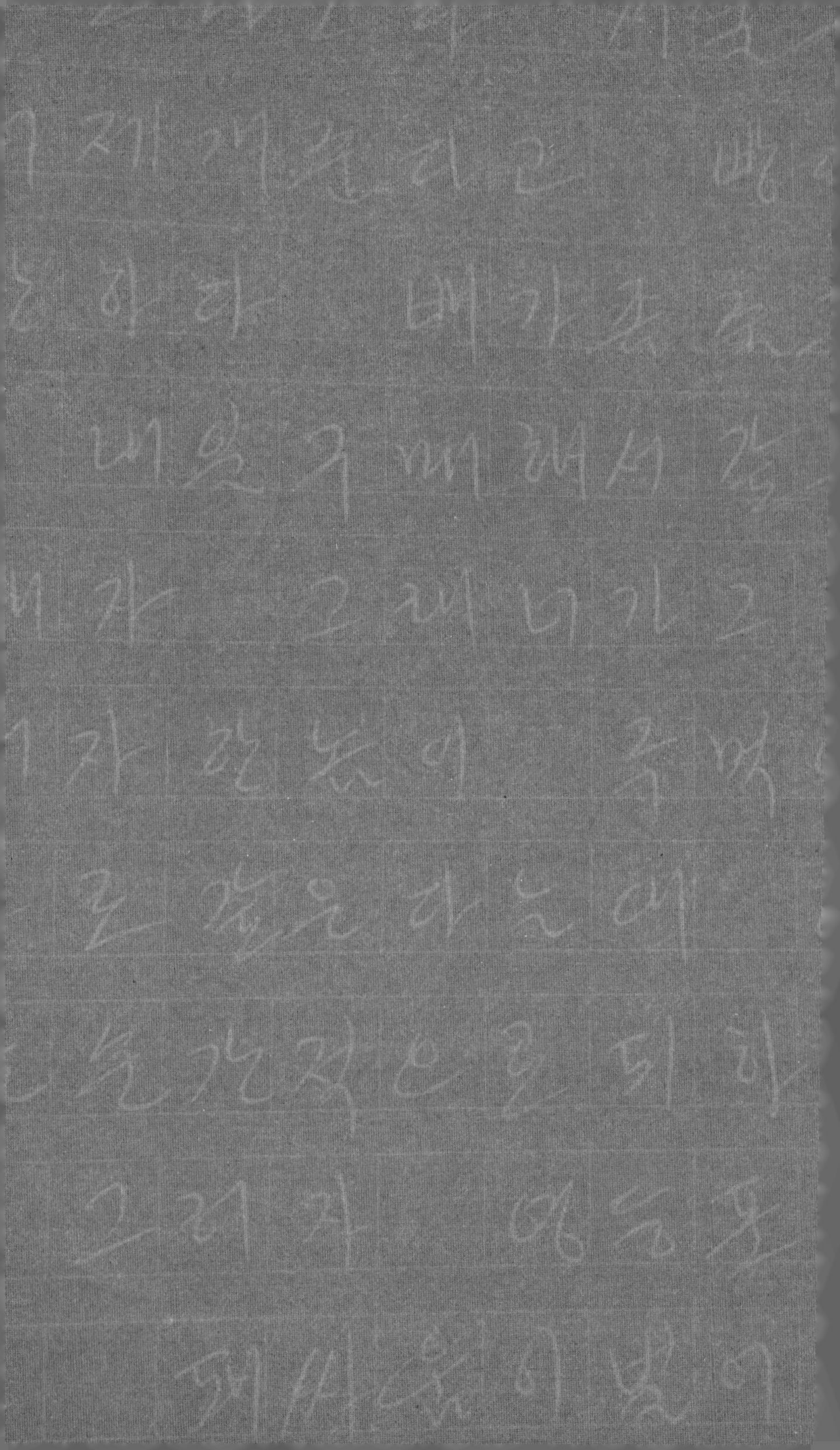

11

방황의 계절

그동안 감옥도 몇 번씩 드나들고, 온몸이 성한 데 없이 깨지고 부러지고 찢어지면서 험한 꼴을 다 당해봤지만, 이렇게 아우를 잃은 것은 처음 겪는 일이라 분노도 분노지만 견딜 수 없는 슬픔이 가슴을 도려냈다. 당장은 뭘 어떻게 할 도리가 없었다.

도박으로 날려 먹은 숱한 기회들

나는 그렇게 고향 식구들과 술 한잔하며 회포를 풀면서 싸움을 끝내기로 서로 합의했다. 우리 식구들도 점차 상처가 아물어가는 가운데 나는 모처럼 우리 구역 순시에 나섰다.

"어이, 민구 친구! 안주 장사는 잘 되는가?"

"자네 덕분에 요즘 재미 좀 보고 있네. 업소들이 다들 장사가 잘돼서 마른오징어, 과일이 많이 나가네."

"잘됐네. 나는 요즘 가게 그만두고 한 보름 쉬었더니 몸이 근질근질해서 뭘 좀 해볼까 하고 한 바퀴 돌고 있네. 수고하시게."

"그래. 언제 밥이나 한 끼 하세. 아우들도 다 부르소. 내가 삼겹살 한번 사겠네."

"좋지. 친구 덕분에 목구멍 때 좀 벗기겠네. 고맙네."

"내가 고맙지. 덕분에 차도 사고, 사람 노릇 하고 사는데."

"별말씀을?"

나는 민구와 헤어져 오랜만에 시장통 대부 나이트클럽에 들렀다.

“야! 청호야. 여기 업주가 바뀌어도 손님은 여전하구나. 잘해서 아우도 지분 좀 들어가라.”

“예, 형님. 그러잖아도 시골 밭이라도 팔아서 지분 좀 들어가려고 하고 있습니다.”

“그래. 잘 생각했다. 이렇게 장사 잘될 때는 돈을 벌어야지, 월급 생활만 하면 쓰겠냐?”

“맞습니다, 형님.”

“하여튼 수고하고!”

“맥주 한잔하고 가십시오, 형님.”

“아니다. 마당 레스토랑에 들러서 양 사장님 좀 보려고 한다.”

“예. 형님.”

마당에 들렀더니 양 사장은 여전했다.

“아이고, 형님. 오랜만입니다.”

“어여 와. 우리 대장도 오랜만이네.”

“장사는 좀 어떠십니까?”

“여기야 꾸준하지 뭐. 아우는 가게 그만두고 마음이 고생이 심하지?”

“노니까 편한데요, 뭐. 장사가 잘 된다니까 좋습니다.”

“이 가게 건물 주인이 정 회장이잖아. 가게 장사가 좀 되니까 바로 세를 올려 달라고 하네. 아니면 나가라고 윽박을 하니 원. 아우가 오늘 나하고 같이 정 회장 집에 가서 얘기 좀 잘해 주소.

오늘이 마침 정 회장 생일이라니 소꼬리라도 하나 사야겠네."

"그러시지요, 형님. 마침 할 일도 없으니 따라가서 생일 밥이나 먹고 와야겠네요."

"장호 아우. 자, 이거 얼마 안 되지만 용돈 조금이니까 주머니에 넣어두시게."

"아이고, 형님. 고맙습니다. 소금이라고 소문난 형님이 그래도 저한테는 잘 해주십니다."

"어 이 사람아, 자네는 그래도 이 동네 대장 아닌가?"

"하여튼 감사합니다. 가시죠, 정 회장님 집이 어디지요?"

"광명이라네."

"그 양반 여기 들어와 가게 서너 개 가지고 돈을 긁어모았더만요?"

"그러게. 하루 매출이 수천은 될 거야."

"오늘 만나서 가게 하나 나한테 세주라고 말해볼랍니다."

"좋은 생각이야. 다른 가게는 다 잘 되는데 우리 가게 맞은편 지하 가게만 잘 안 된다네. 자네가 세를 좀 싸게 받아서 한번 살려보시게."

"예, 알겠습니다."

차가 안 막히니 광명도 금방이다.

"아이고, 회장님. 생신을 진심으로 축하드립니다."

"바쁘실 텐데 뭐 하러 여기까지 찾아왔는가?"

"형님, 몸보신하라고 소꼬리 하나 가져 왔습니다."

"아니, 양 사장. 가게 세 올려달라니깐 그냥 소꼬리로 때우려고 하는 거야, 뭐야?"

"형님, 올해도 이제 몇 달 안 남았으니까 내년부터 올려 드릴게요."

"장호 자네는 어떻게 지내나?"

"지구촌 그만두고 신길동 쪽에 조그맣게 오락실이나 하나 해볼까 합니다. 그리고 회장님, 지금 동반자 가게 자리나 저한테 세주십시오. 제가 한번 살려볼랍니다."

"업종은 무엇으로 하려는가?"

"스탠드바로 하지요, 뭐."

"그래. 한번 생각해 보세."

"감사합니다, 회장님!"

나는 우선 사채 하는 형수한테 돈을 빌려 신길동에 조그만 가게를 하나 얻어서 성인오락실을 개업했다.

"민석아, 아우 한 명이랑 찍새 둘 데리고 니가 이 오락실을 운영해봐라."

"예, 형님."

기계는 20여 대밖에 안 되지만, 매일 풀로 돌아가 수입은 짭짤했다. 좋은 일에는 마가 낀다더니, 가게가 잘되다 보니까 돈푼이나 뜯어낼까 하고 동네 양아치 한 놈이 매일 와서 기계를 발로 차고 난리를 치는 모양이다.

"형님. 그 양아치놈이 맨날 술 처먹고 와서 깽판을 놓으니 이대로 뒀다가는 영업에 지장이 크겠는데요. 어떻게 할까요?"

"일단 봉투에다 50만 원쯤 담아서 맨정신일 때 한번 줘봐라."

"예, 형님. 알겠습니다."

며칠 지나서 민석이한테 물어보았다.

"이제 좀 조용하냐?"

"형님. 그 새끼 돈도 줬는데 그때뿐이고 꼭 손님이 꽉 차 있을 때 나타나서 기계가 잘 안 터진다고 발로 차고 큰소리치고 난리칩니다. 손님들도 그 새끼 때문에 짜증을 내고 가게 분위기가 엉망입니다."

"그래. 그 새끼 대충 몇 시쯤에 나타나냐?"

"한잔 거하게 걸치고 꼭 저녁 8시에서 9시 사이에 나타납니다."

"내일 내가 아우 둘 데리고 가서 그놈 잡아 버릇 좀 고쳐놔야겠다."

"형님, 사고 치면 안 될 것인디요."

"그렇다고 양아치 새끼 한 놈 때문에 우리가 피해를 볼 수는 없지 않냐? 너무 걱정하지 말고 아우는 모른 체하고 있어라. 내 선에서 알아서 처리할게."

나는 다음날 아우 두 명을 교육해서 그놈을 잡으러 갔다. 차를 멀찍이 대놓고 기다리고 있는데 아니나 다를까 한잔 걸치고 노래를 부르며 오락실로 들어가려는 걸 민석이가 막아서면서 우리에게 사인을 보냈다. 그때 우리가 그쪽으로 다가가서 물었다.

"실례합니다. 나우찬 씨 되시지요?"

"그런데요?"

우리는 가짜 신분증을 눈앞에 갖다 대면서 윽박질렀다.

"남부서 강력계에서 나왔는데 잠깐 물어볼 게 있으니 저쪽으로 갑시다."

"야 이 양반들아, 내가 무슨 죄가 있다고 이러는 거야?"

나는 놈이 떠벌리지 못하도록 복부를 세게 한방 놨다.

"으윽…."

"잠깐이면 됩니다."

우리는 놈을 차에 태워 꼼짝 못 하게 하고는 차를 서둘러 출발시켰다.

"아니, 어디로 가는 거요?"

"우리 서에 가서 잠깐 조사하고 곧 보내 드릴 테니 입 닥치고 있어요."

"아니, 여기는 경찰서가 아니잖아?"

나는 놈을 태우고 광명의 으슥한 야산으로 데리고 가서 차에서 내리게 했다.

"아우들아, 차 트렁크에서 야구방망이랑 삽을 꺼내라. 이 개새끼 까불면 묻어버리게."

"예, 형님."

나는 야구방망이를 들고 내려칠 기세로 놈을 족쳤다.

"야 이 새끼야. 오락실에서 니한테 밥을 달라고 했냐? 아니면 니한테 돈을 잃어 달라고 했냐? 왜 술 처먹고 날마다 기와서 기계 차고 영업을 방해하는 거야?"

"야! 너희들, 경찰 아니잖아?"

"그래, 이 새끼야. 경찰 아니다. 아우들아, 이 새끼 찜질 좀 시켜줘라."

"예, 형님."

우리는 야구방망이로 놈의 허벅지고 등판이고 간에 사정없이 후려갈겼다.

"아이고~ 나 죽네. 사람 살려!"

"너 이 새끼, 앞으로 또 오락실 가서 영업 방해할 거면 오늘 여기 묻히자."

"아이고~ 잘못했습니다. 오락실 근처에도 안 갈 테니 한 번만 살려주십시오."

"진짜 맹세하는 거야? 이번에는 집행유예로 풀어주지만, 한 번만 더 걸리면 여기가 너 이 새끼 무덤이야, 알아?"

"예~ 알겠습니다."

"그리고 오늘 일을 함부로 떠벌리거나 경찰에 신고하면 넌 죽은 목숨이야. 알아?"

"예, 알겠습니다. 살려만 주십시오."

"이 새끼 한번 믿어보고, 원위치시키자."

"예, 형님."

며칠 지나서 민석이를 불러 물었다.

"그 새끼 조용하냐?"

"조용하다가 어제 나타나서 형님 한번 보자고 하던데요."

"알았다. 내일 오후 두 시쯤에 오락실 앞 다방으로 나오라고 해라."

다음날, 나는 돈 200만 원을 챙겨 넣고 다방으로 나갔다. 좀 앉아 있으니까 놈이 들어왔다.

"차 한잔하시지?"

"차고 뭐고 여기 좀 보세요."

바지를 내려 시퍼렇게 멍든 허벅지를 보여주었다. 나는 짐짓 대차게 나갔다.

"그래서 뭘 어쩌라고?"

"치료비는 줘야 할 거 아니요?"

"얼마 주면 돼?"

"알아서 양심껏 주세요."

"그동안 당신이 해온 짓거리로 봐서는 내가 오히려 돈을 받아도 시원찮을 판이지만, 신사적으로 나온다니까 나도 마음을 좋게 먹은 거요. 오늘 치료비로 200만 원 주고, 앞으로 다달이 50만 원씩 용돈 줄 테니까 서로 잘 지내봅시다."

"그렇게 합시다."

"시간 나면 가리봉으로 한번 놀러 와요. 형씨는 술을 좋아하시니 한잔하게요. 우리 오락실 아우한테 연락처 물어보면 알려줄 것이오."

"그쪽은 영등포 선배들한테 물어봐서 어떤 사람인지 대충 알고 있소."

"아, 그래요. 그럼 다행이고요. 또 봅시다."

나는 이 무렵 오락실에서 경비 빼고 한 달에 삼천만 원 가까이 벌었다. 대기업 대졸 초임자 평균 연봉의 5배를 한 달에 벌어들인 셈이다. 그 돈을 좀 모으고 잘 써야 하는데, 아우들 좀 나눠준 거 말고는 도박으로 탕진하다시피 했다. 포커에 맛을 들이다 보니 마약처럼 중독된 나머지 돈이 생기거나 해만 넘어가면 도박장으로 달려갔다. 그런 데다가 얼마 후에는 오락실마저 남한테 넘겨주었다. 오락실 관리하는 아우의 매형이 경찰공무원 하다가 그만두고 놀고 있다기에 그 양반 벌어 먹고살라고 가게를 거저 줘버린 것이다.

나는 그 짧은 기간에 얼토당토않은 포커 실력으로 도박판에 파묻혔다가 돈 삼억 원을 다 날리고 나니까 한동안 머리가 아프고 정신이 없었다. 공황장애인지는 모르겠지만, 얼이 빠져 두문불

출하고 살다가 두세 달이 흘러서야 겨우 정신을 차리고 다시 살아보겠다며 훌훌 털고 밖으로 나섰다. 우선 누구한테든 돈을 좀 빌려야 했다.

"형수님, 천만 원 돈 좀 빌려주십시오."

"아니 삼촌. 오락실 해서 돈 많이 벌었다면서요? 그 돈 다 어쩌고요?"

"아, 죄송합니다. 연예인들이랑 동네 형들하고 포커 치다가 다 날렸습니다."

"한 푼도 안 남기고요?"

"예, 통장에 돈이 한 푼도 없으니까 공황장애가 왔는지 맨날 머리가 띵하네요."

"천만 원은 무엇에 쓰게요?"

"아가씨를 사귀고 있는데 그 집에 가보니까 쌀은 안 팔아줘도 될 것 같고…. 아가씨도 예쁘장하니 참합니다. 그래서 더 늦기 전에 결혼할까 합니다. 나도 이제 그럭저럭 서른이라…. 축의금 들어오면 이자 붙여서 돌려 드릴게요."

"알았어요, 삼촌. 날짜 잡아서 연락주세요."

"감사합니다, 형수님."

결혼 그리고 아우의 죽음

나는 동네 예식장에서 식을 올릴까 하다가 동네를 벗어나 여의도에 예식장을 예약했다. 구로구에서 생활해온 나는 구로 건달들 결혼식 가운데 처음으로 아우들을 줄 세웠다. 그 이후로야 건달들 애경사에 아우들 줄 세우는 것이 흔해졌지만 당시만 해도 드물어서 구로구에서는 내가 처음이지 싶다.

나는 예식장 입구 양쪽으로 아우들 50여 명을 줄 세워 내가 조직폭력배 두목이라는 것을 은연중에 과시한 것이다. 나와 의형제처럼 지내는 코미디언 형이 결혼식 사회를 보고 공단 이사장님으로 있는 현역 국회의원이 주례를 섰다. 결혼식은 그야말로 성대하게 치러졌지만, 부모님이 두 분 다 없어 마음 한쪽이 허전했다.

부모님의 빈 자리는 사촌 형님 내외가 대신 채워주었다. 나는 결혼식 내내 울컥하여 울음을 참느라 힘들었다. 아버지는 모르겠고 어머니 생각이 간절했다. 엄니, 나 결혼한 거 보고 계시지요? 함께하지 못하지만 고마워요. 이나마 엄니 덕분에 커서 장가도 가요.

결혼 축의금으로 빌린 돈도 갚고 대림동에 월세방 하나 얻어서 결혼 생활을 시작했다. 이렇게 남의 집 귀한 딸 데려다가 막상 가정을 꾸렸지만, 고생 안 시키고 살아갈 길이 막막해서 마음이 착잡했다. 그러던 차에 마당 레스토랑 건물주 정 회장이 전화를 걸어왔다.

"어이 장호, 전번에 건물 지하에 가게 한번 해보고 싶다고 했잖은가?"

"예, 회장님."

"그럼 저녁이나 같이 먹게 마당으로 나오시게."

나는 이게 웬일이냐 싶어 레스토랑으로 달려갔다.

"자네, 우리 가게 세 주면 잘 살릴 수 있겠나?"

"예. 자신 있습니다."

"업종은 뭘로 할 작정인가?"

"요즘도 스탠드바가 잘되니까 스탠드바로 한번 해보겠습니다."

"그래. 그럼 내일 가게 계약서 작성하세. 한번 잘해보시게."

"예, 회장님. 감사합니다."

다음날 나는 임대계약을 마치고 곧바로 개업 준비에 필요한 돈을 빌렸다. 나는 무일푼이었지만 그래도 신용이 있어서 웬만한 돈을 빌리기는 어렵지 않았다. 가게 내부 공사에 신경을 써서 고급스러운 분위기를 연출했다. 술 한잔을 먹더라도 내가 어디 술집에 가서 먹는다는 자부심 같은 걸 주는 것이 단골손님 확보에 중요했다.

개업식도 거창하게 벌였다. 정·재계 및 문화예술계 유명인들 이름 비슷하게 적고 그럴싸한 직함도 함께 적은 화환을 100개쯤 자비로 주문해서 가게 입구에 줄 세워 나의 영향력을 과시했다. 또 그동안 친분을 쌓아온 연예인들을 대거 출연시켜 가게의 위상을 높였다.

그런 덕분인지 가게는 발 디딜 틈이 없을 정도로 손님이 미어터졌다. 나는 고향 선배를 영업 사장으로 두고 그 밑에 지배인 한 명을 두어 영업을 시작했다. 주로 외부 일을 맡아 본 나는 이제야 종업원을 탈피하여 처음으로 업주가 되었다.

장사도 잘되고 동네도 옛날보다 싸움도 줄어들고 평화로웠는데 뜻하지 않은 사고가 터졌다. 우리 가게 앞에 해송이 형이 운영하는 섬마을 스탠드바에서 일하는 우리 아우 작은 정일이가 느닷없이 다른 지역 놈들한테 칼을 맞은 것이다.

"형님! 큰일 났습니다."

가게에서 손님들하고 한잔하고 있는데 우리 가게 해룡이 아우가 사색이 되어 외쳤다.

"뭔 일인데 난리야?"

"형님, 사태가 심각합니다. 정일이 형이 시흥 놈들한테 칼침을 맞고 병원으로 실려 가고, 우리 친구 양강이는 그놈들 봉고차에 납치되어 어디론가 끌려갔답니다."

나는 술을 마시던 일행에게 양해를 구하고 당장 밖으로 뛰쳐나왔다.

"정일이가 실려 간 데가 어느 병원이냐?"

"구로 고대병원이랍니다, 형님."

나는 병원으로 가면서 채영이에게 연락하여 일렀다.

"얼른 가자. 야! 채영아, 아우들 몇 명 데리고 시흥 쪽으로 가서 양강이 좀 찾아봐라. 시흥 놈들이 봉고에 태워 끌고 갔단다."

"예, 형님."

병원에 도착하니까 몇몇 아우들이 연락을 받고 와 있는 가운데 산소마스크를 쓴 정일이 아우는 피를 너무 많이 흘려 생명이 위독했다.

"아우들아, 차 두 대에 나눠 타고 연장들 준비해서 시흥 사거리로 즉시 따라와라."

나는 아우들과 연장을 들고 시흥의 업소를 돌기 시작했다. 업소 안에는 영업부 애들하고 동네 강패 새끼들은 한 명도 안 보이고 손님들만 있었다. 그런데 업소마다 손님들만 가득하지 영업부 애들하고 깡패 새끼들이 한 명도 보이지 않았다.

"이 새끼들이 어디로 다 토껴부렀다냐? 야, 채영이 쪽은 어떤지 연락해 봐라."

"예, 형님."

채영이 쪽도 마찬가지라고 했다. 눈치를 채고 조직적으로 피해버린 게 틀림없었다. 그렇게 마음먹고 튀어버리면 잡기가 어렵다. 우선 정일이 상태도 심각한 데다가 양강이가 무사한지도 걱정되었다. 복수야 나중에 할 수도 있는 일이었다.

"몇 명 조를 꾸려 양강이는 계속 찾아보고, 나머지는 고대병원으로 올라오라고 해라. 해룡아, 우리도 얼른 고대병원으로 올라가자."

병원에 도착하자 사랑하는 아우 정일이는 싸늘한 주검으로 변해 있었다. 하도 억울하고 기가 차서 눈물도 나오지 않았다.

"일단 이 개새끼들이 어디로 튀었는지 알아보고, 우리 정일이 아우 복수는 장례식 치른 후에 하기로 한다."

"예, 형님. 알겠습니다."

그런 와중에 모르는 전화가 왔다. 안양 병원 청소부 아저씨가 피가 낭자한 채로 병원 앞에 던져져 있는 청년을 발견하여 응급실로 옮기고는 주머니를 뒤져보니까 내 연락처가 나와서 전화한다고 했다. 시흥파 놈들이 양강이한테 칼침을 놓아 죽게 생기자 병원 앞에 던져놓고 간 모양이었다.

"아이고, 아저씨. 감사합니다. 지금 곧바로 내려가 찾아뵙겠습니다."

엎친 데 덮친 격이라고, 나는 양강이 아우까지 잃을 수 없다는 생각에 서둘렀다.

"야! 해룡아, 얼른 안양 병원으로 가보자. 거기 응급실에 양강이가 있단다."

"예, 형님."

나는 정신이 하나도 없었다. 안양 병원에 도착하자마자 응급실로 뛰어들어가 양강이 상태부터 살폈다. 얼마나 칼을 맞았는지 몰골이 처참했다. 그나마 생명에는 지장이 없다니 다행이었다.

"양강아, 어쩌다 이렇게 많이 먹었냐?"

"형님, 그 새끼들이 정일이 형한테 연장질하고 나오는 걸 못 도망가게 몸으로 막다가 칼을 맞았는데, 납치되어 가면서 소리를 질렀더니 몇 방을 더 준 것 같습니다."

"그래도 목숨은 건졌으니 다행이다. 아무 걱정하지 말고 치료 잘 받아서 일반 병실로 올라가라. 옆에 아우들도 몇명 붙여 놓을 테니."

"형님, 정일이 형은 어찌 됐습니까?"

"하늘나라로 가부렀다. 정일이 장례식 치르고 올게."

"아이고, 형님. 우리 정일이 형 불쌍해서 어쩐다요? 제가 얼른 퇴원해서 복수할랍니다."

"그래. 알았으니 우선 아우 몸부터 잘 추슬러라."

그동안 감옥도 몇 번씩 드나들고, 온몸이 성한 데 없이 깨지고 부러지고 찢어지면서 험한 꼴을 다 당해봤지만, 이렇게 아우를 잃은 것은 처음 겪는 일이라 분노도 분노지만 견딜 수 없는 슬픔이 가슴을 도려냈다. 당장은 뭘 어떻게 할 도리가 없었다. 우선은 아우를 잘 보내주는 것이 내 할 일이었다.

다들 검은 복장으로 예의를 갖춰 문상객을 맞도록 했다. 장지는 정일이 가족의 뜻에 따라 고향 선영으로 내려가기로 했다. 고대병원 영안실에서 출발한 운구행렬이 정일이 일했던 섬마을 스탠드바 앞에서 멈췄다. 그 앞에서 노제를 지내 고인의 넋을 위로하고 추모했다. 노제가 끝나고 운구행렬이 정일의 고향으로 향했다. 우리가 울리는 추모와 분노의 경적을 앞세우고 정일이는 고향으로 내려갔다.

이제 가면 언제 오나? 우리 귀한 자식 정일이 불쌍해서 어찌하나? 우리는 운구행렬을 따르면서 엉엉 목 놓아 울고 또 울었다.

민주당 창당 방해 사건

정일 아우의 장례식을 정성껏 치르고 오랜만에 고향에서 하룻밤을 지낸 우리는 이튿날 다시 서울로 올라왔다. 이제 복수를 미룰 이유가 없었다.

"채영아, 아우들 둘 데리고 일주일에 두 번씩 시흥 놈들 아무도 눈치 못 채게 살펴봐라. 그러다가 이번 사건에 가담한 새끼 한 놈이라도 눈에 띄면 즉시 연락하고. 분하고 억울해서 참을 수가 없다."

"예, 형님. 알겠습니다."

그러고 있는데 용석이 형이 연락을 해왔다.

"야, 장호야! 용석이 형이다. 이번에 장례 치르느라 고생 많았지?"

"아이고, 고생은요? 장례에 와주셔서 감사합니다, 형님."

"감사는 뭘? 당연하지, 같은 식군데…."

"형님, 뭔 일 있습니까?"

"다름이 아니라 전주 큰형님이 자네랑 충성이 아우랑 같이 리버사이드 호텔로 오라네."

"예, 형님. 언제 갈까요?"

"내일 올 수 있는가?"

"그럼 가야지요."

다음날 셋이 모여 약속 장소로 나갔다.

"큰형님, 안녕하십니까?"

"잘 지내시지요?"

"그럼, 잘 있지. 어여들 와. 이번에 용석이하고 아우들이 나 좀 도와줘야겠네."

"말씀만 하십시오, 큰형님."

"자세한 얘기는 용석이한테 할 테니까 아우 둘이 용석이를 보좌하여 좀 도와줘."

"예. 알겠습니다."

"나는 바쁜 일이 있어서 먼저 갈 테니까 차 한잔하면서 천천히 얘기들 나눠."

"예, 큰형님. 들어가십시오."

나는 용석이 형한테 자세한 내막을 듣고 돌아와 아우들을 불러들였다.

"형님, 뭔 일인디 그라고 심각한 표정이다요?"

"웅, 정치판 일이라 좀 껄적지근해서…."

"그란께 더 궁금하요. 얼른 말씀해 보드랑께요."

"이번에 신민당 안에서 개헌 문제를 두고 편이 갈렸나 봐. 이민우 총재 등 당 수뇌부가 내각제 개헌에 동조하고 나서자 김대중계와 김영삼계 중심으로 70여 명의 의원이 대거 탈당하여 통일민주당을 창당하려나 본데 기존 당 세력이 그 창당을 막으려는 거지. 내가 얘기를 들은 느낌으로는 여당, 그러니까 전두환 정권이 배후에서 거들고 있는 것 같아. 강력한 야당이 생기면 골치 아파지는 거니까. 그리고 이번 일로 큰형님하고 가까운 이 의원님 제명 건도 걸려 있어서…."

"그런께 그 창당을 막아야 한다는 취지로 형님한테…."

"우리 아우가 정치 신동이네, 하나를 말하자 둘을 알아묵어부니. 하하. 아우들이 이번에 관악구하고 부천 쪽을 맡아서 창당을 막아야겠다. 채영이가 아우들 데리고 좀 움직여주소."

"형님, 이것은 정치 문제인데 다음에 크게 문제가 안 될까요? 또 들어본께 나쁜 놈들 편을 드는 것도 같고요."

"선거 끝나면 정부하고도 관계가 있으니까 뒤를 봐주겠지. 그리고 뭐? 무슨 편? 야, 우리 같은 건달이 그런 걸 왜 따져? 정치하는 놈들도 이해관계 따라 수시로 왔다 갔다 하는 판에. 더구나 큰형님이 지시하는 건데 우리한테 뭔 선택권이 있겠냐?"

"정치하는 놈들은 믿을 게 못 돼서요. 썩 내키지 않지만, 큰형님이 말씀하신 거니까 징역 가더라도 최선을 다해보겠습니다."

이렇게 식구들 사이의 논란을 정리하고 껄끄러운 오더를 받기로 한 나는 그 일에 관련된 친구를 만나 결심을 전했다.

"장호 친구, 그렇게 나서준다니 고맙네. 그런데 나는 중요한 일로 당분간 제주도에 좀 다녀와야 해서 함께 못하네."

"그래. 잘 갔다 오시게. 내 선에서 한번 해봄세."

"미안하네, 친구. 같이 움직여야 하는데…."

"어허, 무슨 소리? 친구 체면이 상하지 않도록 잘해보겠네."

"고맙네, 장호."

구체적인 일정과 업무를 받아온 나는 아우들을 불러모아 역할을 정해주었다.

"아우들아, 이 일에 필요한 경비는 내려 준다니까 내가 받아서 역할에 맞춰 나눠주겠다."

"예, 형님. 감사합니다."

"아우들아, 지금부터 내 말을 잘 들어라. 이번에 우리가 움직이는 일은 자유당 때나 있던 정치 깡패 사건과 같은 일이다. 우리와 같이 움직이는 다른 지역 식구들이 몇 팀 있는 것으로 안다. 우리는 어쩔 수 없이 똥물에 발을 담그는 거지만, 이왕 하는 것이니 이번 일을 우리 식구들의 존재감을 전국에 떨칠 수 있는 절호의 기회로 삼자. 따라서 다른 식구들보다 다들 야무지게 행동해 주길 바란다. 동대문 중앙당사는 정환이랑 연철이가 아우들 이십 명 데리고 가서 일을 봐라. 부천 쪽은 용관이랑 춘풍이가 아우들 삼십 명 데리고 가고, 관악구는 내가 나머지 아우들 데리고 간다. 아마 당 쪽에서 상황을 관리하는 사람이 나올 거야. 그러니 절대 경솔하게 행동하지 말고 그쪽 지시에 잘 따라서 큰 사고 안 나게 행동하길 바란다. 알겠냐?"

"예, 형님. 알겠습니다."

"그리고 무슨 일 있으면 바로바로 나한테 연락해라."

"예, 형님!"

"디데이는 내일이다. 오전 열 시까지 각자 위치로 가서 행동하면 된다. 알았냐?"

"예, 형님. 알겠습니다."

이윽고 디데이가 되어 작전이 시작되었다. 나는 쇠 파이프와 각목으로 무장한 아우들 삼십여 명을 데리고 가서 전북에서 올라온 식구들이랑 합동으로 관악구 당사 앞을 장악하고 당원들이 못 들어오도록 막고 있었다.

당사 앞 도로 건너 맞은편에는 어림잡아 천여 명의 당원들이 당사로 진입하기 위해 모여 있었다. 우리 쪽 인원은 모두 합해봐야 백이십 명에 불과했다.

나는 아우 둘을 사무실 입구에 배치해놓고 사무실에서 준영이 형하고 둘이서 당에서 나온 이 국장이랑 정치 이야기를 하고 있었다. 점심때가 되자 갈비탕이 배달되었는데, 먼저 자기 식구 선배들 챙기려다 보니 약간의 시비가 생겼다. 나는 아우들한테 멀리서 올라온 다른 식구들 먼저 식사하도록 양보하라고 일렀다.

"명색이 건달들이 추접스럽게 먹을 것 가지고 자기들끼리 싸웠다면 일반인들이 우릴 보고 뭐라고 하겠냐? 양아치 새끼들이라고 하지. 나는 맨 나중에 먹을 테니, 아우들도 그리 알고 멀리서 온 식구들 먼저 챙겨라."

"예, 형님."

이런 모습을 본 전북 형들이 그럼 막내부터 아우들 먼저 먹이고 간부들이 다 나중에 먹자고 해서 그렇게 정리되었다.

"하하하, 형님. 식사 맛있게 드십시오. 국장님도 많이 드시고요."

"그래. 아우들도 어서 드시게."

"예. 형님!"

사소한 시비 하나도 잘 관리하지 못하면 자칫 큰 싸움으로 번질 수 있지만, 슬기롭게 잘 대처하면 이처럼 전화위복이 될 수 있다.

"갈비탕도 맛있게 먹었고, 계단에 나가서 담배 한 대 피우고 들어올게."

"예. 그렇게 하십시오, 형님."

준영이 형이 담배를 피우러 계단으로 나갔다. 길 건너에서는 당원들이 피켓을 들고 큰소리로 구호를 외치고 있었다.

"독재정권 하수인 신민당은 자폭하라! 경찰은 깡패 새끼들 구속하고 해산시켜라. 통일민주당 만세!"

"야, 저 새끼들 엄청나게 시끄럽게 하네."

그때 전북 두목이 밖에서 손님들이랑 식사하고 들어오자 전북 아우들이 전부 열중쉬어 자세로 줄을 서서 인사를 했다.

"형님, 식사 맛있게 하셨습니까?"

"응, 그래. 너희도 밥들은 먹었냐?"

"예, 형님."

그때 담배를 피우러 계단에 나갔던 준영이 형이 올라오더니 전북 두목을 보고는 대뜸 대들었다.

"당신 나이가 몇 살인데 나한테 이 새끼 저 새끼 하는 거요?"

그러자 부동자세로 있던 전북 아우 하나가 튀어나오더니 준영이 형 얼굴에 주먹을 날렸다. 그러자 우리 쪽에서 보고 있던 민우가 놈의 면상을 주먹으로 갈겼다. 나는 아무 영문도 모르는데 느닷없이 양쪽 식구들끼리 패싸움이 나고 말았다.

"아니, 준형이 형님. 이것이 뭔 일이요?"

"내가 계단에서 담배를 피우고 있는데 저 양반이 보더니 대뜸 욕을 해대는 거야. '야 이 새끼들아! 지금 계단에서 쪼그리고 앉아 뭐 하는 거야? 사무실로 안 올라가냐' 고 말이야. 그래서 내가 열 받아서 좇아 올라온 거지."

"아이고, 형님. 아무리 그런다고…."

이미 패싸움이 벌어진 마당이었다. 우리보다 숫자가 몇 배나 많은 전북 식구들이 세게 나왔다. 일방적으로 얻어터질 수밖에 없는 우리는 사무실 밖으로 쫓기듯 뛰쳐나왔다. 밖에 나와서 인원파악을 하고 있는데 군산 아우들이 분한지 씩씩거렸다.

"형님, 저쪽에 우리 반대파 놈들이 있는데 이대로 밀리면 안 됩니다. 한 번 더 부딪혀 보지요?"

"알았다. 우선 다른 데 나가 있는 식구들 상황 좀 알아봐야겠다."

나는 전열을 정비하는 가운데 정환이에게 전화를 걸었다.

"야, 정환아! 거기 중앙당사 상황은 어떻게 되었냐?"

"예, 형님. 이 의원님 제명 못 시키게 우리 식구들이 정무회의 하는 데 쳐들어가서 거기 모인 의원들 다 해산시켰습니다."

"그래. 고생했다. 그쪽 상황 종료되는 대로 책임자 확인받고 이쪽으로 넘어와라."

"예, 형님."

나는 이어 춘풍이에게 전화를 돌렸다.

"어이, 춘풍이. 부천은 분위기가 어떤가?"

"아직 당원들하고 큰 문제는 없고, 서로 대치 상태입니다. 형님, 그쪽은요?"

"여긴 준영이 형하고 전북 두목하고 시비가 붙어 한바탕한 통에 우리 식구가 많이 맞았어. 그래서 다시 한번 붙을라고 준비 중이네."

"형님, 우리가 그쪽으로 넘어갈까요?"

"괜찮아. 그쪽이나 신경 써. 이쪽은 내 선에서 알아서 할 테니."

"예, 형님. 조심하십시오."

나는 다른 데 상황을 파악하여 지침을 내리고 나서, 발등의 불을 끄기 위해 신속하게 작전 지시를 내렸다.

"아우들아! 저쪽 공사장에 들어가서 철근 좀 끊고 곡괭이 자루 있는 대로 빼 와라. 준영이 형이랑 내가 뒤를 지키고 있다가 뒤로 후퇴하는 놈들 등판을 갈겨불랑께. 과감하게 밀어붙여라."

"예, 형님!"

"자~ 돌격!"

우리는 다시 사무실로 쳐들어가다 계단에서 전북 식구들과 마주쳤다. 철근이랑 곡괭이 자루로 마구 휘두르고 몰아치자 놈들이 사무실로 후퇴했다. 이윽고 사무실에 있던 놈들이랑 전부 합세해서 다시 치고 내려왔다. 우리는 쪽수에 밀려 순간적으로 후퇴했다. 그 순간에 영중이 아우가 대들었다가 그만 얼굴에 야구 방망이를 맞고 퍽, 쓰러졌다. 그러자 옆에서 지켜보던 전투 경찰들이 상관의 명령을 받고 움직이기 시작했다.

"야! 영중아. 빠구를 해야지. 이빨 다 나갔잖아."

"아이고, 형님이 빠꾸하지 말라고 했잖아요."

"야 인마. 상황에 따라 다르지. 얼른 따라와."

"예, 형님."

"야, 상화야! 얼른 영중이 데리고 병원에 가봐라."

"예, 형님."

그런 정신 없는 와중에 용석이 형한테서 전화가 왔다.

"야, 장호야! 지금 큰형님한테서 전화가 왔는데 이런 큰일 앞에 두고 아군끼리 싸웠다고 노발대발 난리다."

"아, 형님. 느닷없이 준영이 형하고 전북 두목하고 말싸움이 나서 벌어진 일입니다. 나는 지금도 무엇 때문에 그랬는지 잘 모르겠습니다."

"하여튼 리버사이드로 너하고 준영이랑 같이 들어오라니까 다친 아우들은 병원에 보내고 얼른 갔다 오자."

"환장하겠네요, 형님. 저희가 그리 갈 테니까 만나서 같이 갑시다."

우리는 택시를 타고 부리나케 리버사이드 호텔로 갔다.

"야 이놈의 새끼들아! 적군을 앞에다 두고 아군끼리 쌈박질을 하면 어쩌자는 거냐?"

"예, 큰형님. 죄송합니다."

준영이 형이랑 말다툼한 전북 두목도 큰형님 옆에 불려와 있었다.

"이 아우는 전북에서 내가 제일 믿고 아끼는 아우야. 인사드려. 용석이하고는 친구지만 너희보다는 형님이다."

"예, 큰형님 죄송합니다. 저희가 몰라보고 형님한테 큰 실수를 했습니다."

“그래. 서로 모르다 보면 그럴 수도 있지. 앞으로 서로 잘 지내자.”

“예, 형님. 감사합니다.”

큰형님의 중재로 두 식구 간의 감정이 풀리고 진솔한 화해로 우의가 더욱 깊어졌다. 그리고 이런 작은 불상사 말고는 큰 사고 없이 우리 역할을 마쳤다.

안 되는 일도 없고 되는 일도 없다

새로 개업한 코란도 스탠드바가 장사가 잘되니까 주위에서 욕심을 내는 놈들이 생겨 정 회장을 들쑤셨는지, 정 회장이 나를 불러 권리금 일억 원을 얹어줄 테니까 가게를 비워달라고 했다.

"아니, 회장님. 아직 계약 기간이 남아 있는데 무슨 말씀입니까?"

"그러니까 권리금을 준다지 않는가?"

"어떤 새끼여요? 회장님한테 바람을 넣은 새끼가?"

"누가 바람을 넣었다고 그래? 내가 직영으로 하려는 거지."

"아니, 회장님은 잘 나가는 가게도 몇 개나 되고 돈도 많은 재벌이시면서 이제 가게 좀 살려서 몇 푼 벌기 시작하자마자 싹을 잘라불면 되겠습니까?"

"딴소리 말고 이달 말까지만 하고 가게 비워줘! 아니면 검찰에 얘기할 테니까."

"아니, 회장님. 그렇게 안 봤더니 영 아니올시다 입니다. 어디 한번 해봅시다.”

“그래. 어디 한번 해보자, 이놈아.”

그 얘기가 있고 며칠 뒤부터 검찰 수사계장이란 사람으로부터 압력이 들어왔다.

“당신 말이야, 건물주가 권리금 톡톡히 쳐서 준다고 곱게 말할 때 가게를 비워줘야지, 뭔 배짱으로 안 비워주고 버티고 난리야.”

“아니, 계장님. 엄연히 계약 기간이 남아 있지 않습니까? 그리고 검찰이 저 같은 약자를 보호해야지 거꾸로 하면 어디 법의 정의가 서겠습니까?”

“그러니까 정당하게 권리금을 준다는 거잖아. 뭐, 법의 정의? 그래, 말 잘했다. 법의 정의를 위해 당신 고향 선배하고 전쟁했던 거 한번 털어볼까?”

“하하하! 예, 계장님. 알겠습니다. 이런 일로 쪽팔리게 회장님이나 계장님 신경 쓰게 해서 미안합니다. 제가 양보할게요.”

“고맙소, 장호 씨.”

“별말씀을요? 다음에 우리 아우들 뭔 일 있으면 부탁 한번 할테니까 좀 봐 주십시오.”

“봐 줄 수 있는 일이면 봐줘야지.”

“감사합니다, 계장님.”

아쉽고 억울하지만, 나는 고향 형이랑 아우하고 상의해서 가게를 넘겨주었다. 그 대신 새로운 주인하고 나머지 종업원은 그대로 승계하여 영업하기로 합의했다. 권리금 1억은 받아서 같이 고생하다 그만두는 고향 형이랑 아우 경비 좀 챙겨주고 나머지 돈으로는 연예인 아파트 전세를 얻어 이사했다.

난생처음 전세 아파트로 이사를 했더니 월세가 안 나가 아내도 좋아하고, 장인 장모님도 딸 부부가 전세나마 좀 널찍하고 살기 편한 데로 이사하니 마음이 놓인다면서 무척 기분 좋아했다. 가게를 넘겼으니 이제 달리 살길을 찾아봐야 했다.

“어이, 상훈이 친구. 이제 우리가 서울 서남부는 우리 구역으로 삼거나 동맹을 맺어 어느 정도 평정했으니, 앞으로는 자네랑 나랑 아우들 몇 데리고 서울 중앙이나 주변 도시로 일자리를 한번 확장해 보세. 마침 나랑 친한 목포 형님이 우리 일자리를 우선 세 군데쯤 잡아주기로 했네.”

“어디 어디에다?”

“나하고 민호는 광화문 퍼시픽 나이트클럽으로 웨이터들 조직해서 들어가기로 했으니, 자네는 아우 한 명 데리고 부천 나이트클럽으로 들어가소. 용관이랑 식이는 청계천 나이트클럽으로 가서 일하면 된다. 그쪽 사장님하고는 얘기가 다 끝난 상태니까.”

“형님, 감사합니다.”

“우리 식구들 쪽팔리지 않게 열심히 한번 해보세.”

“알았네, 친구. 고맙네.”

우리는 그렇게 새로운 일자리를 얻어 각지로 흩어졌지만, 활동 구역을 넓힐 수 있는 실마리를 잡은 셈이었다.

퍼시픽 나이트클럽은 명동에서 가까워 명동 옷가게 아가씨들이 손님으로 많이 오다 보니까 꽃 본 나비들까지 꾀어서 발 디딜 틈이 없을 만큼 손님으로 미어터졌다. 지배인인 내 밑에서 영업부장으로 일하는 민우는 남자답고 야물었지만, 성질이 좀 급해서 다혈질이었다.

"형님, 웨이터 놈들이 팁까지 가욋돈을 그렇게 많이 벌면서도 상납 한 푼을 안 하네요. 영업 끝나고 기합을 좀 줘야겠네요."

"살살 다뤄라, 안 다치게."

"예, 형님."

웨이터들은 나이 층이 꽤 져서 우리보다 스무 살도 더 많은 웨이터도 있었다. 그날 영업이 끝나자마자 민우가 웨이터들을 집합시켰다.

"야, 웨이터들! 옷 갈아입는 즉시 전원 무대 앞으로 집합한다. 실시!"

집합이 끝나자 입에서 단내가 나도록 얼차려를 준다.

"전부 엎드려뻗쳐! 좀 풀어줬더니 청소 상태가 갈수록 엉망이다. 하나에 내려가면서 청소! 둘에 다시 올라오면서 불량! 지금부터 복창하면서 실시한다. 하나, 청소! 둘, 불량! …."

이렇게 얼차려를 준 이튿날, 영업이 끝나고 퇴근하는데 웨이터장이 나를 따라 나오더니 봉투를 건넸다.

"이게 뭐냐?"

"봉투에 교통비 좀 넣었습니다."

"뭔 이런 것을 다?"

"아닙니다. 저희가 진작 인사를 드려야 하는데, 늦어서 죄송합니다."

"아냐, 죄송은 무슨? 하여튼 알았네. 잘 쓸게."

나는 봉투째로 민우에게 넘겨주었다.

"민우야, 이거 웨이터 장이 주더라."

"예, 형님. 30만 원인데요. 저 10만 원만 주시고 형님 20만 원 쓰세요."

"아니야, 15만 원씩 반띵하자."

"그래도 형님이 많이 쓰셔야지요."

"내가 아우보다 월급이 더 많잖은가."

"예, 형님. 알겠습니다. 웨이터 자식들 손님이 많으니까 전부 총을 쏘더라고요."

"총이 뭐야?"

"술값 바가지입니다. 자기들이 손님한테 바가지 씌우는 걸 처음 왔다고 내가 모를 줄 알았나 봐요. 그래서 청소 상태를 구실로 얼차려를 줬더니 눈치를 까고, 어제부터 돈 만 원씩 거둬서 봉투를 만든 겁니다."

"그래. 나는 그것도 모르고 그저 고맙게 받았네, 하하."

"아마 이제 매일 퇴근하면서 인사할 겁니다."

"알았네, 아우."

그렇게 자리를 잡아가던 중 하루는 청계천이랑 부천으로 가 있는 식구들과 동네에서 뭉쳐 회포도 풀고 한잔했다.

"야~ 내 친구 상훈이는 새 차도 한 대 뽑았다 하고, 용관이랑 식이는 때깔 좋은 옷도 빼입고 신수가 훤해진 걸 보니 내가 다 기분이 좋다."

"이게 다 장호 친구 덕분이네."

"그럼요, 형님 덕분이죠. 우리 가게 식구들이 요즘 안마시술소에 단체로 자주 가니까 안마시술소 실장이 한 번씩 인사한다고 이런 좋은 옷도 사주곤 합니다."

"하기야 우리 친구나 아우들은 다 인물씩 하니까 옷걸이도 좋지. 다음에는 내 옷도 한번 챙겨 봐라."

"예, 형님. 알겠습니다."

"친구, 새로 뽑았다는 마크5 차는 실은 우리 사장님이 집이 멀다고 할부로 뽑아 준 거라네."

"잘했네, 친구. 하긴 동네에서 부천까지 출퇴근하려면 차가 있어야지."

이렇게 친구랑 아우들도 자리를 잡아가고 해피타임이 좀 오래

갈 줄 알았더니 아니나 다를까, 새드엔딩이 지척에서 기다리고 있었다. 새롭게 개척한 가게에서 몇 달 잘 생활하고 있는데, 우리 다혈질 아우 민우가 또 사장한테 큰소리로 대들고 난리를 쳐서 판을 깨고 만 것이다.

"아니 사장님, 우리 맞은편 가게는 최고로 이쁜 인기 가수나 연예인이 교대로 자주 출연하는데 우리 가게는 가수나 연예인들 세숫대야가 저게 뭡니까? 싸구려 연예인만 쓰고…."

"야, 민우야! 사장님한테 왜 큰소리로 그러냐? 잠깐 나와 봐라. 나하고 얘기 좀 하자."

"아, 형님. 내 말이 틀렸습니까? 나는 가게를 위해서 사장님한테 드리는 말입니다."

"그런 말은 사장님만 계신 데서 조용히 정식으로 건의해야지. 이렇게 다 있는 데서 떠들면 사장님이랑 싸우는 줄 알지. 안 그러냐? 이리 나와 봐."

"알았어요, 형님."

나는 따라 나온 민우를 소리를 죽여 타박했다.

"야, 민우야. 너는 어찌 그리 눈치가 없냐?"

"뭘요? 형님."

"내가 봐서는 아무래도 저 여자 가수랑 사장님이 썸씽이 있는 거 같아. 그러니 아우가 모른 체해줘라. 장사도 잘되고 하니까…."

"아니 형님. 그래도 그렇지, 세숫대야가 웬만해야지요."

"세숫대야랑 우리랑 뭔 상관이냐? 우리야 장사가 잘돼서 월급 제때 받고 사고 안 나면 되지."

"예, 형님. 알겠습니다."

아니나 다를까, 당장 이튿날로 사장이 나를 불렀다.

"지배인한테 이런 말 하긴 뭐한데 영업부장 바꾸면 안 되겠냐? 내가 영업부장 때문에 불편하네."

"사장님 말씀, 무슨 뜻인 줄 알겠습니다. 하지만 영업부장만 그만두게 할 수는 없습니다. 제가 관리 잘못한 책임도 있으니 사장님 편하시게 저도 같이 물러나겠습니다. 그 대신 확실히 믿을 만한 지배인, 영업부장 새로 조합 꾸려서 추천할 테니 지금 웨이터들 그대로 연계해서 살려주시고 장사 잘 하십시오."

"아이고, 우리 지배인은 어찌 그릇이 그리 큰가? 자네 말대로 다 하겠네. 참으로 고맙네. 봉투나 두 개 챙겨줄 테니까 내일 나와서 마무리하시게. 시간 나면 언제든 놀러들 와. 술은 얼마든지 내가 삼세."

"예 알겠습니다, 사장님."

나는 그렇게 조직은 살리고 내 좋은 밥자리는 잃었다.

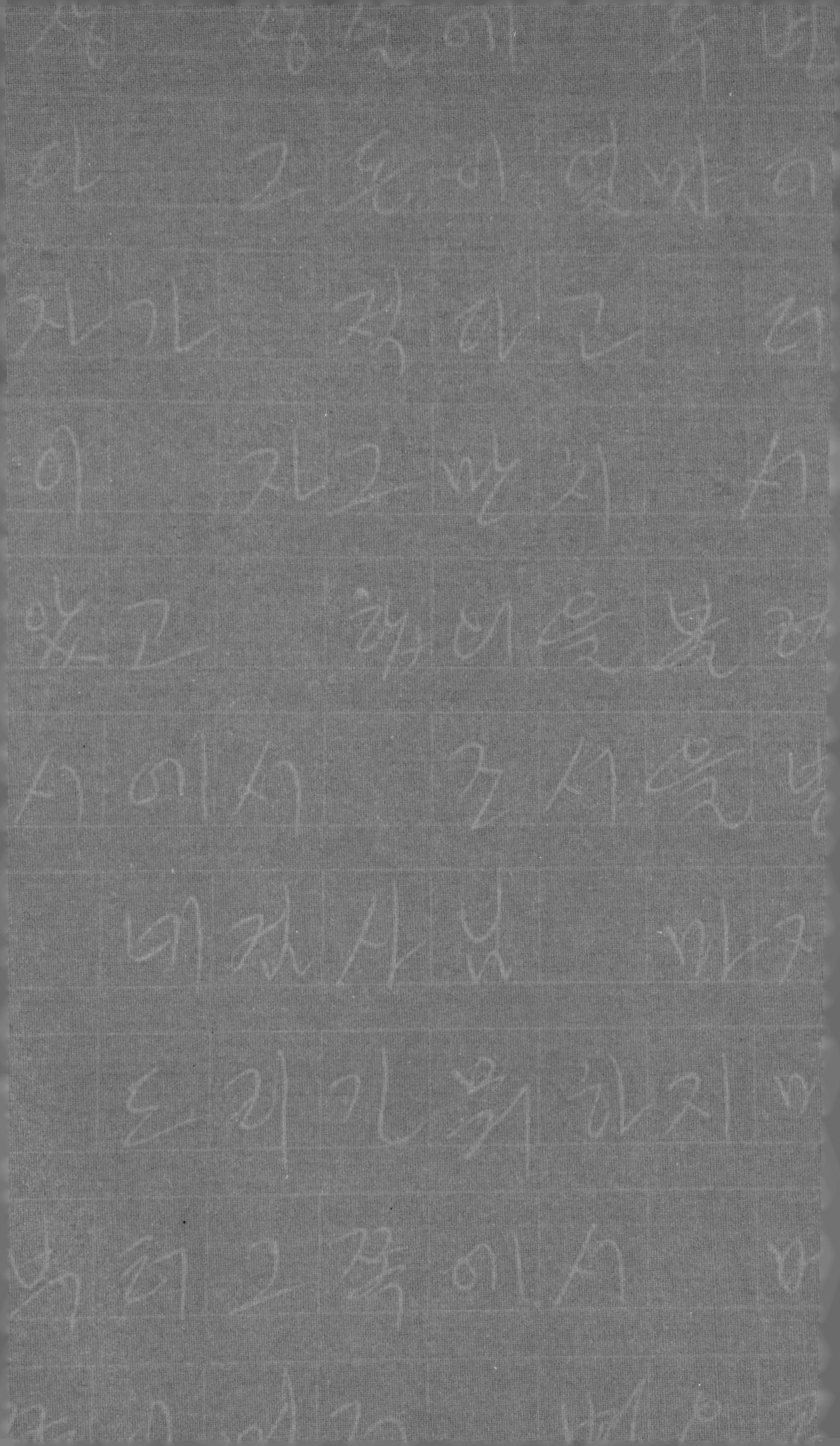

12

이런 날도 있어서…

오늘 체육대회는 축구나 족구 같은 남자들만의 경기도 있지만, 피구 또는 남녀 2인 1조 다리 묶어 이어달리기나 오자미 던지기 같은 여자들도 가족과 함께 즐길 수 있는 경기도 진행되었다. 정말이지 하나로 어우러져 후련하도록 노느라 날 저무는 줄 모른 하루였다.

봄날의 남이섬, 싸움의 기술

세월은 흐르는 물과 같다더니 눈만 한번 깜박한 것 같은데 한 해 한 해 잘도 간다. 나도 그렇지만, 형들이나 아우들도 엊그제 홍안의 청년이더니 어느새 다 늙은 청년을 넘어 이제 서른 안팎 장년의 나이들이다.

그러고 보니 소풍이든 야유회든 체육대회든 식구들이 가족까지 한자리에 다 모여본 지가 언젠지 모르겠다. 그래서 좋은 날을 잡아 뭉치기로 했다.

"요즘 날씨도 좋으니, 청호랑 춘풍이 자네들이 식구들 연락해서 가족과 함께 남이섬으로 야유회 겸 체육대회 한번 떠나세. 이번 주말쯤으로 일정을 잡으면 좋겠는데…. 가벼운 운동복 차림으로 소풍 삼아 다 참석하라 하고, 버스 두 대 빌려서 오십 명 정도 위에서부터 아래로 적당히 끊으면 되겠다. 봐서 더 많아지면 버스 한 대 추가하고. 그리고 비용은 각자 일하는 업소 사장님한테 야유회 간다고 말씀드리고 찬조금 좀 받은 것으로 충당하고…. 가족이 없거든 애인이랑 같이 와도 좋다고 해."

"예, 형님. 가족이 함께하니 경품이나 선물 같은 것도 푸짐하게 준비하겠습니다."

"그래. 그런 건 아우들이 알아서 하고, 준비하는 데 내가 나서야 할 일이 생기면 바로 얘기해. 오늘이 월요일이니까 서둘러서 착오 없게 하고."

"예, 형님."

드디어 토요일 오전 6시, 가리봉 오거리에 버스 두 대가 들어와 있었다. 우리 식구들은 언제 챙기고 있었는지 제수씨나 애인을 동반한 아우들이 서른 명은 되었다. 대략 남자 오십 명, 여자 삼십 명으로 모두 팔십여 명이 버스 두 대에 나눠 탔다.

"자~ 빨리빨리 버스 타시고…. 남이섬으로 출발합시다, 기사님!"

우리는 신나게 노래를 부르면서 즐거운 소풍을 떠났다.

"잊지는 말아야지♬ 만날 수 없어도♩ 헤어질 땐 서러워도 만날 땐 반가운 것♪ 나는 한 마리 사랑의 새가 되어…."

그렇게 우리는 오랜만에, 아니 처음으로 좋은 봄날의 화창한 햇살을 함께 즐기며 남이섬에 도착했다.

"자~ 운동회 시작하기 전에 여자분들은 저쪽으로 잠깐 가 계시고, 남자들만 이쪽으로 모여보세요. 그리고 양강이랑 종선이는 버스에 가서 작은 칠판 좀 꺼내 와라."

"예, 형님."

내가 칠판을 꺼내 오라니까 다들 어리둥절했다.

"형님들, 제가 아우들한테 싸움의 기술에 관해서 잠깐만 얘기 좀 하겠습니다."

"알았네. 길게 해도 괜찮네, 하하."

"아우들, 자~ 지금부터 내가 하는 말을 잘 듣고 유사시에 써먹기 바란다."

"예, 형님."

"예를 들어, 껄끄러운 상대와 다방이나 술집 같은 데 앉아서 이야기할 때는 항상 상대방 쪽 테이블을 살짝 밀어서 좁게 해라. 반대로 내 쪽은 넓게 공간을 확보하고. 컵같이 무기가 될 만한 것은 내 앞으로 살짝 당겨 놓고 있다가 시비가 붙으면 먼저 일어나서 선빵을 날려라. 주먹이 달리면 컵 같은 걸 들어서 대가리를 치면 된다."

"예, 알겠습니다."

"그리고 지하실에서 시비가 벌어져 맞짱을 뜨러 나갈 때는 상대가 만만하면 천천히 같이 올라가고 상대가 나보다 힘이 세다고 느껴질 때는 한 계단 먼저 올라가서 돌아서면서 한방 놓고 튀어라. 상대방 쪽수가 우리보다 많을 때는 좁은 곳에서 붙지 말고 큰길로 뛰어나와 싸워라. 그래야지만 지나가는 사람들이나 운전기사들이 경찰에 신고해줘서 위기를 모면할 수도 있다. 알겠나?"

"예, 잘 알겠습니다."

"일대일로 맞짱을 뜰 때는 유리한 위치를 차지해라. 예를 들어, 높은 곳에서 낮은 쪽으로 발차기를 하고 다시 위로 올라가라. 무엇보다 연장질할 때는 머리나 심장이 있는 가슴 쪽은 절대 피하고 아랫배나 허벅지 같은 생명에 지장이 없는 데에 적당히 줘라. 상대방이나 우리나 목숨은 귀한 것이다. 그러니 사람은 절대 죽이면 안 된다. 전쟁터에 나가서 국가와 민족을 위한 일이 아니면 말이다. 이 좋은 세상, 무기징역이나 사형을 받는다면 얼마나 어리석은 일이냐? 또 부모 형제는 얼마나 가슴이 아프겠냐? 알아들었냐?"

"예, 형님!"

"지금까지 내가 한 말을 잘 새겨들어라. 그리고 오늘 제수씨들이 많이 오셨지만, 사람을 무시해서 하는 말이 아니라 우리가 무식하므로 우리의 동반자는 고등학교까진 졸업해서 사무라도 보는 여자를 만났으면 한다. 우리가 서울로 왔을 때는 큰 꿈을 가지고 성공해서 영화배우처럼 멋지게 살려고 올라왔지 거지 같이 살려고 올라온 것은 아니지 않으냐?"

"예! 형님, 명심하겠습니다."

오늘 체육대회는 축구나 족구 같은 남자들만의 경기도 있지만, 피구 또는 남녀 2인 1조 다리 묶어 이어달리기나 오자미 던지기 같은 여자들도 가족과 함께 즐길 수 있는 경기도 진행되었다. 정

말이지 하나로 어우러져 후련하도록 노느라 날 저무는 줄 모른 하루였다. 우리는 그렇게 단합대회를 마무리하고 즐겁게 노래를 부르며 일상으로 돌아왔다.

무식이들의 무식 잔치

단합대회를 마치고 돌아온 며칠 후, 창모 형한테 연락이 왔다.

"장호야, 광주 큰형님이 너 좀 보잔다. 지금 전화 드려봐라."

"예, 형님. 알겠습니다."

나는 창모 형 전화를 끊자마자 바로 전화를 드렸다.

"큰형님, 저 장호입니다."

"그래, 장호야. 잘 지내냐?"

"예, 큰형님."

"너 말이다. 내일 오후 2시에 워커힐 호텔 커피숍으로 나와라."

"예, 알겠습니다. 형님."

다음날, 운전하는 아우를 데리고 워커힐 호텔로 갔다.

"큰형님, 건강하시죠?"

"나야 건강하지. 잘 있었냐?"

"예, 큰형님!"

"형한테는 많은 아우가 있지만, 그동안 장호 너를 쭉 지켜봐

왔다. 네가 아직 나이는 젊지만, 의리가 있고 또 왠지 모르지만 믿음이 간다. 네가 앞으로 이 형을 좀 도와라."

"예, 큰형님. 잘 알겠습니다."

"우선 두 가지 일이 있다. 여기 워커힐 카지노 건이랑 엘로 그룹 관련 사찰 건이다. 그런데 엘로 그룹 관련 건은 일본 야쿠자가 관여하고 있어서 우리 쪽에서도 뭔가 힘을 과시하려면 인원이 많이 필요하다. 그쪽 야쿠자가 들어오는 날 호텔 입구와 로비에 아우들 200명쯤을 세워놔야 하는데 네가 몇 명 정도 데리고 올 수 있겠냐?"

"제가 100명쯤 데리고 오겠습니다."

"고맙다. 나머지는 광주 아우들하고 충성이한테 맞추라면 되겠다. 그리고 이번에 워커힐 카지노에서 제주도 로열 카지노를 인수하는 데 장호 아우가 날 도와줄 일이 있다. 이 건만 해결되면 너한테 매월 삼 천씩 내릴 테니까 그 돈으로 아우들 관리해라. 충성이한테는 제주도 쪽 카지노에서 지분 5프로 정도 받아서 아우들 관리하라고 하겠다."

"예, 큰형님. 감사합니다."

그로부터 며칠 후, 장 사장이 전화를 걸어왔다. 전에 장 사장이 강남에서 아파트 건설사업을 할 때 도와준 인연으로 가깝게 되었는데, 광주 큰형님하고도 친분이 있어서 며칠 전에 나를 만났다는 애기를 들은 모양이었다.

"장호 아우, 잘 지내시는가?"

"예, 형님. 잘 지내시지요? 어쩐 일로…?"

"내가 우리 장호 아우 소갈비 좀 사주려고. 워커힐 호텔 앞 명월관 소갈비가 맛있기로 유명하다네. 가까운 친구랑 아우들 데리고 명월관으로 나오시게. 언제쯤이 좋겠나?"

"예, 내일 점심때가 좋겠습니다."

"그럼, 그때 명월관에서 보세."

나는 다음 날 점심때 충성이 친구랑 가까운 아우들 몇을 데리고 명월관으로 나가 장 사장을 만났다.

"장호 아우, 여기 소갈비 맛이 어떤가?"

"예, 형님. 가리봉에서 맨날 삼겹살만 먹다가 명품 소갈비를 먹으니까 둘이 먹다 셋이 죽어도 모르겠습니다."

"하하하, 이 사람. 둘이 먹다 셋이 어떻게 죽는단 말인가? 장호 아우가 유머가 많이 늘었네."

"어이 충성이 친구, 그리고 아우들아. 이 소갈비는 여기 장 사장님이 사신 거니까 감사의 박수 한 번 크게 치고 맛있게 먹자."

'짝! 짝! 짝!'

"장 사장님, 감사합니다!"

"아이고, 별말씀을요? 많이들 드십시오."

그러고 소갈비에 점심을 한참 맛있게 먹고 있는데, 만태 형이

다른 일행과 함께 들어서며 우리를 보고 아는 체를 했다.

"만태 형님, 자리 잡으시면 좀 있다 거기로 가서 인사드릴게요."

"아이고, 장 사장님도 계셨네요. 장호야, 좀 이따가 보자."

나는 장 사장이랑 할 애기를 대충 매듭짓고는 양해를 구하고 잠깐 만태 형을 보러 충성이 친구랑 저쪽 자리로 갔다.

"만태 형님, 잘 지내시지요? 점심이 좀 늦었네요."

"그래 잘 지낸다. 장호야."

"예, 형님."

"저 장 사장 새끼 뭐 하러 데리고 다니냐?"

"아, 예. 얼마나 고마운 사람입니까? 우리 공단 식구들은 삼겹살 먹기도 힘든데 소갈비를 사주시니 너무 고맙네요. 유명 연예인이랑 살다가 얼마 전에 이혼하고 마음이 허전하고 울적한 모양입니다. 충성이 친구랑은 각별한 사이고, 나하고도 잘 지냅니다."

"그건 좋은데, 저 새끼는 나한테는 용돈 한 푼 안 주냐?"

"내가 장 사장한테 조용히 한 번 애기할까요?"

"냅둬라, 인마. 너나 잘 받아 써라."

"아니고, 형님. 뭔 그런 말씀을 다 한다요?"

"됐다. 그럼 가봐라."

"식사 맛있게 하십시오, 형님."

하여튼 장 사장 덕분에 점심을 맛있게 먹고 동네로 돌아가는 길에 나는 충성이 친구한테 의견을 구했다.

“어이, 충성이. 망탠지 먹탠지 저 양반은 나한테 왜 그런가? 내가 한번 까볼까?”

“장호 자네가 이해하소. 장 사장이 나하고 자네한테만 잘하고, 선배인 자기는 홀대한다고 시샘이 나서 그럴 거야. 큰형님하고 지금 하는 일이 중요하니까 일부터 마무리하고 그 얘긴 접어놨다가 다음에 하세.”

“알았네, 친구.”

일본 야쿠자 오야붕이 심복 부하들을 데리고 한국에 들어오는 날이다.

소공동 롯데 호텔 입구. 야쿠자 일행이 김포공항에 내려 소공동을 향해 출발했다는 기별과 함께 우리 식구들을 포함하여 큰형님을 따르는 아우들 200여 명이 양쪽으로 줄을 서기 시작했다. 호텔에 접한 도로변부터 계단을 거쳐 출입구까지 검은 정장을 한 어깨들이 양옆으로 도열하여 터널을 이룬 모습은 볼만했다.

야쿠자 오야붕이 부하들과 도착하자 큰형님이 나가 맞이하는 가운데 어깨들이 파도가 치듯 90도로 절을 하며 인사했다. 이렇게 영접 절차가 끝나고 양측의 회담이 시작되었다. 나와 충성이 그리고 덩치 좋은 아우들 두 명이 큰형님을 보좌한 가운데 통역을 두고 야쿠자 측과 긴밀한 대화를 나눴다.

일본 사업가와 엘로 그룹 간에 일본 내에 있는 사찰 소유권 문제로 분쟁이 벌어졌는데 우리 쪽 큰형님하고 일본 야쿠자 간에 중재와 관련하여 깊은 얘기가 오간 것이다. 우리 큰형님한테 엘로 그룹에서는 오억 원을 제시했는데 일본 야쿠자 측에서는 십오억 원을 제시하면서 서류를 내밀었다.

서류를 받아 살펴본 큰형님이 담배를 한 대 물더니 결연하게 말했다.

"한국에서는 우리 깡패를 건달이라고 부르지만, 원래 건달이란 하늘 건에 통달할 달을 쓰는 것이요. 우리 건달은 나라가 위태로울 때는 전쟁에 나가 목숨도 바치고, 일제가 침략해 왔을 때는 독립운동에도 적극적으로 가담한 사람들이요. 굶어 죽으면 죽었지 우리한테 이깟 돈 십억 원에 매국노가 되라는 말이요?"

통역이 말을 다 전하기를 기다려 큰형님이 라이터를 켜서 서류에 불을 붙이자 일본 야쿠자들이 깜짝 놀라 서류를 뺏으려고 했다. 나하고 충성이 친구가 동시에 일어나 그들을 막아섰다.

"야 이 쪽바리 새끼들아! 자리에 앉아! 움직이면 죽여 버린다. 개새끼들아!"

서류를 다 태운 큰형님이 일어나자 우리도 일어나 큰형님을 호위하여 호텔 계단을 내려가는데 아우들이 일제히 90도로 허리 숙여 인사했다.

"큰형님! 별일 없으십니까?"

"응, 그래. 별일 없다."

우리는 호텔 입구까지 따라 내려와 큰형님이 안전하게 차를 타고 떠나도록 빈틈없이 호위했다. 그러고 한참 후에 아우들을 철수시켰다. 뒤따라와 내려와 그 모습을 지켜본 일본 야쿠자들이 감탄하면서 놀라워했다.

"야~ 한국의 김 회장, 대단한 사람이야!"

얼마 후, 큰형님이 연락을 해왔다. 사찰 건이 양쪽의 극적인 합의로 잘 해결되었다며 고맙다고 했다. 그때 왔던 야쿠자 오야붕이 일의 성사를 자축하는 의미로 큰형님하고 아우들 몇 명을 초청했으니 조만간 일본 갈 준비를 하라고 했다. 큰형님이 야쿠자에 조금도 주눅 들지 않고 배짱으로 강단지게 나온 것이 오히려 야쿠자로부터 존경과 신뢰를 산 모양이었다. 건달 세계에서는 일단 상대를 서로 인정하게 되면 웬만한 문제는 다 저절로 풀리게 되어 있다.

졸지에 해외여행을 하게 된 나는 난생처음 타보는 비행기, 말로만 듣던 일본에 실제로 가본다는 생각에 마음이 설레 며칠 잠이 오지 않았다.

그러던 중에 사랑하는 아우 용관이 어머니가 돌아가셨다는 연락을 받았다. 사람이 죽는 것은 슬픈 일이고, 특히 가족이라면 말할 것도 없지만 그중에서도 어머니가 돌아가신 일은 아무

데도 비할 바 없는 가장 큰 슬픔이다. 일찍이 겪어본 나는 그 슬픔을 안다.

"야~ 춘풍아! 용관이 어머님이 돌아가셨단다. 막둥이들 오십 명쯤 장례식장 입구에 줄 세우고, 아우 친구들하고 바로 밑에 원철이 친구들까지 문상하러 가자! 그리고 여기저기 할만한 데는 빠짐없이 부고 넣어라. 나는 뽀다구나는 조문 화환 여남은 군데서 보내도록 조치하마."

"예, 형님. 근데 병원이 어디랍니까?"

"용산에 있는 한남 병원이란다. 내가 저녁 약속이 있지만, 시간을 당겨서 일찍 마칠 테니까 여기서 일곱 시쯤에 출발하자."

"예, 형님."

우리가 병원에 도착하자 막둥이들이 벌써 검은 양복 차림에 양쪽으로 줄지어 서 있다가 90도 각도로 허리를 숙여 인사했다.

"형님들, 오셨습니까?"

"응, 그래. 우리 막둥이들이 이제 좀 자세가 나온다."

"예, 형님. 열심히 하겠습니다."

"야, 춘풍아. 우리 아우들이 변두리 깡패치고는 야무지다."

"예, 다들 기질이 있습니다. 지금 영등포 빼놓고 한강 이남에서는 최고입니다."

"그래, 너희가 고생한다. 문상은 열 명씩 나눠서 하자."

"예, 형님."

나는 초상집에 가면 항상 뒤에 있어서 향불을 어떻게 붙이는지 몰랐다. 그날은 선배도 없고 맨 앞에 있는 내가 향에 불을 붙여 향로에 꽂아야 했다. 나는 새로 향을 하나 들고 향로에서 타고 있는 향의 끄트머리에 대고 불을 붙이려고 갖은 애를 쓰는데 도무지 불이 붙지를 않았다.

옆에서 상제들은 아이고, 아이고, 하고 있고 나는 문상 오기 전 초저녁에 식사하면서 소주를 좀 마셨더니 술에 취한 건지 향불에 취한 건지 몸이 흔들리기 시작했다. 그렇게 몇 분이 지나자 이러다가 내가 까딱하면 여기서 죽게 생겼구나, 싶은 생각이 들었다. 그때 바로 내 뒤에 서 있던 춘풍이가 답답해하다 못해 나무라듯 묻는다.

"형님, 지금 뭐하십니까?"

"춘풍아, 아무래도 내가 향불에 취해 죽겠다."

"형님, 뒤에 문상하려고 줄 서서 기다리는데요. 왜 향불이 안 댕겨질까요? 아이고~ 우리 무식이 형님, 향을 촛불에 대고 붙이면 되지요."

"아~ 그러냐? 야, 진작 얘기를 해주지!"

옆에 상제들도 웃음을 참느라 힘든지 손으로 입을 틀어막고 뒤돌아서서 쿡쿡거리고 난리가 났다. 이렇게 힘들게 문상을 하고 물러 나와 옆에 밥상으로 가서 아우들과 한잔하는데 춘풍이가 나를 놀렸다.

"야, 아우들아. 우리 대장이 무식해도 너무 무식하다. 세상에, 향에다 향을 댕기니 불이 붙냐? 앞으로 우리 대장 별명을 무식이 형님이라고 할랍니다."

"야, 춘풍아. 너는 뭐 얼마나 유식하냐? 얼마 전에 롯데백화점을 실컷 구경하고 나오더니 이 근처에 롯데백화점이 있다던데 거기도 한번 구경하고 가자던 놈이 누군데 그래, 이 무식한 놈아! 하하하."

"형님 친구분들도 형님 못지않게 무식하던데요. 술 먹다가 누가 맥주가 영어로 뭡니까, 하니깐 강성이 형님은 OB라 하고, 또 규태 형은 옆에서 크라운이라고 하던데요. 또 차를 같이 타고 가다가 라디오에서 베토벤의 운명 교향곡이 나오길래 저건 무슨 곡입니까, 물어보니까 아우야 저건 인켈이야, 하던데요. 하하하."

"인켈이 뭐냐?"

"형님, 그러니까 무식하지요. 인켈이라고 전축 메이커입니다."

"메이커는 또 뭐냐?"

"아이고~ 형님. 메이커가 전축 이름 아닙니까."

"아따 우리 춘풍이, 무작스럽게 유식하다. 아우가 학교 어디 나왔지?"

"영산포공고 다니다가 짤려서 수도권으로 올라와 안양공고 졸업했구만요."

"그래. 지금까지 우리 식구 중 아우가 학벌이 제일 좋은 것 같다. 그런데 아우는 왜 면허 시험 볼 때 수입인지 딱지를 앞뒤로 꽉 다 채워버렸다냐? 하하, 가만 보면 우리 주위에도 인간문화재들이 많아야."

"그럼 형님, 제가 인간문화재란 말입니까? 그거 되면 국가에서 매달 수당도 나온다는데…."

"아이구야~ 그래, 인간문화재 맞다. 그건 그렇고 여기 모인 아우들이 우리 식구들 핵심이 아니냐. 아우들도 생활하는 것이 힘들겠지만 아우들 밑으로 각자 아우들 두 명씩 데리고 키워라. 그래서 그 두 명의 아우들이 각자 한 명씩만 데리고 있어도 우리 식구들이 얼마나 단단해지겠냐. 또 어디에 가든 쪽수로도 밀릴 일이 없고…. 지금 보면 공단에서 일하기 싫으니까 겨우 태권도 파란 띠만 따도 자기가 뭐 대단한 것처럼 착각해서 개나 소나 깡패한다고 찾아오는데 앞으로는 심사를 철저히 해서 받자."

"예, 형님."

"기질도 없고 건달 생활이 뭔지도 모르면서 왔다 갔다만 하다가 여자 만나 동거 생활 들어가면 또 온다간다 말없이 어디론가 사라지고…. 또 그 여자하고 헤어지면 다시 건달 한다고 찾아오는 놈들이 한두 명이냐? 무슨 날라리 새끼들도 아니고…. 앞으로 그런 놈들은 절대로 식구로 받아주지 마라. 우리 조직 얼굴에 똥칠한다."

"예, 형님. 알겠습니다."

건달들의 해외 출장, 뜻밖의 국위 선양

마침내 일본으로 출국하는 날이 밝았다. 일본 신주쿠 야쿠자 오야붕의 초청에 응한 것이다. 우리는 큰형님을 모시고 택시 두 대로 김포공항에 도착했다.

"아따, 형님. 김포공항에서 하늘로 비행기 뜨는 것만 봤지 김포공항은 처음인데요. 사람도 많고 건물도 무지하게 크고…."

"솔직히 말해서 나도 처음 와 본다. 하여튼 큰형님 덕분에 촌놈들 출세했다. 비행기도 타보고 일본도 가보고…."

"그러게 말입니다. 형님, 앞으로 큰형님 잘 모셔야겠습니다."

"그래야지."

난생처음 타보는 비행기가 이륙하자 덜컥 겁이 났다. 어지럽고 속이 울렁거린다. 나는 크게 심호흡을 하면서 애써 태어난 척 연신 큰기침을 했다.

"아따 형님, 어지럽구만요."

"조금만 참아라. 심호흡하고."

"예, 형님. 괜찮습니다."

"야, 아우들아. 옆에 봐라, 바다가 보인다. 바다가 무지하게 넓다. 여기가 태평양 아니냐?"

"아이고~ 무식이 형님, 여기는 현해탄입니다."

"그런가? 우리야 뭐 여름에 강원도 화진포는 많이 갔잖아. 민박집 할아버지 할머니 잘 계신가 모르겠다. 우리한테 참 잘 해주셨는데…."

"그러게요, 형님. 형님만 가면 할머니가 아저씨 아줌마 손님은 안 받고 모든 방에 아가씨들만 받아서 우리 둘만 남자고 방마다 여자들이 득실득실 시끄러웠잖아요. 형님, 그 비결이 대체 뭡니까?"

"야, 맨입으로 그것이 되겠냐? 내가 할머니를 살짝 불러 팁 5만원을 드리면서 '할머니, 버스 정류장에서 가족끼리 오는 사람 말고 아가씨들만 데려오세요' 그러면 할머니가 뭔 말인지 알아듣고 아가씨들만 데리고 오시잖냐."

"하하, 역시 형님 머리는 그쪽으로는 알아줘야 합니다."

"야, 인마. 그럼 다른 쪽으로는 무식하다는 말이야?"

"무식이 형님이라고 했잖아요."

"그래, 인마. 내가 무식해도 그 정도로 노력하니까 여름만 되면 나를 따라서 피서 간다고 형님들이나 아우들이 줄을 서지."

"하하하! 그건 그래요, 형님."

농담 따먹기를 하는 사이에 비행기는 나리타 공항에 도착했다.

입국 절차를 마치고 공항 입구에 나가니까 벤츠 승용차 세 대가 우리를 기다리고 있었다. 야쿠자 측에서 우리를 마중 나온 것이다. 일본 야쿠자 둘이 우리 큰형님한테 다가와서 서투른 한국말로 인사를 했다.

"한국 오야붕님! 일본 방문을 환영합니다."

그러고는 우리한테도 인사를 건넸다.

"환영합니다, 교다이!"

"야, 민우야. 교다이가 뭐냐?"

"아, 예. 친구나 의형제라는 뜻입니다. 친구도 보통 친구가 아니라 형제 같은 친구라는 뜻입니다. 하여튼 형님, 야쿠자들이 우리한테 호의적으로 대하고 있으니까 그런 줄 아시고 우리가 못 알아먹는 말을 좀 하더라도 웃으면서 대충 넘어가십시오."

"알았네, 아우."

우리를 태운 벤츠는 야쿠자 차량이 전후에서 호위하는 가운데 신주쿠로 향했다. 우리는 무슨 고위 외교 사절이라도 된 기분이었다. 신주쿠에 도착하자 마침 저녁 식사 때가 다 되어서 식당으로 안내되어 들어갔다. 신주쿠 야쿠자 오야붕을 중심으로 간부급 야쿠자 20여 명이 식당에서 기다리고 있었다. 방으로 안내되어 들어가자 일본 오야붕이 일어나 나와 우리 큰형님을 맞아 악수하며 껴안고 환영의 인사를 건넸다.

서로 간단한 소개와 함께 인사를 나누고 저녁 식사를 맛있게 했다. 초밥 정식이 코스로 나오는데, 한국에서 먹던 것과는 차원이 달랐다. 아마도 신주쿠 최고의 식당을 잡은 모양이었다.

저녁을 먹고 우리는 예약된 호텔로 가서 여장을 풀었다. 비행기도 처음 타보고 외국 여행도 처음인지라 잔뜩 긴장했다가 그 긴장이 풀리니까 스르르 잠이 왔다.

"형님, 여기까지 와서 벌써 주무시려고요? 아직 초저녁인데 시내 구경 좀 하고 오지요."

"야, 형은 피곤하니까 너희끼리 나갔다 와라. 멀리 가지 말고…. 이 호텔 명함을 주머니에 넣고 다니다가 혹시 길을 잃어버리면 택시 기사한테 명함을 보여주면 된다."

"아니, 형님은 외국 여행이 처음이라면서 언제 그런 걸 알았습니까?"

"하하, 무식하면 노력이라도 해야지. 그런 건 형한테 좀 배워라. 우리 동네 형님이 필리핀 카지노에 자주 가는데 내가 일본 간다고 하니까 이런저런 이야기를 해주더라. 나가면 아우들 세 명이 꼭 붙어 다니고, 빨리 들어와라."

"예, 형님. 쉬고 계십시오."

외출한 아우들이 언제 들어왔는지도 모르도록 깊은 잠을 푹 자고 일어나니까 벌써 아침이 밝았다.

“이야, 높은 빌딩이 서울은 잽도 안 되겠다. 야, 여기가 동경이냐?”

“아니, 형님. 어제는 신주쿠라고 했잖습니까?”

“아이고, 무식아. 동경 안에 있는 것이 신주쿠여. 서울 안에 명동이 있는 거 맹키로.”

“예, 형님. 놀랍습니다, 형님이 그런 걸 다 알고…. 그러면 여기가 일본의 수도입니까?”

“야, 민우야. 야들 일본에 대해 특별과외 좀 시켜라. 수준 안 맞아서 같이 못 놀겠다, 하하.”

“예, 형님.”

“아우들아, 이러고 있을 때가 아니다. 얼른 씻고 큰형님한테 아침 인사 가자.”

세면을 마친 우리는 복장을 갖춰 입고 큰형님을 보러 갔다.

“큰형님, 잘 주무셨습니까?”

“그래. 너희도 잘 잤냐?”

“예. 큰형님.”

“내려가서 아침 먹자. 점심은 바닷가에 가서 맛있는 회를 대접한다니까 아침은 가볍게들 먹는 게 좋겠다. 오늘은 오전 오후 다 자유롭게 관광을 즐기는데, 필요하면 안내도 붙여준다니까 알고 있어라. 저녁때는 신주쿠 클럽에서 양측이 모두 한자리에 모여 한잔하는 일정이니까 차질 없도록 해라.”

"예, 큰형님."

점심때가 되어 바닷가 고급 횟집에서 맛있는 회를 먹는데 우리 아우들이 회를 너무 무식하게 한 주먹씩 채소에 싸서 먹었다. 그걸 본 야쿠자들이 놀란 눈치다.

"아우들아, 야쿠자들은 회를 한 점씩 천천히 먹는데 너희는 한 주먹씩 싸서 게눈 감추듯이 그렇게 무식하게 먹어 버리냐?"

"형님도 참. 이런 맛있는 고급 회를 또 언제 먹을지 모르는디 있을 때 왕창 먹어야지요."

"야쿠자들이 우리 가고 나면 분명히 흉볼 거야, 걸구새끼들이라고."

"그러든지 말든지요. 쟈들을 또 언제 볼랍디여?"

"내년에 큰형님이 답례로 한국에 초대하실 모양이더라, 하하."

이렇게 회를 실컷 먹고 명소라는 데를 돌아다니며 관광을 하다가 저녁때 신주쿠 클럽으로 향했다. 이백 평쯤 되는 클럽 내부는 고급스럽게 잘 꾸며져 있었다. 우리가 모인 룸은 클럽에서 제일 큰 룸인 듯 오십 평은 넘어 보였다. 이 클럽 전체를 오야붕이 우리를 위해 오늘 저녁 통째로 빌렸다고 했다. 룸 가운데 길게 놓인 테이블 주위로 양측 식구들이 작은 테이블을 여러 개 앞에 두고 옹기종기 둘러앉고 일본 오야붕이랑 우리 큰형님이 상석에 앉았다. 테이블에 술과 안주가 쭉 놓이고 아가씨들 오십 명쯤이 룸으로 들어왔다. 그중 절반 이상은 우리 한국 여자라고 했다.

"민우야, 한국 아가씨들이 여기까지 와서 어쩌다 술집에 나온다냐?"

"예, 형님. 공부하러 왔다가 학비 번다고 아르바이트로 많이들 나온답니다."

"그래. 공부가 뭐라고?"

왠지 보르게 가슴이 아팠다. 그때 음악이 흘러나오고 일본 오야붕이 일어서서 건배를 제의했다.

"우리 김회장이노 우리와 우정을 위하여, 건빠이!"

"건빠이!"

술이 몇 순배 돌고 일본 엔카 가수가 노래를 부르자 야쿠자들 세 명이 옷을 홀딱 벗고 두루마리 휴지로 스모 선수처럼 하체에 감고 테이블에 올라가서 춤을 추고 쇼를 하는데 가관이었다.

온몸이 나체의 여자와 사무라이 문신으로 뒤덮인 채로 무대를 휘젓고 다니자 우리 한국 아가씨들은 눈을 전부 돌리고 어쩔 줄을 몰라 하는데, 일본 아가씨들은 익숙한지 빤히 쳐다보면서 히죽히죽 웃고 난리였다.

"야, 채욱아. 저 새끼들 기죽일 방법이 없겠냐?"

"형님, 금방 쇼가 끝날 것 같으니까 웬만하면 못 본 척하세요."

"가만있어 봐라. 옛날 시골 장터에서 봤던 각설이 쇼를 한번 보여줄게."

"아, 형님. 취하셨어요?"

"나 말리지 마라."

자리에서 일어나 옷을 홀랑 벗어 던진 나는 양말을 벗어 내 거시기에 끼고는 테이블에 뛰어 올라가서 춤을 추기 시작했다. 느닷없는 도발에 룸이 떠나가도록 환호성이 터지고 박수를 쳐대고 난리가 났다. 그렇게 십 분쯤 춤을 추었을까. 음악이 꺼졌다. 나는 무대에서 내려와 옷을 주워 입고 땀을 닦았다.

그때 일본 오야붕이 나를 부른다기에 갔더니 웃으면서 악수를 청한다.

"스바라시데스!"

놀랍도록 굉장했다는 뜻이다. 나는 통역의 말을 전해 듣고 어제오늘 주워들은 일본말로 답례를 했다.

"아리가또 고자이마스!"

그러자 옆에 있던 큰형님도 악수를 청하며 칭찬했다.

"야, 장호야! 잘해버렸다. 그러잖아도 비위가 상하던 판에 속이 다 후련하다."

"예, 큰형님. 감사합니다."

그때 야쿠자 오야붕이 웃으면서 가까이 오라고 하더니 주머니에서 돈을 한주먹 꺼내 주었다.

"오야붕! 아닙니다. 괜찮습니다."

내가 사양했지만, 오야붕이 계속 받으라고 하자 큰형님이 고개를 끄덕였다.

"장호야, 받아라. 받아서 우리 애들 팁을 줘라."

"큰형님, 감사합니다."

두 보스에게 술을 한 잔씩 받아먹은 나는 내 자리로 돌아왔다.

"양봉아, 민우야, 이게 얼마냐?"

"일본 돈으로 100만 엔이니까 우리 돈으로 천만 원쯤 되는데요."

"야, 오야붕이 뭔 돈을 이렇게 많이 주냐?"

"형님, 여기 오야붕이 파친코로 돈을 아주 많이 번답니다."

"그래. 이 돈 가지고 우선 우리 아가씨들 팁 좀 넉넉히 주고, 일본 아가씨들도 좀 나눠줘라. 우리가 여기서 이 돈을 조금이라도 챙기면 양아치 된다. 큰형님도 우리 아가씨들 팁 주라고 하시더라. 큰형님한테 배울 점이 많다. 쭉 지켜보니까 일본 놈들 상대할 때는 큰형님이 애국자시더라. 저쪽 오야붕이 보고 있을 때 이 돈을 다 가져다가 너희가 아가씨들한테 골고루 나눠줘라."

"예, 형님. 그렇게 하겠습니다."

술자리가 끝나고 우리는 숙소로 돌아왔다. 아우들이 새삼 나를 다시 봤다는 눈치다.

"아니 형님, 어디서 그런 용기가 나신 겁니까?"

"그 새끼들 노는 모양이 눈꼴 시려서 나도 모르게 저질러부렀다."

"형님, 우리도 깜짝 놀랐습니다."

"나, 잘했지?"

"형님, 룸 앞에 갑자기 난리가 났잖아요. 일본 애들도 그런 쇼는 처음 봤다네요."

우리는 그렇게 일본 야쿠자들한테 확실하게 인상을 심어놓고 이박삼일 간의 일본 출장을 마치고 김포공항에 도착했다.

"큰형님, 덕분에 일본에서 참 즐거웠습니다."

"그래, 고맙다. 나도 즐거웠다. 우리 장호 누드 쇼도 보고."

"아이고, 부끄럽습니다. 큰형님."

"아니야. 내가 봐서는 백만 불짜리 쇼였어."

공항 밖으로 나오자 광주 아우들과 우리 아우들이 차를 대고 기다리고 있었다.

"큰형님, 잘 들어가십시오."

"장호야, 시내 들어가서 밥이나 먹고 헤어지자."

"아닙니다, 큰형님. 편히 일 보십시오."

"그래. 그럼 조만간에 만나서 밥 먹자."

"예, 큰형님."

우리도 차를 타고 동네로 들어왔다.

"아우들아, 고생들 했다."

"고생은요? 형님. 난생처음 물 건너 다녀오니 좋았습니다."

"오늘은 늦었으니 여기서 헤어지고 내일 보자."

"예, 형님 들어가십시오."

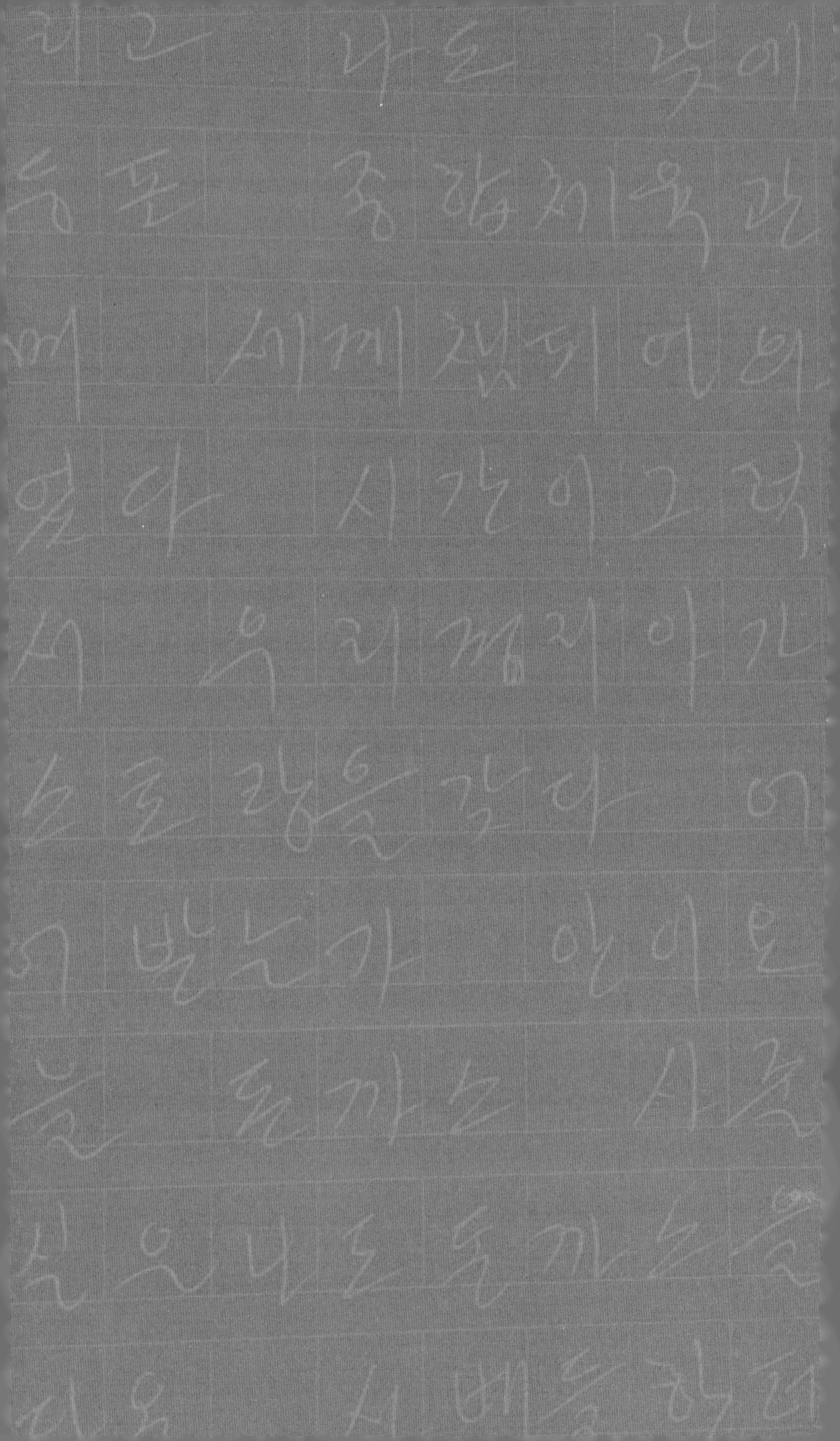

13

법보다 가까운 주먹, 집보다 가까운 감옥

우리는 초저녁에 머치투어 앞에 도착해서 한 명은 차를 한쪽에 대고 일곱 명이 가게로 들어가 손님들을 한쪽으로 안전하게 몰아놓고는 도끼를 휘둘러 닥치는 대로 때려 부쉈다. 영업부 애들도 우리가 도끼를 들고 들이닥치자 뒷문으로 도망가 버렸다.

현대판 봉이 김선달

일본에서 돌아온 며칠 뒤, 동네 다방에서 차를 마시고 있는데 용길이 형이 나를 찾아왔다. 용길이 형은 소아마비로 어렸을 적부터 다리를 약간 절룩거렸다.

"오랜만입니다, 형님. 커피 한잔하십시오."

"그래. 같이 한잔하지."

"저는 마셨으니, 형님 한 잔 시키세요."

"장호 아우는 요즘 어떻게 지내는가?"

"광화문 나이트클럽 나가다가 그만두고 동네서 놀고 있습니다."

"나하고 일 하나 같이 할랑가?"

"무슨 일인데요?"

"개포동에다가 무허가집을 지어서 딱지 작업도 하고, 집으로도 파는 일인데, 돈이 제법 되네."

"형님, 그러다가 또 징역 가는 거 아닙니까?"

"에이, 징역은 무슨 징역? 그럴 일 전혀 없네. 집은 내가 지을 테니까, 장호 자네는 아우들 데리고 야방 좀 서주시게."

야방은 밤에 건설현장을 지키는 것을 말한다. 하루라도 야방을 세우지 않으면 밤에 건축자재를 다 훔쳐가 버려서 건물을 지을 수가 없다. 그래서 야방이 중요하다.

"하여튼 알겠습니다. 모처럼 형님이 부탁하시는 일인데 도와드려야죠."

"고맙네, 아우."

개포동 팔룡마을 밭에다가 땅바닥에 공구리 치고, 바닥에 보일러 깔고, 패널로 벽을 만들고, 슬레이트로 지붕을 덮고, 벽지를 발라서 방 하나에 부엌 하나 만들어서 오백만 원씩 무주택자들한테 팔았다. 원가는 이백만 원밖에 안 드는데, 목수, 미장, 도배 같이 붙여서 하루에 다섯 채에서 열 채까지 지어 팔았다.

최소한 하루 천오백만 원 벌이니, 정말 큰돈 버는 사업이다. 나는 주로 구청 직원이나 경찰들 접대하는 일을 맡고, 아우들은 야방 서는 일을 맡았다.

나는 용길이 형한테 접대비를 받아서 하루는 구청 직원들하고 술 마시러 가고, 하루 쉬고 다음 날은 경찰들하고 술 마시러 가는 것이 일이었다. 그렇게 격일로 번갈아 가며 접대를 했다.

강남 룸살롱에 300만 원을 미리 맡겨두고 마시는데 술값이 부족하면 언제든 얘기하라고 해서 술값이 떨어지지 않도록 했다. 나 없이도 자기들끼리 마시고 그냥 나오도록 한 장치이기도 했다. 게다가 술집에 들어갈 때마다 무슨 선물을 주고 비싼 술을 마셔대니까 마담이 나더러 어디 재벌 아들이냐고 물었다.

"사장님, 혹시 뭐 하시는 분이에요?"

"한양대 건축과 나와서 건물 지어 팔고 있습니다."

"그래요. 돈을 잘 버시나 봐요."

"네, 요즘 강남 건축 경기가 좋아서요…."

"호호, 그렇군요. 사장님, 아가씨들 완전 에이급으로 들여보냈습니다."

"아이고, 감사합니다."

용길이 형이 그야말로 돈을 갈퀴로 긁는 걸 보고 나도 욕심이 생겼다.

"형님, 나도 무허가 집 좀 지어서 팔면 안 될까요?"

"아우, 안 될 거 뭐 있는가? 내가 도와줄 테니, 그렇게 하게."

"예, 형님. 감사합니다."

용길이 형과 같은 방법으로 집을 지어 팔아 재미를 본 나는 좋은 차 타고 강남에서 왔다 갔다 했다. 우리 공사현장 위에 암자가 하나 있는데, 거기 땡추가 나하고 인사를 트고 지내다가 좋은 땅을 소개해 준다고 했다. 그래서 소개비조로 500만 원을 쓰라고 줬더니, 땅 얘기는 쏙 들어가고 그 돈으로 맨날 술만 마시고 다녔다.

"스님, 땅은 언제 소개해 주실 겁니까?"

"어이, 장호 사장. 저 위에 콩밭 주인을 내가 잘 아네. 잘 얘기해 놓았으니까 거기다가 집을 지으면 되네."

"아이고, 스님. 감사합니다."

맨날 공연히 술만 먹고 다니는 줄 알았는데, 언제 일을 성사시켰나 하고 스님을 다시 보게 되었다. 나는 인부를 사서 콩밭의 콩을 다 뽑아내고 목수들과 미장이들을 불러 집을 짓기 시작했다. 그렇게 공사를 시켜놓고 고향에 지인 결혼식이 있어 지방에 내려가 있는데, 현장 목수가 다급한 목소리로 전화를 했다.

"무슨 일입니까?"

"사장님, 우리가 일하다가 지금 강남 경찰서에서 모두 잡혀 왔습니다."

"아니, 왜요? 무슨 사고 났어요?"

"그 콩밭, 스님은 전혀 모르는 땅이랍니다. 개포동에서 복지원 운영하는 목사님 땅인데, 허락도 없이 남의 콩밭을 갈아엎어 집을 짓는다고 신고해서 전부 잡혀 왔습니다."

"아이고~ 알겠습니다. 지금 올라가겠습니다."

나는 서둘러 서울로 향했다. 이런 땡추 새끼, 어쩐지 느낌이 안 좋더라니.

"용관아, 빨리 밟아라. 얼른 강남 경찰서로 가자."

"예, 형님."

강남 경찰서에 도착하니 마침 땅 주인이라는 목사가 와 있어서 보니 구면이었다. 가끔 그쪽으로 나오면 인사도 트고 지내는 사이였는데, 밭 주인인 줄은 미처 몰랐다.

"아이고, 아버님. 안녕하십니까?"

"어? 장호 사장이 어쩐 일인가? 자네 혹시 문장호란 놈 아는 놈인가? 그놈이 말이야, 우리 콩밭을 자기 밭이라고 사기 치고 콩을 다 뽑아내고 집을 짓고 있다네."

"아버님. 그 문장호가 접니다. 제가 그랬습니다. 콩밭 위 암자에 사는 땡추가 좋은 땅을 소개해 준다기에 소개비조로 돈 오백만 원을 주었더니, 그 땅이 자기 지인 땅이라며 집을 지어도 좋다고 해서 제가 시킨 겁니다."

"그랬구나, 땡추 자식이 사기를 쳤네. 여보시오, 과장님, 여기 목수들하고 잡혀 온 사람들 모두 풀어주시오."

"목사님, 괜찮겠습니까?"

"사정 얘기를 들어보니까, 이 사람들은 아무 죄가 없네요."

"알겠습니다, 목사님."

"감사합니다, 아버님."

"장호 사장, 어차피 콩은 다 뽑아 버렸으니까 짓던 집이나 계속 짓고 콩값이나 물어주게."

"예, 아버님. 알겠습니다. 감사합니다."

이렇게 문제 하나를 가까스로 해결하고 나니까 얼마 안 있어

또 뜻하지 않는 사고가 터졌다. 아우들이 밤에 모닥불을 피워놓고 야방을 서고 있는데, 강남서 정보과 형사가 다가와서 뭘 물어보자 술을 마신 아우 하나가 다짜고짜 불 몽둥이를 형사한테 던지고 욕을 해댄 것이다. 형사가 경찰서에 지원을 요청하여 전경대가 출동했다. 아우들 세 명이 붙잡혀 갔다가 한 명은 그날 밤에 풀려났지만 두 명은 전과도 있는 데다가 집행유예 기간이라 구속되고 말았다.

변호사를 선임해서 변호한 결과 한 명은 1심 재판에서 풀려나고, 또 한 명은 항소심에서 어렵게 일을 봐서 빼냈다. 재판을 받는 과정에서 나는 두 아우가 하는 행동을 보고서 저놈들은 건달 자격이 없다는 걸 느꼈다.

나는 아우들과 똑같은 마음으로 재판받을 때마다 법정에 나갔다. 호송차를 타고 구치소로 갈 때마다 밖에서 기다렸다가 두 아우 얼굴을 가까이서 한 번이라도 더 보려고 서 있었다. 그런데도 내 애타는 마음도 몰라주고 아우들이 큰소리로 나를 비난했다.

"형님, 보스면 보스답게 행동하시오."

내 옆에 서 있던 섭이 아우가 화가 난 나머지 호송차를 향해 달려들며 몸을 붕 띄웠다.

"야 이 개새끼들아! 형님이 너희들 때문에 얼마나 신경 쓰는데 그걸 말이라고 하고 자빠졌냐?"

그러자 호송차에 피의자를 태우던 교도관들이 섭이를 잡아 뜯

어말렸다. 섭이는 물러나서도 분을 못 이겨 씩씩거렸다.

"형님, 저 새끼들은 안 되겠는데요. 여기서 신경 끊읍시다."

"야, 섭아. 그래도 우리가 아우들하고 똑같이 행동하면 되겠냐? 일단은 최선을 다하고 나오면 고향으로 내려보내자."

"알겠습니다, 형님."

제13대 대통령 선거

1987년, 6.10항쟁으로 인한 6.29선언에 따른 개헌으로 유신체제와 함께 중단된 대통령 직선제가 부활함으로써, 그해 12월 16일로 제13대 대통령 국민선거일이 결정되었다. 그런 즈음에 공단 이사장이 전화를 걸어왔다.

"장호 동지, 잘 지내요?"

"예, 이사장님."

"시간 좀 내서 공단 사무실로 차 한잔하러 오세요."

"예, 이사장님. 내일 찾아뵙겠습니다."

이튿날, 이번엔 무슨 일로 보자는 걸까, 하는 궁금증을 안고 공단 사무실로 들어섰다.

"안녕하십니까? 이사장님."

"어서 오세요, 장호 동지. 자, 차 한잔합시다. 이번에 대통령 선거가 있는데, 누군 줄 아시오?"

"예, 알고 있습니다."

"내가 우리 당의 사무총장을 맡고 있어서 우리 지역구에서 청년 당원들이 후보님 경호를 해야 할 것 같아요."

"예, 이사장님. 제가 듬직하고 똘똘한 아우들로 열 명 정도 선발해서 열심히 해 보겠습니다."

"경호 책임자는 우리 당의 의원 두 분이 맡을 것입니다. 근접 경호는 청와대에서 파견된 전문경호원들이 맡고 우리 동지들은 2선에서 경호를 맡으면 될 것 같습니다."

"잘 알겠습니다, 이사장님."

드디어 제13대 대통령 선거 운동이 시작되었다. 우리는 민정당 대통령 후보 차량 행렬의 맨 앞에서 무개차를 타고 길을 트며 전국을 누볐다. 우리 바로 뒤차에는 청와대에서 파견 나온 경호원들이 타고 그 뒤에 따라오는 후보 차량을 근접 경호했다.

그때 우리 친구 강성이는 가끔 우리 차를 타는 대신 검정 양복 차림에 선글라스를 끼고 후보가 탄 차량의 백미러를 잡고 다녔다.

"야 이 친구야. 좁은 길이니까 사람들을 쳐다봐야지, 백미러는 왜 잡고 다니냐?"

"야, 장호야. 미국 영화에 보면 보디 가드나 경호원들은 보스나 대통령 차 백미러를 잡고 다니더라."

"아이고, 친구야. 그건 영화니까 그렇지. 하여튼 자네는 덩치도 좋고 몸이 잘 빠져 그렇게 다녀도 잘 어울리네."

지방을 며칠째 돌고 서울로 올라와서 우리는 효창운동장에서

대중 집회를 열었다. 다른 당 후보도 보라매 공원에서 맞불 집회를 열었다. TV 뉴스에 효창운동장에는 30만 명이 모이고, 보라매 공원에는 100만 명이 모였다고 보도되었다.

식당에서 저녁밥을 먹으며 그 뉴스를 보고 있다가 우리 후보 경호를 책임진 경호 대장이 이러다 우리가 선거에 지는 거 아니냐고 걱정하자 공단 이사장이 태연하게 말했다.

"동지, 걱정하지 마시오. 우리 쪽은 단일 후보고 저쪽 야당은 셋으로 쪼개졌어요. 그러니 우리 지지자들이 투표만 해준다면 무조건 우리가 이기는 게임입니다."

하지만 나는 그 말이 믿기지 않았다. 덜컥 겁이 났다. 깡패가 선거 운동에 뛰어들었다가 패하기라도 하면 뒷감당이 안 될 게 뻔했다. 그래서 다음날 병을 핑계 삼아 발을 빼려고 했다.

"대장님, 몸도 아프고 좀 쉬어야겠습니다."

"무슨 소리요? 장호 동지. 이제 사흘만 더 고생하면 투표일인데…. 조금만 더 고생합시다."

"알겠습니다. 대장님."

발을 빼는 것도 쉽지 않았다. 이제 막바지 서울 경기 유세에 들어갔다. 나는 아우들에게 조용히 일렀다.

"아우들아, 고향이 전라도인 아우는 방패로 얼굴 가리고 다녀라. 혹시 TV에 얼굴이라도 팔리면 고향에서 역적 된다."

"아하, 알겠습니다. 형님."

나의 우려를 비웃기라도 하듯 여당 후보가 제13대 대통령에 여유 있게 당선되었다. 공단 이사장의 예측 분석이 정확하게 맞아떨어졌다. 노태우 후보 득표 36프로에 같은 보수 성향인 김종필 후보 득표 8프로를 더해도 44프로, 양김의 득표(김영삼 후보 28프로, 김대중 후보 27프로)를 합하면 55프로로 10프로 이상이나 차이가 났나. 가성은 부질없다지만, 양김이 쪼개지지 않았다면 결과가 달라졌을 것이다.

제13대 대통령 취임식이 끝나고 당에서는 우리에게 '평생동지' 라고 새겨진 동그란 동판을 대통령 이름으로 하나씩 보내왔다. 공단 이사장도 전화를 걸어 공로를 치하했다.

"아이고~ 우리 장호 동지, 그동안 고생들 많았어요."

"예, 이사장님. 축하드립니다."

"가까운 시일 내에 경호에 참여한 동지들과 식사 한번 합시다."

"예. 감사합니다, 이사장님."

새 대통령이 취임하고, 세계인의 축제인 서울 올림픽을 앞두고 있는데 정부에서 느닷없이 '범죄와의 전쟁' 을 선포했다. 크나큰 축제를 앞두고 사회 분위기가 경직된 가운데 우리 건달 세계는 찬바람이 쌩쌩 불었다. 이제 써먹을 건 다 써먹었으니 버릴 건 탈탈 털어서 버리겠다는 심보였다.

야방 현장에서 공무집행 방해죄로 잡혀가 구속되었다가 재판을 통해 풀려난 나온 아우 둘이 나를 찾아왔다.

"형님, 신경 많이 써주셔서 감사합니다."

"그래. 고생들 많았다. 앉아라."

"예, 형님."

"지금 너희한테 각각 500만 원씩 줄 테니, 그거 받고 헤어지자. 내가 돈이 많으면 좀 더 주겠지만, 너희도 알다시피 나는 목돈 생기면 식구들이랑 다 나눠 쓰느라 모아놓지를 못했다. 그나마도 없는 돈 끌어모아 주는 것이니 고맙게 받아라. 아우들은 기질과 의리가 없어 나하고 생활하기가 불편하니까 고향으로 내려가든지 아니면 다른 곳에서 생활하든지 알아서 해라."

"형님, 앞으로 잘하겠습니다. 한 번만 용서해 주십시오."

"나는 말이다. 실형을 두 번이나 살고 징역을 수시로 갔다 왔다 했지만, 아우들같이 누구를 원망하거나 누가 시켰느니 어쨌느니 해본 적이 없다."

"형님, 그때는 괜히 겁이 나서 철없이 지껄였습니다."

"그래. 너희 마음도 이해한다. 하지만 그릇 깨진 건 붙여도 사람 마음 깨진 건 못 붙인다. 그러니 서로 알고 지내는 정도로만 하고 얼른 떠나라."

"예, 형님. 건강하십시오."

눈먼 욕심에는 대가가 따른다

프로덕션 사무실에 앉아 있는데, 오랜만에 규태한테서 전화가 왔다.

"어이, 정호. 잘 지내는가? 이따 저녁 일곱 시쯤에 서초동 머치투어로 한잔하러 오시게. 거기 가끔 가는데, 분위기 끝내주네."

"아니 규태, 한 건 했는가? 느닷없이 술을 사준다 하고."

"이 사람아, 친구한테 술 한잔 못 사겠는가?"

"알았네, 친구. 일곱 시에 금철이 형이랑 아가씨 두 명하고 같이 갈 테니 이따 보세."

나는 들뜬 마음으로 금철이 형한테 전화해서 규태하고 통화한 얘기를 전했다.

"그러자. 답답하던 참에 그런 데 가서 시원하게 한잔하면 좀 풀리겠다."

저녁때 우리는 서초동에 도착하여 머치투어 입구까지 왔는데 왠지 조용했다.

"형님, 지금 한창 영업시간이라 음악 소리가 쿵쿵거릴 텐데 어째 조용하네요. 오늘 쉬는 날인가? 내가 한번 들어갔다 올게요."

업소 안으로 들어가자 낯익은 얼굴이 바닥에 엎어져 있다. 가만 보니 나랑 술 먹자던 규태 친구였다. 웨이터들은 다 자리에 다 앉아 있고 영업부 직원으로 보이는 셋이 규태 앞에 딱 버티고 서 있었다.

"야, 친구야! 이것이 어쩐 일이야? 야 이 새끼들아, 누가 우리 친구를 깨꾸락지 만들어부렀냐? 누구야? 이 새끼들아."

"인마, 내가 그랬다 어쩔래?"

"뭐, 니가? 지금 여기서 뭐 하는 놈이여?"

"영업부장이다. 나하고 한번 붙을래?"

"그래, 한번 붙자. 이 새끼야."

나는 영업부장이랑 맞짱을 뜨는데 정신을 바짝 차려야 했다. 나도 싸움 좀 한다는 소리를 듣지만, 영업부장도 보통 싸움꾼이 아니었다. 나는 몇 대 얻어맞고는 주방으로 뛰어들어가 칼을 들고 나왔다. 그러자 주방장하고 웨이터들이 달려들어 칼을 잡아 뺏었다.

"이거 안 놔, 새끼들아! 오늘은 우리가 얻어터지고 가지만 조만간 다시 올 테니까 기다려라! 야, 규태야! 일어나라. 쪽팔리게 이게 뭐냐? 야 이 새끼들아! 목마르니까 맥주나 한 병 가져와라."

눈탱이가 밤탱이가 되도록 얻어터진 규태는 말릴 새도 없이 맥주병을 깨더니 자기 손목을 그어버렸다. 그리고는 그 피를 맥주

잔에 받아 들고 소리쳤다.

"야, 나 때린 놈! 너 말이야. 이거 한잔 마셔라. 곧 복수해 주마. 안 마시면 내가 마신다."

그러자 지배인이랑 영업부장이 짜증스럽게 말했다.

"야, 느그들. 이제 그만하고 꺼져라. 장사 좀 하게."

"알았다. 느그들은 고향이 어디야?"

"광주다, 이 새끼들아."

"나도 전라도요. 가까운 시일 안에 다시 올 테니까 기다려라."

"알았어, 이 새끼들아. 빨리 나가, 죽여버리기 전에."

"규태야, 나가자."

억울한 내 친구를 부축하여 밖으로 나오자 금철이 형이랑 여자들이 우리를 보고 깜짝 놀랐다.

"야, 뭔 일이냐?"

"가게 안에 들어가 보니까, 규태가 영업부 애들한테 맞아서 쓰러져 있었어요. 나도 준비 없이 놈들이랑 붙었다가 많이 맞았습니다."

"그런데도 왜 나한테 연락도 안 했냐? 인마."

"형님은 그냥 숙녀분들 모시고 있으라고 그랬습니다. 죄송합니다, 형님. 그리고 미안해요, 아가씨들."

아가씨들이 규태를 염려했다.

"병원에 가보셔야 하지 않아요?"

"병원은 무슨 병원이요? 어디 부러진 것도 아닌데."

"일단 우리 동네로 택시 타고 갑시다."

우리는 아가씨들을 먼저 보내고 영타운으로 가서 우리끼리 밤새도록 술을 마셨다.

"야, 규태야. 니는 술만 먹으면 병이 있더라."

"야, 장호야. 뭔데?"

"자네가 전에 이태원 해밀턴 호텔 가서 도우미 오라 해놓고, 무대 올라가서 밴드랑 다 때려 부수고 난리가 났잖아. 우리까지 다 붙어서 거기 영업 애들이랑 싸우다 경찰이 쏜 가스총까지 맞고…."

"그래. 미안하네."

우리는 영타운에서 술에 취해 소파에서 자고 일어나 목욕탕에 가서 정신을 차렸다. 아침을 간단히 먹은 뒤 동네에서 쓰는 봉고차에 아우들 일곱 명을 태우고 영등포 문래동 대장간으로 가서 손도끼 일곱 개를 샀다.

"야, 아우들아. 오늘 저녁에 우리가 작살을 내야 하는 가게는 어제저녁 규태랑 나를 죽도록 때린 새끼들이 일하는 바로 그 가게다. 규태 얼굴 엉망인 거 보이지. 오늘 저녁때 가게 들어가서 손님들 안 다치게 조심하고, DJ 박스고 조명이고 뭐고 닥치는 대로 부숴버려라. 영업부 새끼들이 살려달라고 빌더라도 믿지 말고 마빡을 까부러도 괜찮다."

"예, 형님! 알겠습니다."

우리는 초저녁에 머치투어 앞에 도착해서 한 명은 차를 한쪽에 대고 일곱 명이 가게로 들어가 손님들을 한쪽으로 안전하게 몰아놓고는 도끼를 휘둘러 닥치는 대로 때려 부쉈다. 영업부 애들도 우리가 도끼를 들고 들이닥치자 뒷문으로 도망가 버렸다. 우리가 가게를 다 깨부수고 나오니까 경찰이 가게 안으로 들이닥쳤다. 그때 가게에 온 손님들이 경찰에 진술하고, 구청 직원들이 나와 머치투어에 영업 정지 2개월을 때렸다.

그 뒤로 머치투어 영업부 직원들은 우리를 잡는다고 서울 시내를 두 달이나 갈고 다녔다. 나는 잠시 고향에 내려갔다가 올라와서 광명시 쪽에 살짝 비켜 있었다. 가지 많은 나무가 바람 잘 날 없다더니, 조용하던 동네에 또 사고가 터졌다.

정석이 형이 지역 파출소장하고 저녁을 먹고 헤어져 건널목을 건너오는데 차에서 기다리고 있던 사내가 차에서 내리더니 느닷없이 정석이 형 허벅지를 칼로 두 방을 쑤셨다. 얼떨결에 허벅지에 칼을 맞은 정석이 형이 상대방 멱살을 잡고 사람 살려, 소리치는 순간 차 뒷좌석에서 일본도를 들고나온 또 한 명이 멱살을 잡은 정석이 형이 손목을 내리쳤다. 손목에 거의 잘리다시피 한 정석이 형은 그 자리에서 기절하고 말았다.

나는 집에 있다가 정석이 형이 칼을 맞고 병원에 실려 갔다는 소식을 듣자마자 차 트렁크에 일본도를 싣고 신길동 강서 종합 병원으로 달려갔다.

정석이 형은 큰 대자로 누워 피 봉지를 옆에 걸고 수혈을 하는 가운데 경찰이 열댓 명이나 나와 있고, 구로 아우들 삼십여 명이 와서 병원 앞을 지키고 서 있고, 병원은 온통 난리였다.

"아니, 정 형사님. 이것이 무슨 날벼락입니까? 어떤 새끼들이 그랬어요?"

"어이, 장호. 아무래도 자네 고향 식구들하고 광주 식구들이 계획적으로 사고를 친 것 같다."

"정석이 형님은 살긴 살 것 같습니까?"

"목숨에는 지장이 없을 것 같은데, 손목이랑 하반신에 장애가 생기지 않을까, 걱정되네."

"그러게 말입니다."

"장호 자네도 마음이 아프겠지만, 여기 있지 말고 빨리 돌아가시게."

"그럼 정 형사님 믿고 가 있을랍니다. 잘 좀 부탁드립니다."

그로부터 좀 시간이 흘러 누가 왜 정석이 형한테 그런 짓을 했는지, 진상이 드러났다. 전에 정석이 형이랑 같은 조직에 있던 아우들이 정석이 형 때문에 피해를 본 것에 앙심을 품고 있다가 보복을 하느라 그런 일을 벌인 것이다. 연장질한 아우들은 살인죄에 버금가는 중형을 받고 수감 생활을 했다. 여러모로 가슴 아픈 사건이었다.

야방 현장에서 사고를 쳐서 구속되었다가 재판에서 풀려난 두 놈을 돈 오백만 원씩을 줘서 조직에서 내보냈더니 또 엉뚱한 사고를 쳐서 구속되어 내 뒤통수를 쳤다.

"야, 장호 형은 건들기가 껄끄러우니까 용길이 형을 잡아서 무허가 십으로 번 돈 좀 주라고 해서, 안 주면 납치해서 뺏자."

둘이서 그렇게 모의를 하고 용길이 형을 만나서 협박을 했다.

"형님, 우리가 형님 때문에 고생했으니까 돈 좀 내놓으시오."

"어이, 아우들. 아우들이 사고 치는 바람에 용역들이 빠지면서 일을 못 해서 돈이 없네."

"이 양반이 좋게 말하니까 말귀를 못 알아듣네."

급기야 한 아우가 칼을 빼서 목에다 대고 용길이 형을 납치했다.

"야 이 양반아, 차에 타! 죽여버리기 전에."

"그럼 내 차를 타고 우리 집으로 가세, 아우들. 집에 가서 돈을 줄 테니까."

"이 양반아, 진즉에 그렇게 나와야지."

"자, 갑시다."

"이 칼 좀 치우면 안 되겠는가?"

"알았으니까, 허튼짓하지 말고 빨리 갑시다."

용길이 형이 몸은 좀 불편하지만, 영리해서 상황 대처 능력이 뛰어났다. 용길이 형이 자기 차로 가자 한 것도 자기가 운전대를 잡기 위한 심산이 있어서였다. 납치를 당하는 순간에도 자기가 칼자루를 쥘 꾀를 낸 것이다. 그렇게 납치범들을 태우고 가다가 앞에 경찰서가 보이자 용길이 형은 경찰서 정문으로 돌진하여 운전석에서 뛰어내리면서 강도야, 하고 소리쳤다. 그러자 한 놈은 도망가고 한 놈이 전경들한테 붙잡혔다.

그 일로 다시 검찰 조사를 받게 된 아우를 검사가 회유했다.

"어이, 정호진! 요즘 장호는 뭐 하고 지내나? 개포동 무허가 사건도 이용길이랑 문장호가 공범이잖아. 장호 근황을 소상하게 말해 주면 너는 풀어줄 수 있다."

"예, 검사님. 제가 듣기로는 장호 형은 지금 광명시에서 카드하우스를 운영하면서 나이트클럽 시설을 하고 있는 것으로 압니다. 또 이 앞에는 통일민주당 창당 방해 사건에 개입했고요."

"또 있잖아? 장정석 사건 말이야."

"예, 그 사건도 있긴 한데, 고향 사람끼리 전쟁을 해서 많이 다쳤습니다."

"또 없어?"

"제가 아는 건 이것뿐인데요, 검사님."

"알았어. 들어가 있어."

나는 그런 일이 있는 줄은 꿈에도 모른 채 지내고 있었다. 검찰에서는 쥐도 새도 모르게 나를 내사하고 있었다. 하루는 늦잠을 자고 있는데, 느닷없이 쇠 파이프와 수갑을 가지고 대여섯 명이 집으로 들이닥쳤다.

"당신들, 뭐야?"

"꼼짝 마라! 우리는 검찰 수사관이다. 당신은 지금부터 묵비권을 행사할 권한이 있고 변호사를 선임할 권리가 있다…."

"아니, 권한이고 뭐고 간에 이것이 시방 뭔 짓거리여? 이 양반들아."

영문도 모르는데 수사관들은 다짜고짜 내 손에 수갑을 채워 밖으로 끌고 나와 앞차에 태웠다. 그리고 아내와 갓난아기는 뒤차에 태우고 아파트 단지를 빠져나갔다. 아마 며칠 동안 나 모르게 내사를 해서 무슨 증거를 확보한 것 같다.

검찰 차는 구로동에서 대림동으로 빠져 용길이 형을 잡아 차에 태웠다. 그러고는 또 다른 공범들을 잡는다며 찾아다녔지만, 허탕을 쳤다. 금철이 형은 강남에서 안 들어오고, 용관이는 2층에서 뛰어내려 도망쳤다. 결국, 나랑 용길이 형만 검찰청으로 잡혀 들어갔다.

수사관 둘이 검찰청 지하 취조실로 우리를 끌고 내려갔다. 나는 잡혀 오기 전에 집에서 옷 갈아입으면서 혹시 몰라 챙겨온 오백만 원을 수사관들한테 주면서 사정했다.

"죄송하지만 여기 용길이 형님은 몸도 불편하고 그러니 내보내 주십시오. 그 대신 제가 모든 총대를 메고 가겠습니다. 한번 봐주십시오."

"야 이 사람아. 그런 건 검사님이 알아서 하는 일이고, 우리가 무슨 힘이 있어? 야, 용길이. 너 이 자식, 몸도 성치 않은 새끼가 왜 그리 못된 짓거리를 하고 그래."

"내가 뭔 못된 짓을 했다고 그러십니까?"

"이 자식아, 자기가 무슨 죄를 지었는지도 몰라?"

"그래 모른다, 이 새끼들아!"

"뭐? 새끼라고 했어, 지금. 이 새끼가 뒈질려고 환장을 했나."

그러면서 수사관이 발로 용길이 형 가슴을 내질렀다.

"그래. 죽여라, 이 새끼들아."

용길이 형이 소리를 지르자 수사관들이 용길이 형 양말을 벗겨 입에다 물리고 용길이 형을 발로 마구 찼다. 나는 보다 못해 열이 받아 대들었다.

"야! 이 새끼들아, 나랑 한판 붙자."

"어라. 이 새끼들이 간땡이가 부었구나."

수사관들이 나를 발로 차고 주먹으로 치고 난리가 났는데, 그 때 전화가 울렸다. 한 수사관이 전화를 받고 나서 물었다.

"야, 장호 너 말이야. 서울청의 김민식 경위 알아?"

"나하고 친한 친군데, 왜요?"

"너 좀 잘 봐 달라고 전화가 왔다. 후배가 부탁하니까 그만하고 봐준다. 담배나 한 대 피워라. 이용길 씨도 한 모금하고…."

우리는 서로 화해하고 조서를 받았다. 조서를 읽어보니까 우리한테 최대한 유리하도록 작성되어 있었다. 이윽고 검사가 지하실로 내려와 조서를 읽어보더니 수사관들을 닦달했다.

"이 사람들 이거 큰일 낼 사람들이구먼. 이것을 조서라고 받아 놨어요? 당신들, 피의자들한테 돈 받아먹었어요? 퇴근들 해요."

"죄송합니다, 검사님."

"당신 둘은 날 따라오고."

용길이 형하고 나는 검사실에서 조서를 다시 받고 구치소로 들어갔다. 구치소에는 안면이 있는 교도관도 있고, 서로 알고 지냈던 수감자도 꽤 있었다. 전북 큰형님도 창당 방해 사건으로 붙잡혀 와 있었다. 정부가 벌이고 있는 대대적인 '범죄와의 전쟁' 기간이라서 우리뿐 아니라 전국 곳곳에서 수많은 건달이 잡혀 들어 와 있었다.

이제는 교도관들이 방까지 찾아와서 어쩐 일이냐며 친근하게 아는 체를 해주니까 옛날처럼 서열을 두고 방에서 싸울 필요도 없이 자동으로 대우를 받으며 생활했다.

나는 하루는 남부 지청으로, 하루는 서부 지청으로 번갈아 가며 출장 조서를 받았다. 남부 지청에는 창당 방해 사건과 정석이 형 사건이 걸려 있었고, 서부 지청에서는 무허가 건축법과 몇 가지 폭력 사건이 걸려 있었다.

그날도 남부 지청에서 나를 불러 창당 방해 사건에 대해 추궁했다.

"검사님, 이제 그만합시다. 내가 한 일은 다시 인정했지 않습니까? 내가 결혼을 늦게 해서 핏덩이 같은 딸이 하나 있는데, 아내가 매일 면회 와서 애 아빠 얼굴도 못 보고 울고 간답니다. 인도적 차원에서 평일 하루라도 면회 좀 하게 해주십시오. 내가 무슨 흉악범도 아니고 너무하는 거 아닙니까?"

"야 인마, 그러니까 내가 묻는 말을 거짓 없이 얘기하란 말이야."

"아니 검사님, 창당 방해 사건은 우리끼리 사무실 안에서 서로 모르고 사소한 시비가 붙어 조금 싸운 것이고요. 정석이 형 사건은 고향 선배한테 덤비다가 몇 대 맞은 거라고요."

"뭐? 이 새끼가 대한민국 검찰을 핫바지로 아나? 고문을 한번 당해 봐야 정신을 차리겠냐?"

"맘대로 하십시오, 검사님. 죽이든지 살리든지. 한두 번 고문 당하고 맞아봅니까?"

"이 새끼 봐라, 나한테 공갈치네."

"내가 무슨 힘이 있다고 대한민국 검사님한테 공갈을 칩니까?"

"알았어, 인마. 오늘은 이걸로 끝내고 내일 보자."

"아이고, 제발 그만 봅시다, 검사님."

이렇게 20일째 구치소에 있으면서 매일 검찰청에 들락거리다 보니까 밥때를 놓쳐 맨날 식어 빠진 밥을 먹어야 했다. 그런 고생을 하고 있는데 광주 건달들 서넛이 새로 들어왔다.

"아니 형님, 어쩐 일이십니까?"

"아우는 여기 어쩐 일이야?"

"예, 형님. 저는 이 지역이라 사고 나면 자주 들어왔다 나갔다 합니다. 형님은요?"

"자네 고향 선배 정석이 사건으로 들어왔네. 나는 아무것도 모르고 아우들이 어디 간다길래 기름값 좀 주었는데 그걸 가지고 공범으로 엮더라고."

"여기는 또 누가 와 있습니까?"

"병호랑 정욱이랑 나까지 셋이 와 있네."

"형님, 아우들이 살짝 경고만 했으면 좋았을 건데, 너무 무작스럽게 담가부렀드만요."

"그러게 말이네. 나도 그렇게까지 상처가 깊은 줄 몰랐네. 처음엔 살짝 겁만 주려고 허벅지를 두 방 놨는데 정석이가 정욱이를 잡고 소리를 치니까 병호가 와서 얼떨결에 일본도로 팔을 내리쳤나 봐."

"암튼 형님, 건강 잘 챙기시고 좋은 경과 나오기를 바랍니다."

"고맙네, 아우."

나는 동네 형이 소개한 변호사를 선임했는데, 1심에서 5년을 선고받았다. 나는 이에 불복하여 즉각 항소했다. 5년이라니, 나는 하도 어이가 없어서 동네 형한테 면회를 오라고 연락했다.

"아니 형님, 무슨 변호사가 완전 초짜라 그런지 일을 하나도 제대로 봐준 게 없습니다. 5년이 뭡니까? 변호사 비용을 천만 원 줬다니까 선임료만 주고 나머지는 돌려받아서 우리 애 엄마 갖다 주세요. 내가 여기서 좀 알아보고 다른 변호사를 선임할라요."

"알았다. 장호야, 미안하다."

"괜찮습니다. 형님 탓하자는 게 아니니까."

그러고 있는데, 어느 정도 몸이 회복된 정석이 형이 면회를 왔다.

"장호야, 나한테 못된 짓거리 한 놈들 여기 들어와 있냐."

"아니요, 형님. 아직 못 봤습니다."

"그 새끼들 보면 작살을 내버려라. 내가 알아서 다 할 테니까."

"예, 알았어요."

나는 정석이 형이 열 받아 무슨 짓을 할지 몰라서 가해자들이 여기 온 걸 숨겼다.

"형님, 혹시 잘 나가는 변호사 알면 소개 좀 해줘요."

"그래, 알았다. 장호야, 형하고 있었던 일을 덮어줘서 고맙다. 또 보자."

"예, 형님."

변호사 소개 부탁을 잊지 않았는지 며칠 후에 정석이 형이 또 면회를 왔다.

"아이고, 형님. 몸도 불편하신데, 뭐 하러 또 오셨어요?"

"마침 유능한 변호사와 연이 닿아서 그 얘기 좀 하려고 왔다. 장호 아우가 직접 듣고 결정을 해줘야지."

"예, 형님. 감사합니다."

정석이 형이 면회를 다녀간 뒤, 항소심 재판에서는 부장판사 출신의 황 변호사에게 변호를 맡겼다.

마침 내가 재판을 받는 재판장과도 친분이 있었다. 선고 기일을 앞두고 황 변호사가 면회를 와서 변동 사항을 알렸다.

"지금까지 재판을 맡아온 재판장님이 대구로 인사 발령이 나서 선고 기일에는 다른 분이 재판을 맡습니다. 그러나 걱정하지 마세요. 지금까지 진행해온 심리를 바탕으로 선고하게 되어서 형량은 상당히 감량되지 싶으니까."

"감사합니다, 변호사님."

우리는 모두 구치소에서 재판을 기다리면서 평일 낮에는 운동도 하고, 면회도 하고, 목욕이나 이발도 다니고 바쁘게 지내는데, 일요일에는 할 일이 없었다. 그래서 일요일이면 기독교나 불교 예배가 열리면 거기에도 가보고 하지만, 그것마저 없을 때는 책이나 보고 바둑이나 두며 소일했다. 그래도 답답했다. 그래서 생각해 낸 것이 아예 내가 방에서 예배를 진행하는 것이었다.

"어이, 동지들. 우리 일요일에 어차피 할 일도 없는데 방에서 예배나 드리는 게 어때?"

"그럽시다, 봉사원님."

그리하여 나는 졸지에 목회자 노릇을 하게 되었다. 예수님이 뒷목을 잡을 일이지만, 목사님을 모셔올 수도 없으니 어쩌겠는가. 사자 없는 데서는 여우도 왕 노릇을 한다는데…. 서투나마 한 시간쯤 예배를 보고 나면 왠지 모르게 마음이 가벼워졌다. 할렐루야~ 아멘!

어느 날은 담당 과장이 나를 찾아와 의견을 물었다. 참, 감방도 오래 살고 볼 일이었다.

"어이, 장호. 폭력 방에서 섭이랑 정옥이가 치고받고 난리가 났는데, 둘이 조직이 다른가?"

"예, 과장님. 좀 다릅니다."

"두 놈 다 독방에 보내야 하는데, 어떤가?"

"과장님, 한 번만 용서해 주시고 둘 다 보안과로 불러주십시오. 제가 화해시켜 보겠습니다."

"알았네. 그럼 그렇게 하고. 방을 따로 배정해야겠네."

"감사합니다, 과장님."

시간이 흘러 항소심 재판 기일이 되어서 재판정에 출장을 나갔다. 선고 기일이지만 재판장이 바뀌어 심리를 한 차례 더 진행했다. 선고는 2주 후로 잡혔다. 재판정에서 돌아온 걸 보고 부장이 걱정스럽게 묻는다.

"어이, 장호. 재판은 잘될 것 같은가?"

"예, 부장님. 나가지는 못할 것 같지만 형량은 좀 깎일 것 같습니다."

"그래. 그거라도 어딘가."

나는 선고 기일이 가까워지자 그동안 내게 잘해 준 방원들에게 일장 연설을 하고, 특식으로 잊지 못할 추억을 선사하기로 작정했다.

"어이, 동지들. 우리가 지금은 비록 영어의 몸이 되었지만 나쁜 습관, 나쁜 행동은 버리고 시간 날 때마다 책을 읽고 긍정적인 좋은 생각만 해라. 항간에는 구치소나 교도소에서 더 나쁜 범죄를 배워서 나간다고 하는데, 우리라도 하나님을 믿고 개과천선하자."

"예, 봉사원님. 알겠습니다."

"말로만 예 예 하는 것은 아니지?"

"하하, 절대 아닙니다."

"그런 의미에서 오늘은 내가 여러분한테 돼지 두루치기를 쏘겠다."

"아이고, 감사합니다. 봉사원님."

나는 방원들과의 약속을 지키기 위해 부장을 찾아가서 부탁했다.

"부장님, 여기로 취사 담당님 좀 불러주십시오."

"알았네. 기다려보게."

나는 사람 좋은 취사 담당을 만나 사정을 얘기했다.

"담당님, 오늘 저녁에 우리 방 회식을 좀 하려는데 돼지고기 어떻습니까?"

"그래. 마침 남은 게 있어. 소문 안 나게 조용히 먹어야 해."

"그럼요, 담당님. 감사합니다."

돼지 두루치기는 구치소에 없는 메뉴다. 그날 저녁, 나는 은밀한 거래로 우리 방원들이 돼지고기를 오랜만에 포식하도록 했다.

그러면서 언뜻 며칠이 또 지나 항소심 선고일이 밝았다. 나는 아침부터 적잖이 긴장되었다. 심호흡을 크게 하고, 하나님을 불러 기도드리면서 출장 버스에 올랐다. 드디어 선고 재판이 열렸다.

"피고가 지금까지 법정에서 진술한 내용이 사실인가요?"

"예, 재판장님."

"그럼, 마지막으로 할 말이 있으면 진술하기 바랍니다."

"예, 재판장님. 먼저 왔다 가신 선열들은 독립운동을 하시다가 징역으로 고생하셨는데, 저는 쌈박질이나 하고, 무허가 건축이나 하고, 약자인 업소 사장님들이나 괴롭히다가 이 법정에 서 있게 된 것을 대단히 부끄럽게 생각합니다. 이상입니다, 존경하는 재판장님."

내 말이 끝나자마자 방청석 여기저기서 네가 무슨 독립운동가냐, 저 새끼 되게 웃긴다며 야유가 터지고 난리가 났다.

최후 진술이 끝나고 드디어 선고가 떨어졌다.

"피고 문장호를 1심의 선고를 파기하고 징역 2년에 처한다."

"아이고, 감사합니다. 존경하는 재판장님."

바뀐 변호사 덕을 보았는지, 하나님께 기도드린 덕을 보았는지 몰라도 형량이 기대보다 더 많이 깎여서 기분이 좋았다.

나는 구속되기 전에 당적을 바꿨다. 대통령 선거에서 공을 세우고도 무슨 보답을 받기는새로 '범죄와의 전쟁' 이라는 날벼락을 맞아 빈정이 상한 이유도 있고, 내 주변 환경이 그렇게 만들기도 했지만, 무엇보다 김대중 총재를 존경한 나머지 민정당을 탈당하고 민주당에 입당한 것이다.

이제 형도 확정되고 며칠 있으면 교도소로 이감을 가야 하는데, 그때 마침 민주당 법사위원장 보좌관으로 있는 종훈이 형이 면회를 왔다.

"장호야, 고생한다."

"아닙니다, 형님. 죄송하지만 이번에 이감 한번 도와주십시오."

"어디로 가고 싶은데?"

"형님, 의정부 교도소에서 경원으로 지내다 보면 2년은 금방 갈 것 같습니다."

"경원이 뭐냐?"

"교도소 밖에 있는 논이나 밭에 나가서 일하는 것입니다."

"그래. 위원장님한테 한번 말씀드려 볼게."

"아이고~ 감사합니다, 형님."

"이감 가면 면회 갈 테니까, 몸 건강해라."

"바쁘신데, 감사합니다. 형님."

감옥도 사람 사는 곳이다

이감을 기다리고 있는데 장맛비가 세차게 내리더니 그칠 줄을 몰랐다. 천둥 번개가 치고, 잠깐 오다 말겠지 싶던 비가 사흘 밤낮으로 퍼부었다. 구치소 1층이 물에 잠겼다. 1층에 있는 미결수들이 모두 위층으로 대피한 가운데 구치소의 모든 기능이 멈췄다. 밥도 못 먹고 세면도 못 했다. 일주일 내내 밖에서 나룻배로 날라다 준 물하고 건빵만으로 식사를 대신했다.

한강 물이 넘쳐 서울이 물바다가 될 위기에 놓이자 정부에서는 긴급회의 끝에 한강 끝자락인 고양 쪽 둑을 폭파해서 그쪽 지역이 물바다가 되었다고 뉴스에 나오고 난리가 났다.

"야~ 이거 아무리 죄짓고 징역 산다지만, 일주일 동안 밥 한 끼 안 주고 건빵으로만 때우게 하냐? 밥이랑 국이 이다지도 그리울 줄 미처 몰랐다. 야, 배식 담당. 담배나 한 대 태우자. 끊어보려 했는데, 열 받아서 한 대 해야겠다."

"봉사원님, 라이터가 어디로 떠내려갔는가 안 보이는데요."

"야, 그럼 한 사람 무동 태워서 전구 잠깐 빼놓고 솜으로 스파

크 일으켜서 불을 붙여봐. 그러고 전구 얼른 끼워놓으면 되지."

"아이고, 봉사원님. 그런 걸 다 어떻게 아셨어요?"

오랜만에 담배를 한 모금 빨았더니 어지러워 넘어질 것 같다.

"야, 돌려가면서 한 모금씩 피우자."

"예, 알겠습니다."

며칠이 더 지나자 물이 서서히 빠지고 땅이 보이기 시작했다.

"야, 배식 담당. 니가 노래 한번 해봐라."

"무슨 노래요?"

"우선 내가 시범을 보이겠다. 잘 들어봐라. 내가 직접 작사 작곡한 노래다."

"♬ 찬 이슬 내리는 영등포구치소에 무슨 죄를 지었기에 갇히게 되었나요? ♪철창이 가로막혀 십오 척 담 안에서 사나이가 한 여자를 못 잊어 눈물을 흘리면서 세월을 보내노라. 산천이 울어야만 사나이도 운다는데, 그까짓 여자 때문에 울기는 왜 울어.♩ ♪철장이 가로막혀 십오 척 담 안에서 사나이가 한 여자를 못 잊어 눈물을 흘리면서 세월을 보내노라. ♬"

"짝! 짝! 짝!"

방원들이 박수를 보내고 나더니 다들 흐느껴 울었다. 다들 거칠게 살다가 죄를 지어 감옥에 들어왔지만, 속에는 여린 마음들을 감추고 있는 모양이다.

이튿날, 이제 구치소 행정도 정상화되어 모처럼 제대로 된 밥에 콩나물국으로 아침을 먹으며 창문 밖으로 하늘을 쳐다보고 있는데, 나를 부르는 소리에 깜짝 놀랐다.

"야, 문장호! 단독 이송이다."

"부장님, 어디에요?"

"다른 재소자들이 알면 안 되니까, 싸게 준비해라. 차에 가서 알려 줄게."

"어째 느낌이 쌔한데요. 혹시 청송교도소 아닙니까? 느닷없이 단독 이송이라니 이상하네요."

"야 인마, 얼마나 센 빽을 썼길래 우리를 그라고 귀찮게 하냐? 우리 장호, 많이 컸다."

"진짜지요? 부장님. 청송이면 가다가 차에서 뛰어내릴 겁니다."

"야 인마, 좋은 데야. 걱정하지 마."

대충 짐을 챙긴 나는 방원들과 작별하고 법무부 이송 버스에 올랐다.

"진짜 어디예요? 부장님."

"춘천이다, 인마."

"아이고, 감사합니다."

나는 속으로 종훈이 형이 법사위원장한테 제대로 말씀드렸구나, 싶었다. 잘은 모르지만, 국회 법사위원장이면 법무부 장관보다 세다고 했다.

한 시간 반을 달려 버스는 춘천교도소에 도착했다. 춘천교도소 직원들도 평일에 단독 이송을 오니까 의아하게들 여겼다. 단독 이송이라면 대개 거물급 정치범이거나 사형 또는 무기징역 정도의 흉악범인데, 죄명이 폭력 행위 및 건축법 위반에다가 특이사항이 교도소 요시찰 정도였으니 그럴 만도 했다.

나는 여전히 교도소 요시찰 재소자로 분류되어 독방에 수용되었다. 고향 같은 영등포구치소를 떠나 객지와 같은 춘천교도소로 이감을 와서 독방에까지 수용되니까 형언할 수 없을 만큼 외로웠다. 운동도 하지 못하고 하루에 세 번 밥 먹을 때만 사람 구경을 한다. 그나마 다행인 것은 요시찰도 묵은 요시찰이어서 책은 마음대로 볼 수 있었다.

사회생활 하면서는 책 볼 시간이 전혀 없고 책에 관심도 없었지만, 독방에서는 책 읽는 것 말고는 할 게 아무것도 없었다. 저절로 강제 독서가 되었다. 그러다 보니 책 읽는 재미가 생겼다. 책 속의 글이 너무 달콤하고 재미있고 배울 점이 많았다. 야~ 이래서 사람들이 공부를 하고 책을 읽는구나, 싶었다. 나는 그때부터 심심하면 찬송가도 부르고, 이책 저책 가릴 것 없이 손에 잡히는 대로 읽었다.

그렇게 독방에서 독서 삼매경에 빠져 생활하는데, 어느 날은 보안과장이 나를 불렀다.

"독방 생활, 할만한가?"

"법무부에서 있으라니까 그냥 있는 거지요, 뭐. 외롭고 답답해 죽겠습니다, 과장님."

"출역 보내주면 공장 생활 잘할 수 있겠나?"

"아이고, 그럼요. 과장님, 최선을 다하겠습니다."

"내일 혼거방으로 옮기게. 공장에 출역도 하고. 부디 타 재소자의 모범이 되도록 생활하시게."

"그럼요. 감사합니다, 과장님."

독방에서 두 달이나 지내다가 혼거방으로 옮기고 공장 출역도 하게 되니 숨통이 트이고 사람 사는 것 같았다. 나는 앉아서 꽃을 만드는 조화 공장으로 출역을 나가게 되었다. 춘천교도소 전체 재소자는 천이백 명쯤 되고, 그중 백이십여 명이 조화 공장에 출역했다. 처음 출역하는 날 담당이 나를 불렀다.

"장호 씨 신분장을 살펴봤더니 그동안 고생 많으셨네. 출역 나오시거든 공장 창고에서 열외로 생활하시고 애로사항 있으면 나한테 아무 때나 얘기해 주세요."

"예, 감사합니다. 담당님."

그동안 교도소에서 설움도 많이 당하고 힘들어서 울기도 했지만, 징역살이 세 번 만에 이렇게 대우받을 줄은 미처 몰랐다. 나는 이번 실형이 세 번째인지라 공장에서 반장 완장이라도 한번 차보고 싶었지만, 교도소 요시찰 딱지가 붙어서 어려웠다. 반장은 나보다 대여섯 살 아래인 그 지역 출신 아우가 차고 있었다.

그러고 보니 나이로는 내가 벌써 반장 찰 때가 지났구나, 싶었다. 그럼 총반장이라도 차야 하는데 징역도 얼마 되지 않은 데다가 그 지역 춘천 선배가 차고 있어서 이번 징역은 마음을 비우고 조용하게 살다가 나가는 것이 상책이다, 싶었다.

그 무렵 춘천교도소에는 호남 쪽 큰형님 둘, 서울·경기 형님 둘, 춘천 형님 하나, 내 또래 셋이 와 있었고 나머지는 전부 아우들이었다. 건달이 대략 이백 명쯤 되었다. 나는 일부러 시간을 내서 각 공장을 방문하여 큰형님부터 서열대로 차례차례 인사를 텄다. 그리고 누가 새로 이감 오는지, 관심을 두고 눈여겨보았다.

하루는 서울구치소에서 누가 이감 왔다는 소식을 듣고 보안과로 가보니까 잘 아는 아우 둘이 와 있다는 것이다. 내 친구 충성이 밑에서 생활하던 달건이랑 천억이다.

"야, 달건아. 어쩐 일이냐?"

"아이고, 형님. 여기 와 계셨네요."

"그래. 하여튼 반갑다. 출역은 몇 공장으로 나가냐?"

"8공장이어라."

"그래, 알았다. 나는 7공장인데, 우리 공장으로 한번 돌려볼게."

"예, 형님. 고맙습니다."

나는 총반장인 호섭이 형을 찾아갔다.

"형님, 내가 좋아하는 아우 둘이 서울에서 이감을 왔는데, 형님 계신 공장으로 떨어졌네요. 우리 공장으로 좀 빼주시면 안 될까요?"

"누구누구야?"

"예, 달건이랑 천억이입니다."

"알았네. 아우 체면도 있는데, 그렇게 해볼게."

"감사합니다, 형님."

호섭이 형은 강원도 출신인데 그동안 객지 징역도 많이 살았다. 이번에는 폭행치사죄로 1심에서 5년형을 받고는 고향에서 징역 살려고 일부러 항소를 포기했다. 나하고는 대화를 많이 나누고 의형제처럼 서로 의지하고 살고 있었다.

"형님도 이전에 객지 징역 살면서 서러움과 괄시를 많이 겪었지 않습니까? 이번이 많은 지방 식구들한테 형님의 춘천 식구들을 알릴 수 있는 절호의 기회입니다. 제가 자금은 충분히 걸어서 만들어 드릴 테니까, 형님이 작업해서 가끔이나마 담배하고 술이라도 한잔하게 해 주십시오."

"알았네, 아우. 여기는 내 지역이고 담당들이나 직원들이 거의 학교 선후배들이니까 어렵진 않을 거야. 한번 해봐야지."

"감사합니다, 형님."

우리 공장으로 출역을 옮겨온 달건이는 나처럼 열외로 빼고 천억이는 공장 배식에 임명했다. 그리고 우리 공장 반장이 출소하자 전주 아우 정원이를 반장으로 세웠다. 나는 그 무렵 교도소 전체 재소자 천이백여 명 중에 서열이 열 손가락 안에 들어 아주 편한 징역을 살고 있었다.

다른 재소자들이 일할 때 우리는 운동장에서 테니스도 치고, 다른 공장에 놀러도 다니고, 담배도 피우고, 가끔 술도 한잔했다. 우리가 재소자들 사이에서 큰 사고 안 터지게 일선에서 잘 제어해주고, 교도 행정에도 적극적으로 협조하는 대신에 10위 안팎의 서열까지는 이렇게 약간씩 숨통을 틔워주고 있었다.

그러던 중에 위문 공연이 들어온다는 소식으로 온 교도소가 떠들썩했다. 얼마 전에 아내랑 용관이 아우가 면회 왔길래 위문 공연 얘기를 꺼냈더니, 벌써 그걸 추진한 모양이었다.

"야, 용관아. 징역살이도 지루한 데다가 포미덴 양철이 형님 한번 뵙고 싶다. 형님한테 위문 공연 한번 들어오시라고 해라."

"예, 형님. 알겠습니다."

이러고 간 지 며칠 만에 위문 공연 소식이 전해진 것이다. 바로 내일이다.

다음날, 테니스를 치고 있는데, 몇 사람이 와서 무대를 설치하고 있었다. 모자를 눌러쓰고 그쪽으로 살짝이 다가가 보니, 내가 스탠드바 할 때 밴드 했던 사람들이 무대 설치한다고 다 모여 있었다. 운동 끝나고 공장에 올라가 들으니까 춘천 식구들이 위문 공연을 주선했다고 난리였다.

나는 속으로 웃었다. 점심을 먹고 위문 공연을 보러 운동장으로 나가보니 무대 옆에 아내가 딸을 안고 서 있고, 우리 가리봉 식구들 이십여 명도 같이 와 있었다.

마침내 공연이 시작되고, 양철이 형이 나를 호명하여 무대로 올라오라고 했다. 나는 손을 저어 무대에 올라가는 걸 극구 사양했다. 공연이 끝나고 보안과에서 울고 있는 아내와 딸 그리고 우리 식구들을 만나 안부를 물었다. 딸은 이제 조금 컸다고 아빠, 하고 우는데 제대로 안아주지도 못하고 쫓기듯 돌아서서 방으로 들어왔다.

비록 징역을 살고 있지만, 이렇게 종종 위문 공연도 열리고 가끔은 회식도 한다. 건달들 생일이나 만기 출소할 때 공장에서 음식을 마련해 차려놓고 각 공장 대표들이 모여 축하 회식을 한다.

하루는 각 공장 반장들이 나를 찾아왔다.

"뭔 일이신가요?"

"형님, 토요일 날 무료하게 방에서 보낼 것이 아니라 보안과에 얘기해서 운동 좀 합시다. 매주 네 개 공장씩 운동장에 나와서 축구도 하고, 족구도 하고, 일광욕도 좀 하게 해 달라고 말이죠. 저희도 같이 가서 얘기 좀 합시다, 형님."

"그래. 좋은 생각이다. 가자!"

우리는 보안과로 담당 과장을 찾아갔다.

"과장님, 토요일 날 운동 좀 하게 해주십시오."

"무슨 운동을 한단 말인가?"

"예, 운동장으로 나와서 햇빛도 좀 쐬고, 족구든 축구든 운동도 좀 하면서 쌓인 스트레스를 풀면 서로 좋지 않겠습니까?"

"그러다가 다치면 누가 책임질 건가?"

"과장님, 저희가 책임지겠습니다."

"안돼! 그러다 사고 나면 우리가 다쳐."

"과장님이 허락 안 해 주시면, 오늘부터 우리도 단체 행동할 겁니다."

"맘대로 해. 전부 다 징벌방에 쳐넣을 테니까."

"알았습니다, 과장님."

우리는 보안과를 나와 대책회의를 했다.

"야, 우리 모두 오늘부터 입방을 거부하자. 총대는 내가 멜 테니까."

"예, 알겠습니다."

우리는 당장 그날 저녁부터 겁 많은 사기범하고 몸 아픈 재소자 몇 명을 빼고는 모두 입방을 거부한 채 구호를 외치기 시작했다.

"답답해서 못 살겠다, 교도소장은 물러가라!"

"보안과장은 이번 주 토요일부터 우리에게 운동장을 개방하라!"

그러자 보안과 직원들이 출동하여 나랑 각 공장 반장들을 잡아다가 독방에 가두었다. 그래도 남은 재소자들이 끝까지 굽히지 않고 입방을 거부했다. 그렇게 하루가 지나자 다급해진 교도소 측에서 긴급 간부 회의를 열었다. 결국, 하나로 뭉친 투쟁 끝에 우리는 '토요일의 자유' 를 얻었다.

"야, 너희들 다 나와서 보안과로 집합해!"

보안과장이 우리를 독방에서 꺼내 보안과로 불러 각서를 받았다.

"여기 서류에다 운동하다 다치거나 사고가 나면 장호 자네랑 각 공장 반장들이 책임진다고 적고 각자 서명한 다음에 지장 찍어."

"아이고, 과장님. 감사합니다."

어느 날은 1층 목공장 앞을 지나가는데 호남 장철이 큰형님하고 서울 따로마 형이 밖에서 언성을 높이고 있었다. 그런데 윗사람을 대하는 따로마 형의 태도가 불량스러워서 내가 한마디 했다.

"아니, 따로마 형님. 호남 아우들은 형님하고 같은 식구는 아니지만, 형님한테 깍듯이 대하는데 이러시면 되겠습니까? 형님이 그렇게 주머니에 손 넣고 건들거리면서 호남 큰형님한테 대들면 큰형님 체면이 뭐가 됩니까? 그러면 우리는 형님한테 어떻게 할까요?"

"야 이 새끼야! 니가 관여할 일이 아니니까 신경 쓰지 말고 꺼져 인마."

"형님 말에 책임지십시오."

나는 우리 공장 창고로 올라가서 천억이한테 일렀다.

"천억아! 8공장 가서 대구 동성로 아우, 대전 유성 아우, 제주도 땅벌 아우 셋이 우리 공장으로 잠깐 오라고 해라."

"예, 형님. 알겠습니다."

이윽고 세 아우가 와서 고개를 숙였다.

"형님, 부르셨습니까?"

"야, 앉아봐라. 지금 1층 목공장 앞에서 서울 따로마 형님이 건방지게 호남 장철이 큰형님과 언쟁을 하고 있는데, 느그들이 내려가서 따로마 형님 좀 타작을 해버려라."

"예? 타작을요?"

"지금까지 서울 형님이라고 존경했는데 가만 보니 사람이 위아래도 없고 완전 개판이다."

"네, 알겠습니다. 형님."

아우들이 각목을 가지고 내려가자마자 따로마 형을 타작해버렸다.

"아이고~ 나 죽네!"

갑자기 비명이 나자 목공장에 있던 반장이랑 소지들이 합세하여 패싸움이 벌어졌다. 이윽고 비상벨이 울리고 경호대가 출동하여 일곱 명을 보안과로 끌고 갔다. 보안과 조사가 끝나서 나가 보니 내가 보낸 아우들 셋은 각자 징벌 두 달씩을 먹었다.

어쨌든 아우들한테 들이받혀 쪽이 팔릴 대로 팔려버린 따로마 형은 여기서 계속 징역을 살 자신이 없자 형수를 면회 오라고 해서 하소연했다.

“이거 보소. 여기 춘천교도소 깡패 새끼들 때문에 내가 곱게 징역을 못 살겠네. 그러니 소장님 면담해서 다른 교도소로 보내주라고 해주소.”

“네, 여보. 알겠어요.”

이렇게 형수가 소장을 면담하여 따로마 형이 다른 교도소로 이감 가는 것으로 결정됨으로써 이번 사건은 마무리되었다.

내 지시에 따랐다가 징벌을 먹은 아우들은 비록 객지 아우들이지만 나에 대해서는 끝까지 입을 다물어 나는 별일 없이 지나갔다. 아우들한테 정말 미안했다. 그래서 그 뒤로 각별히 대하면서 그 아우들 일이라면 발 벗고 나서서 챙겨주었다.

하루는 달건이 아우가 나한테 삶아준다고 어디서 닭을 구해다가 공장에서 냄새를 풍기는 바람에 보안과 순찰에 걸려서 독방에 가게 생긴 것을 여럿이 가서 싹싹 빌어서 풀려나온 적도 있다. 달건이 아우가 좀 무대뽀이긴 하지만 정도 있고 의리가 있는 친구다. 그런 달건이가 한번은 볼멘소리다.

“형님, 담배 한 보루가 벌써 두 갑밖에 안 남았습니다. 형님이 누구 다 주신 거 아니어요?”

“달건아, 담배 좀 누구 주면 안 되냐? 왕이 피면 포랑 차도 좀 피고, 마랑 상도 피고, 졸들도 가끔은 피워야지 탈이 안 난다.”

“아니 형님, 쫄다구들을 뭐하러 피게 합니까?”

"야, 그래도 걔들이 담배 피울 욕심으로 우리 수발드는 것이 한두 가지냐. 사뭇 추울 때는 큰 물통에 뜨거운 물을 담아서 보듬고 자라고 매일 갖다 주지, 더울 때는 시원하게 바람 부쳐주지….
그런 걸 보면 담배 한 대가 뭐가 아까우냐?"
"예, 형님. 말씀 듣고 보니 그렇습니다."

나를 수발하는 형이 한 사람 있는데, 별명을 내가 '눈물' 이라고 지었다. 자유당 때 임화수 밑에 딸랑거리던 눈물이라고, 나 바로 위 선배인데 공단 지역에서는 제일 부자일 정도로 집이 잘살았다. 가리봉동에 상가 건물도 세 채나 있었다. 승용차도 그 형 전용으로 그랜저랑 소나타 두 대가 있어서, 내가 만나는 손님에 따라서 쏘나타 가지고 나오라면 가지고 나오고 그랜저 가지고 나오라면 가지고 나오는 친구 같은 형이다.

내가 구속되기 전에는 광명시에서 카드 하우스도 함께 운영했다. 그 뒤 내가 고양에 무허가 집을 200채쯤 지을 때 투자 좀 하라고 했더니 거절하고는 소식이 뜸했다. 그러고는 다른 재개발 지역에서 이런저런 작업을 해서 20억쯤 벌었다는 소문이 들렸다.

나는 교도소에서 눈물 형한테 자주 편지를 썼다. 감방 식구들 관리하려면 휠라 티셔츠 30장이 필요하다고 하면 바로 보내주고, 테니스 라켓 세 개만 보내주라고 하면 바로 보내주고, 담뱃값 백만 원이 필요하다고 하면 바로 보내주었다. 나는 이런 눈물 형의 도움 덕분에 아내한테 손 벌리지 않고도 체면을 차려가며 징역을 살았다. 참 고마운 형이다.

하루는 총반장 호섭이 형이 나를 보더니 느닷없는 공부 타령을 했다.

"야, 징호야. 고시방에 가서 공부나 하자. 나도 학벌이 짧으니까 이번 징역에서 공부나 해서 고등학교 졸업장 따서 대학 들어가는 시험 볼란다."

이러면서 같이 공부하자고 나한테 권한다.

"예, 형님. 나도 학벌이 짧지만 왜 그렇게 공부하기 싫은지 모르겠습니다. 여기서는 책이나 틈나는 대로 읽을랍니다. 아우들 관리하고 징역 살다 보면 공부가 제대로 되겠습니까?"

"알았다, 장호야. 너는 징역이 얼마나 안 남았으니까, 징역 많이 남은 이 형은 공부 좀 해야겠다."

"예, 형님. 공부하는 데 필요한 거 있으면 말씀하십시오."

"고맙다, 아우."

나는 춘천에서도 아우들한테 주위 눈치 보지 말고 소신껏 종교생활하라고 항상 말하고 있었다. 일요일에 교회 예배가 들어오면 아우들하고 꼭 예배에 참석했다. 그게 소문이 퍼졌는지 교도소 담임 목사님이 예배가 끝나면 나를 따로 교무과로 부르곤 했다. 그렇게 나를 불러서는 맛있는 회도 먹이고, 닭백숙도 먹이고,

다른 맛있는 것도 먹였다. 할렐루야.

시간은 그렇게 흘러 어느덧 만기가 되었다. 남은 식구들에게 작별인사를 했다.

"형님들, 그동안 고마웠고요. 친구들 아우들한테도 고맙게 생각합니다."

"무슨 소리야? 아우 때문에 징역 살면서도 행복했네."

"다들 건강하세요. 조만간 찾아뵙겠습니다. 친구들, 아우님들, 얼른 나와서 사회에서 만나 소주 한잔하세."

나는 그렇게 마지막 징역을 과분하게 대접받고 살다가 나왔다. 그러나 여기를 다시 온다면 죄를 짓고 다시 오기는 싫었다. 그렇다면 어떻게 다시 온단 말인가? 참, 그렇지. 위문 공연을 오면 다시 올 수가 있겠구나. 그때 신세 진 교도관들한테는 그림 한 점이나 수석 한 점씩을 가져와서 선물해야겠다는 생각이 들었다. 나는 출소하자마자 계획을 세우기 시작했다.

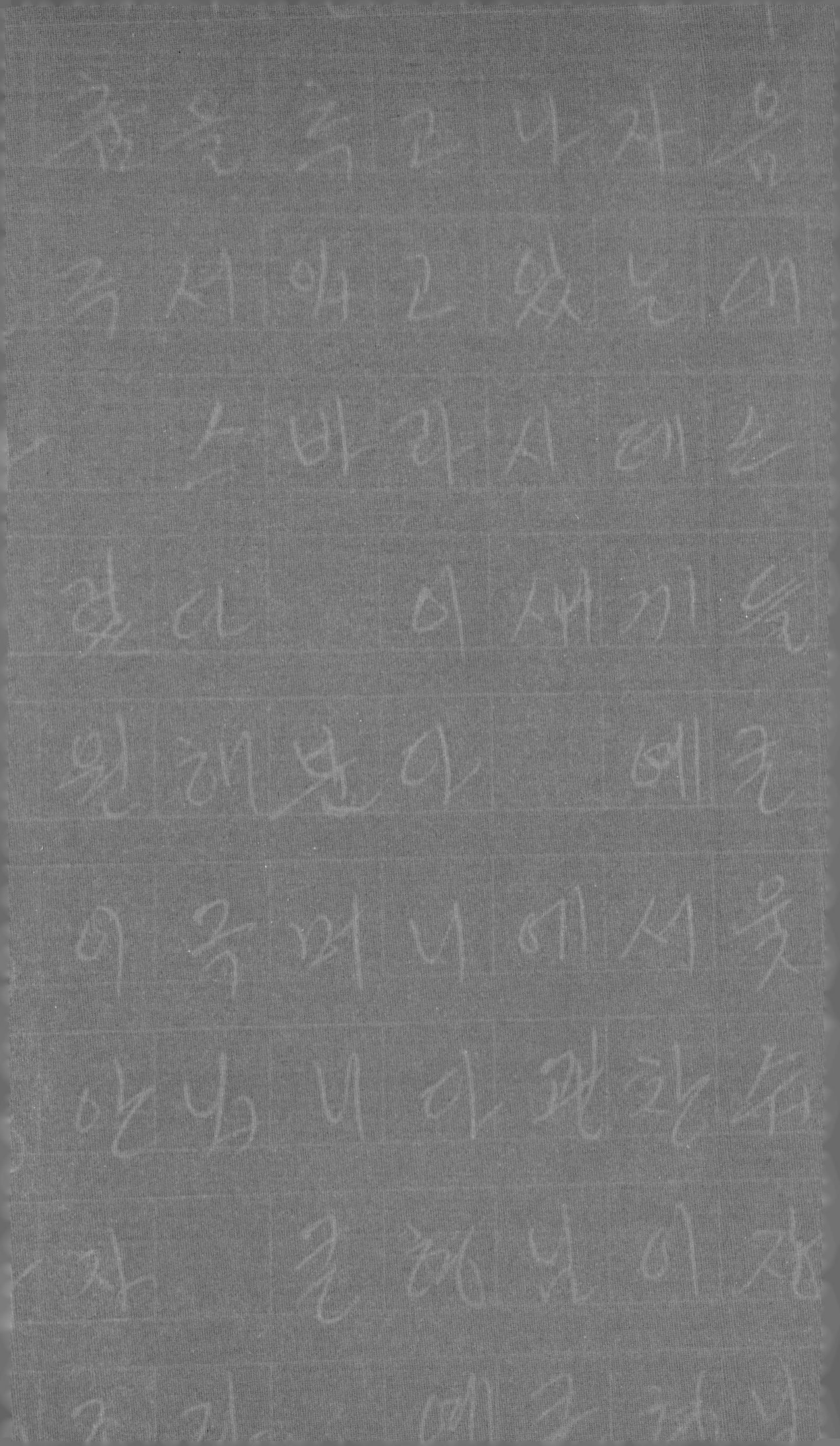

14

서울을 떠나 고양으로 간 까닭은

나는 한편으로는 중년으로 접어드는 나이도 나이인 만큼 이제 깡패나 건달 딱지를 떼고 싶었다. 그래서 정상적인 사회인으로 살려고 애쓰는 한편 이미지 관리에도 무척 신경을 썼다. 지역구 국회의원 밑에서 지구당 부위원장도 하고, 중앙로터리클럽 초대 회장도 하고, 지체장애인협회 고문도 하는 등 다양한 직분을 맡아 지역사회에 봉사하면서 지역민들하고도 활발하게 교류했다.

노래에 살고 인정에 살고

출소하고 나서 가리봉 동네를 한 바퀴 돌아보니 2년의 짧은 기간에 모든 것이 많이 변해 있었다. 한마디로 엉망진창이었다. 아우들은 모이기만 하면 노름에 빠지고 술에 절어 사는 것 같았다. 내가 그토록 강조했던 직계 아우들 두 명씩 키우는 일도 까맣게 잊어먹고 있었다. 다른 지역인 광명이나 시흥 또는 구로동 쪽을 가보니까, 그쪽 아우들이 술자리를 마련하고는 자기 밑에 아우들을 일부러 최대한 불러내 내게 인사를 시키면서 은근히 세를 과시했다.

나는 직감적으로 우리가 10년 이상 지역을 장악했는데도 그 아성이 곧 무너지겠구나 하는 생각이 들었다. 그래도 나는 조만간 서울을 떠나 경기도 쪽으로 가서 터를 잡아야겠구나, 하는 다짐이 생겼다.

내가 없는 동안 일어난 동네의 변화를 파악한 나는 우선 위문공연부터 다녀오기로 작정했다.

"야, 춘풍아. 너의 친구들 다섯하고 아우들 다섯만 챙겨라. 내일 양철이 형님하고 연예인들 데리고 춘천교도소 위문 공연 갔다 오자. 한 여남은 명 되겠다."

"알겠습니다, 형님."

위문 공연은 대성공이었다. 출소자가 공연단을 이끌고 온 것도 감동이었지만, 푸짐한 선물과 신나는 노래와 함께 배꼽 잡는 재미를 선사한 것도 감동을 준 모양이었다.

위문 공연을 다녀오고 나서는 호구지책 마련 궁리에 들어갔다. 요즘은 뭘 해야 밥을 먹고 돈을 벌 수 있나, 하고 낮에도 돌아다녀 보고 밤에도 돌아다녀 보니 노래방이 제일 괜찮을 것 같았다. 아직 전망도 괜찮고 투자금도 비교적 적게 들어가는 장점이 있었다. 나는 동네 노래방마다 들어가서 시설도 살펴보고 노래도 불러보곤 했다. 나는 호구지책을 노래방으로 결정하고 본격적으로 준비에 들어갔다.

그러고 있는데 연철이 아우한테 전화가 왔다. 동네 한복판에서 우리 아우들 셋이 이야기하고 있는데, 갑자기 택시에서 내린 광명시 아우 한 놈이 우리 아우 엉덩이를 칼로 찌르고 도망갔다는 것이다.

"형님, 건희가 광명 애한테 칼을 맞고 지금 구로 고대병원으로 실려 갔습니다."

"알았다. 바로 병원으로 가마."

응급실에 누워 있는 건희 아우 얼굴을 보고 원무과로 올라가 보니까 연철이가 원무과 직원하고 말다툼을 벌이고 있었다. 그래서 내가 다툼을 말리고 직원한테 물었다.

"왜 그러십니까? 선생님."

"다름이 아니라 여기 이 사장님이 환자 보증을 선다고 자기 명함이라면서 명함을 내놓았는데, 한자로 된 가운데 자가 무슨 자입니까, 하고 물어보니까 모른다고 합니다. 사장님 본인 명함이라면서 가운데 자를 모른다는 게 말이 됩니까?"

듣고 있던 연철이가 창피를 모면해 보려는 듯 나섰다.

"나는 몰라도 이 양반아…."

그런 연철이를 제지하고 상황을 간명하게 정리했다.

"알겠습니다. 내가 대신 보증을 서겠습니다."

나는 원무과 문제를 해결하고 연철이를 가볍게 나무랐다.

"야, 연철아. 왜 니 이름을 안 대고 남의 명함을 주냐?"

"형님, 나 앞으로 병원비가 나오면 골치 아프잖아요."

"하하, 그렇다고 한자로 된 남의 명함을 주면 되겠냐? 어쨌든 명함을 줄 때는 거기 이름자가 뭔지는 알고 줘야지, 어찌 그리 머리가 안 돌아가냐?"

"죄송합니다, 형님."

"고생했다. 아우들 집합시켜서 건희 연장질한 놈 꼭 잡아서 곱으로 갚아줘라."

"예, 형님. 광명으로 잡으러 갔는데 구석구석 다 찾아봐도 그림자도 안 보인답니다."

"잡을 때까지 계속 쫓아라."

"알겠습니다, 형님."

나는 출소하자마자 이런저런 일로 쉴 틈도 없었다. 하루는 영등포 친구들한테 청첩장을 받고 모처럼 결혼식장에 갔다. 식장 입구부터 백여 명의 아우들이 양쪽으로 도열해 있었다. 그런데 전에 없는 일로, 손가방을 들고 다니는 아우들이 많이 보였다.

"야, 정환아. 요즘 손가방이 유행이냐? 손가방 들고 다니는 아우들이 많더라."

"예, 형님. 가방 들고 다니는 놈들 가운데 진짜 건달도 있지만, 대개는 소위 애경사 건달이라고 요즘 오락실, 술집, 하우스, 안마시술소 해서 돈 좀 벌어서 남들 10만 원 부조할 때 20만 원 부조하면서 어깨에 힘주고 다닙니다. 쟤들은 싸움도 별로 안 하고 징역 한번 안 간 놈이 태반입니다."

"아~ 그게 애경사 건달이구나."

나는 마음이 급해지기 시작했다. 그동안 몇 푼 있는 거 징역 사는 동안 다 까먹고 처가 식구들이나 아우들 보기에도 창피해서 얼른 얼마라도 만들어서 경기도 쪽으로 나가야겠다는 생각에 여기저기 돈을 구하러 다녔다. 처가 쪽에서 2억 원을 빌리고, 사업하는 형한테 1억 원을 빌려서 춘풍이 아우가 먼저 들어가 자리를 잡은 고양시로 이사하기로 했다.

춘풍이 아우는 고양 시내 중심에서 대형 생맥줏집을 운영하면서 조그만 건설 회사도 하나 운영하고 있었다. 나도 목이 좋은 역세권에 가게를 얻어 노래방을 개업했다. 돈이 좀 부족해서 노래방 기계를 열 대만 놨더니, 기다리는 손님이 너무 많아서 후회가 막심했다.

방 하나에 하루 십만 원씩 모두 백만 원 매출을 올리는데, 기계 스무 대를 놨으면 손님들 기다리게 하지도 않고 하루 이백만 원을 버는데, 생각이 짧았구나 하고 후회했다. 할 수 없지 뭐, 나중에 큰 가게 하나 얻어야지 하는 마음으로 열심히 일했다.

아내가 계산대를 보고 손님 서비스와 청소 같은 자질구레한 일은 내가 맡아서 열심히 하고 있는데, 문제가 생겼다. 가끔 덩치가 남산만 한 아우들이 찾아와서 '형님 수고하십니다' 하고 구십 도로 인사를 한다. 이거 안 되겠다, 싶었지만 오는 아우들을 못 오게 할 수도 없는 노릇이었다. 아내와 상의 끝에 노래방에 종업원을 한 사람 두고 나는 다른 가게를 차려서 나가기로 했다.

노래방에서 조금 떨어진 곳에 백 평짜리 가게를 얻어 '한강 단란주점' 이라는 간판을 걸고, 고양시 허가 1호로 무대에서 노래할 수 있는 라이브 주점을 오픈했다. 무대에 사회자도 있고 밴드도 있고 모니터에 가사도 나오니까 손님들 반응이 엄청 좋았다.

노래방에서 노래 실력을 어느 정도 갈고 닦은 손님들이 남들 앞에서 재고 싶어서 단란주점으로 몰렸다. 나는 호영이 아우에게 가게 지배인을 맡겼다. 전에 나랑 같이 무허가 건축 사업도 하고, 내가 출소할 때까지 기다려준 의리가 있는 아우다.

호영이 아우는 부지런하고 손님들한테 싹싹하고 다 좋은데, 가게 여자 손님 중에 르망 자동차를 타고 오는 손님만 있으면 어떻게든 꼬셔서 따라 나가는 것이 단점이라면 단점이었다.

노래방이나 단란주점은 다른 유흥업소에 비해 사고 날 일도 별로 없어서 좋았다. 노래방에는 우리 쪽 아우를 한 명 쓰고, 단란주점에는 예의상 그 지역 아우를 호영이 밑에 영업부장으로 썼다. 호영이 아우는 좀 엉뚱한 구석이 있어서, 이쁜 여자 손님들이 오면 자기만 껌딱지처럼 붙어서 어울리고 나는 절대 부르지 않았다. 반대로 못생긴 여자 손님들이 오면 꼭 나를 불렀다.

"형님, 아까부터 이쁜 여자 손님들이 양주를 두 병째 마시면서 형님을 찾는데요. 빨리 오세요."

"알았다."

그러고 가보면 뚱뚱하고 못생긴 아줌마들이 나를 잡아끈다. 그렇게 붙잡히면 같이 술 마셔줘야지, 춤 쳐줘야지, 노래하는데 옆에서 장단 맞춰줘야지… 내가 무슨 도우미도 아니고 환장할 노릇이었다.

"야~ 호영아. 술 안 팔아도 되니까 나 좀 제발 부르지 마라.

미치겠다.”

“그래도 오서서 형님만 찾으세요.”

“그래도 부르지 마라. 누구 약 올리는 것도 아니고…. 이쁜 여자들 오면 한번 불러주든지.”

“하하, 예 형님.”

우리 구역을 떠나 객지로 와서 살면서 장사를 하다 보면 파리가 꼬이게 마련이다. 지역마다 건달도 있고 깡패도 있고 양아치도 있는데, 동네 양아치 새끼들이 와서 귀찮게 굴었다. 병을 깨고 가게 손님들을 불안하게 해서 룸으로 끌고 들어가 손 좀 봐줬더니, 엽총을 가지고 와서 가게 문에 구멍을 뚫어놓았다.

또 하루는 깡패 새끼가 와서 소화기를 개방하여 가게 유리창에 대고 하얗게 뿌려놓고 가게를 때려 부수는 것이다. 그놈을 잡아서 두들겨 패자 도망가더니 그 이튿날 다섯 놈이 패거리를 지어 다시 왔다. 그중에 내가 아는 형님이 셋이나 있었다.

“아이고, 형님들. 여기까지 어쩐 일이십니까?”

“야~ 장호 아니냐? 언제 여기 들어왔냐?”

“일 년쯤 됐습니다.”

“그래. 반갑다, 아우. 어제 너하고 싸운 이 친구가 을지로에서 들어온 우리 친구인데, 너하고 인사가 없어서 그랬는가 보다. 이 친구는 술을 안 먹으면 진국인데 가끔 술을 먹으면 실수를 한다.

서로 인사하고 잘 지냈으면 좋겠다."

"예, 알겠습니다. 형님, 장호라고 합니다."

"나는 을지로 영남이네. 앞으로 형 아우로 잘 지내세."

"알겠습니다, 형님. 많이 좀 도와주십시오."

나는 고양으로 들어온 이후로는 별 사고가 없어도 경찰들한테는 특히 신경 써서 잘했다. 경찰이면 다 서로 인사를 텄다. 서울에서 생활하면서 경찰들하고 적을 지고 지내다 보니 좋을 게 하나도 없었다. 결국은 나만 손해였다. 맨날 경찰들하고 치고받고 하다 보니 안 갈 징역도 갔구나, 하는 반성이 뼈저리게 들었다.

가게가 잘 되니까 가게를 탐내는 사람들도 많았다. 토박이들이 가끔 와서 가게하고 땅하고 바꾸자고도 하고, 가게를 팔라고 하기도 해서 여러모로 귀찮았다. 그래서 단란주점은 팔아버렸다. 내가 이쪽에 와서 자리를 잡다 보니 가리봉에서 같이 생활했던 형들이나 친구, 아우들도 한둘씩 이쪽으로 따라 들어왔다. 노래방은 그중 내가 이뻐하는 아우들한테 거저 주다시피 넘겨버렸다. 이렇게 가게 둘을 다 처분하고 나니 홀가분했다.

불법 매립 사업과 망신 골프

가게를 정리하고 나서 살던 집도 원당 연립에서 근처 아파트로 전세를 얻어 이사했다. 고양이 비록 객지지만 고향 아우 채욱이가 호텔 라이트클럽 지배인을 하고 있고, 가까운 곳에 춘풍이가 자리를 잡고 있어서 항상 든든했다.

나는 뭔가를 새로 시작할 궁리로 고양 구석구석을 돌아다녔다. 시내에서 좀 떨어진 변두리를 돌아다니고 있는데, 저기 논밭을 보니까 포클레인으로 땅을 깊게 파서 트럭으로 건축 폐기물을 실어다가 묻는 일을 많이들 하고 있었다. 업자가 누군지는 모르겠지만, 가까이 가서 들여다보면 그때마다 돈을 주면서 얼른 저리 가라고 하는 것이다.

나중에 알아보니까 건축 폐기물 매립 사업으로 돈을 엄청 벌고 있었는데, 그게 다 무허가 불법이었다. 그래서 돈까지 줘가며 나를 저리 가라고 쫓아낸 것이다. 그 무렵 서울 강북지역의 재개발 사업 봇물이 터져 한꺼번에 철거하다 보니까 처리 용량을 초과한 건축 폐기물이 어디로 갈 데가 없었다. 난지도 폐기물 처리장도 문을 닫은 지 몇 달 됐을 때였다. 나는 바로 이거다, 싶었다. 마음이 동하면 바로 실행에 들어가는 것이 나의 장점이자 단점 아닌가.

나는 고양시 변두리인 내동에 농지 만 평을 임대하여 난지도에서 철수한 크라샤를 가져다 설치했다. 하루에 이십오 톤 덤프 백 차씩만 받아 처리했다. 한 차에 이십오만 원이니 하루에 백 차를 받으면 이천오백만 원을 벌었다. 그런데 문제는 이게 무허가 불법이라는 것이다.

내 주변에 있는 사람은 다 돈만 갖다 쓸 줄 알았지, 이런 무허가 불법 문제를 걱정해 주거나 문제를 해결하려고 지혜를 내는 사람은 아무도 없었다. 나부터 그랬지만, 이런 사업에는 다들 깡통이었다. 그러다 보니 매일 단속에 걸리고 벌금 내느라 운영도 제대로 해보지 못하고 한두 달 돌리다 문을 닫고 말았다.

내가 그렇게 헛발질하고 있는 사이에 건축 폐기물 업체 하나가 정식으로 허가를 내서 들어와 하루 오백 차를 처리해서 일억 원씩 벌었다. 그 허가 하나 내는 일이 뭐 어렵다고, 그쪽으로는 무식하다 보니 불법만 고집하고 있다가 닭 쫓던 개 지붕 쳐다보는 꼴이 나고 만 것이다. 내 옆에 그런 머리 돌아가는 제대로 된 참모만 한 사람 있었어도 나는 지금쯤 재벌이 되어 있을 것이다.

나는 고양으로 옮겨온 몇 년 동안 주변에 많이 베풀며 살았다. 몇몇 아우들도 수억씩 벌게 해서 자립할 수 있도록 도와주었다.

돈을 써보기도 원 없이 써봤다. 그렇게 몇 년 살다 보니까 시내 거리에 나가면 웬만한 사람은 다 알고 인사를 건넸다. 그 지역 사람들과 어울려 조기축구도 하고, 골프도 치고, 술도 한잔하면서 명실공히 고양 주민이 되어갔다.

하루는 시울에서 나이트클럽을 크게 해서 돈을 많이 번 형이 서울로 나오라고 해서 갔더니 골프채를 두 세트나 선물로 나한테 주었다.

"아니 형님, 비싼 골프채를 두 세트나 주십니까?"

"가져가서 하나는 제수씨 드리고 같이 운동해라."

"아이고, 감사합니다. 형님."

골프 가방이 하나는 검은색이고 하나는 빨간색이었다. 검은색 가방을 나랑 같이 골프 연습하는 아우한테 주고 나는 빨간색 가방을 차에 실었다.

"형님, 골프채 비싼 건데 제가 가져도 됩니까?"

"야, 골프채 두 개나 얻었는데 아우 하나 주면 어디 덧나냐? 열심히 연습해서 얼른 필드에 나가자."

"형님, 고맙습니다."

그렇게 한 달 동안 연습해서 구파발에 있는 6홀짜리 작은 골프장으로 골프를 치러 나갔다. 내가 골프 가방을 세워놓고 몸을 풀고 있는데 캐디 언니가 고개를 갸웃하더니 나한테 물었다.

"사장님, 사모님 어디 가셨어요?"

"무슨 사모님이요? 우리 남자들끼리 왔는데요."

"어? 이 골프채는 여자 골프채인데…."

"예? 그래요."

순간 머리가 띵했다. 골프채가 남자 채, 여자 채 따로 있는 거구나. 아우한테 줘버린 검은색 가방이 남자 채였구나. 형님이 우리 부부용으로 남녀 채를 하나씩 세트로 준 거였네. 참 나, 또 무식이 병이 되었네.

"아, 친구가 갑자기 내 채를 빌려 가는 바람에 집사람 채를 가지고 나왔네요."

"그래요. 안 불편하시겠어요?"

"어차피 오늘 처음 필드에 나왔는데요."

아이고 머리야, 골프채가 남자 것인지 여자 것인지도 모르고 아우한테 괜히 남자 채를 줘버렸네. 그렇게 무식을 한탄하면서 처음 드라이브를 치는데 바로 오비가 나고 말았다. 6홀이 언제 어떻게 끝났는지도 모르게 정신이 하나도 없었다.

나는 그 뒤로 필드에 나갔다가 이런저런 이유로 골프장에서 쫓겨난 적이 한두 번이 아니었다. 한번은 무식한 아우 놈 때문에 쫓겨났다. 그 아우가 친 공이 하필 골프장 기념 식수 안으로 떨어졌다. 내가 공을 꺼내놓고 치라 하니까, 괜찮다고 하더니 기념 식수를 아예 뿌리째 뽑아서 옆에다 내던지고는 공을 쳤다. 캐디 언니가 경비과에 알려서 바로 쫓겨났다.

또 같이 라운딩하던 한 선배는 개량 한복을 입고 와서 골프를 치다가 중간에 옷을 갈아입기도 했다. 또 어떤 선배 둘은 골프를 치다가 타수를 속인다고 서로 골프채로 때려죽인다며 필드에서 쫓고 쫓기다가 중간에 가방을 싸고 가기도 했다. 처음에는 이런 무식한 사람들하고 골프를 치느라 세상의 망신은 다 당했다.

하하, 그런 과정을 거쳐 골프 실력이 제법 늘어 보기 플레이는 하게 되었다. 그런데 문제는 골프 후에 이어지는 카드 도박이었다. 어떨 때는 지방에 내려가서 밤새 도박을 하곤 했다. 그러다 보니 씀씀이도 커지고 돈이 궁했다. 그래서 뭘 다시 해볼까 생각하다 옛날에 가리봉에서 하던 스탠드바를 다시 해 보기로 했다. 지금도 오억 원쯤은 들어갈 것 같은데, 과연 여기서 이 시점에 스탠드바가 먹힐까, 싶기도 했지만 한번 해보기로 작정했다.

좌충우돌 요절복통 사업하기

나는 행신동 쪽에 10층짜리 건물 중간 5층을 통으로 얻어 스탠드바 내부 공사를 시작했다. 5층 한쪽에 조그만 교회가 세 들어 있는데, 나는 교회 목사님과 협의하여 권리금을 조금 주고 내보내고 그 자리에 룸을 만들었다.

두 달간에 걸쳐 내부 공사를 끝내고 오픈 준비를 하면서 영업진을 꾸렸다. 옛날 서울에서 같이 일하던 용철이 형을 수소문하여 데려왔다. 용철이 형은 정석이 형 가게에서 나하고 같이 일하다가 독립해서 광명으로 나갔다. 거기서 룸살롱을 운영하여 꽤 돈을 벌다가 도박으로 쫄딱 망하고는 그동안 놀고 있었다고 했다.

"형님, 아우 가게가 아니라 형님 가게라 생각하고 열심히 해서 돈 좀 법시다. 형님 월급은 기본이고, 장사가 잘 돼서 돈 많이 벌면 형님한테 알파가 반드시 있습니다."

"알았네, 아우. 최선을 다해서 열심히 해볼게."

"고맙습니다, 형님."

가게 운영에 필요한 인원 구성을 마치고 유명 연예인까지 출연

섭외를 해서 오픈했다. 가게는 열자마자 폭발적인 반응로 손님이 몰려들었다.

'야~ 이거 지금도 스탠드바가 먹히는구나' 싶어 쾌재를 불렀다. 장사가 기대 이상으로 잘 되는 데다가 일선 직원들도 아무 문제 없이 열심히들 뛰었다. 그런데 문제는 관리자들이었다.

특히 주방장이 너무 술을 좋아해서 영업시간에도 술을 마시고 출연 여자 연예인이 대기실에 와 있으면 양주를 가지고 들어가서 같이 술이나 먹자고 하고 주정을 부렸다.

또 매상이 많이 오르는 날이면 가게 돈을 자기끼리 나눠서 카드 놀음을 하기도 하는 등 개판이었다. 주방장은 영업 사장인 용철이 형 친구라서 혼자만 자르기도 곤란했다. 그래서 가게를 지키려고 하는 수 없이 영업 사장이랑 주방장을 같이 잘랐다. 그러고는 일단 고향 아우인 영구를 데려다 영업 전무로 앉히고 주방장을 새로 구해 가게의 면모를 일신하고자 했다.

그런데 갈수록 태산이라더니, 영구 아우도 사람은 좋은데 가게에서 술을 너무 많이 먹고 통솔력이 부족해서 가게가 망하기 일보 직전으로 몰렸다. 거듭 사람에 지친 나는 신물이 나서 아예 그 참에 가게를 접기로 했다. 입안이 텁텁했다.

어렵게 시작해서 자리를 잡아가던 가게를 그렇게 접고 난 나는 이제 뭘 해야 하나, 막막했다. 그러던 하루는 달태 아우를 만나 한잔하면서 답답한 속을 털어놓았다.

"달태야, 이래저래 다 망해버리고 인자 뭘 해야 묵고 살겄냐?"

"형님, 요즘 오락실이 잘 되던데 오락실 아니면 나이트클럽을 한번 해보실랍니까?"

"그래. 오락실은 전에 신길동이랑 가리봉동에서도 해봤는데, 나이트클럽은 관리자로만 일해봤지 운영은 한 번도 안 해봤다. 나이트클럽 하려면 최소 십억 원은 들어갈 텐데 돈을 어디서 구하냐? 일단 오락실부터 한번 해보자. 요즘 기계가 뭐가 돈이 되는지 좀 알아봐라."

"예, 형님. 알겠습니다."

"형님, 바다 이야기라는 기계가 한동안 엄청 잘 되었는가 봅니다. 그게 요새는 한물가고 동대문 쪽에서 나온 럭키 정글이라는 기계가 뜨고 있다는데요."

"그래. 말 나온 감에 구경 한번 하러 가자."

"예, 형님."

동대문시장 쪽으로 갔더니 온갖 기계가 다 나와 있었다. 달태 아우가 말한 럭키인가 뭔가 하는 기계로 한번 놀아봤더니 엄청 재미있었다.

"야, 달태야! 이 기계 재미있는데, 이걸로 결정하자. 그리고 목 좋은 데로 가게 좀 알아봐라."

"예, 형님. 기계는 몇 대 정도 놓을 건데요?"

"팔십 대나 백 대쯤은 놓아야 하지 않을까?"

"예, 알겠습니다."

나는 성격이 남들이 보면 차분하게 보인다는데 무슨 일을 할 땐 속전속결이다. 시간을 두고 잘 알아보고 모든 걸 판단하고 결정해야 하는데, 너무 선불리 달려드는 게 장점이기도 하지만 단점이 더 크다.

나는 속진속결로 결정하고 준비하여 화징에다가 오락실을 오픈했다. 기계가 너무 재미있고 또 잘 터지기도 하니까 손님이 줄을 서서 기다렸다. 그런데 참 어이없는 일이 벌어졌다. 어떤 날 하루는 천오백만 원을 벌면, 그 뒷날은 이천만 원 잭팟이 터지는 식으로 적자가 나서 돈을 벌기는커녕 쪽박을 차게 생겼다. 아직 완전하지 않은 기계를 서둘러 들여왔더니 그 모양이었다. 그래서 결국 기계개발 직원들이 매일 영업 끝나는 새벽 시간에 와서 기계 세팅 작업을 매일 다시 해주고 갔다.

나는 한편으로는 중년으로 접어드는 나이도 나이인 만큼 이제 깡패나 건달 딱지를 떼고 싶었다. 그래서 정상적인 사회인으로 살려고 애쓰는 한편 이미지 관리에도 무척 신경을 썼다.

지역구 국회의원 밑에서 지구당 부위원장도 하고, 중앙로터리클럽 초대 회장도 하고, 지체장애인협회 고문도 하는 등 다양한 직분을 맡아 지역사회에 봉사하면서 지역민들하고도 활발하게 교류했다.

또 호남향우회 지회장을 맡아 고향 사람들과의 안면도 넓혀갔다. 전직 조폭이라는 꼬리표를 붙여 경기 경찰청하고 의정부 지검에서 매년 나의 동향을 내사하는데, 그게 보통 귀찮은 게 아니었다. 우리 지역 국회의원이 나더러 그 세계에서 완전히 손을 떼라고 하면서 보증을 서준 덕분에 나는 '내사 종결' 을 받고 좀 편안하게 살게 되었다.

나는 무슨 타이틀을 맡겨주면 재직하는 동안에 남한테 지기 싫어서라도 최선을 다하고, 경비가 필요하면 빚을 얻어서라도 쓸 돈은 써가면서 로터리가 됐든 향우회가 됐든 동호회가 됐든 항상 최고를 추구했다.

가령, 내가 나이 40대로 구성된 축구회 회장을 맡고 나서는 단일 경기가 되었든 종합 대회가 되었든 자체 친목회가 되었든 풍부한 자금과 특출한 아이디어로 남다르게 치르다 보니 50대나 60대나 축구회가 감히 따라올 수가 없었다. 우리 40대 축구회가 개최하는 대회에는 지역 소재 3사단 군악대가 와서 연주하고, 연예인 축구단이 출전하여 경기를 뛰었다.

이렇게 거창하고 홍겹게 대회를 치르다 보니 관중이 몰려들어 이 지역 시장배 축구대회보다 시민들의 호응이 더 좋았다. 따라서 각계각처에서 찬조금도 많이 들어왔다. 그뿐 아니라 우리 축구회는 경기력도 뛰어나서 경기 북부대회에 나가 우승도 하고, 전국대회까지 출전했다. 게다가 중국 사회인 축구팀하고도 서로 오가면서 교류전을 벌이는 등 국제적으로까지 놀았다.

이렇게 지역사회에서의 생활은 술술 잘 풀렸지만, 사업은 아직 운이 트이지 않았는지 생각지도 못한 문제들이 튀어나와 발목을 잡았다. 그놈의 오락실 기계 역시 끝내 말썽을 고치지 못하고 나를 좌절시켰다.

"야, 달태야. 이 오락기 말이야. 아무래도 기술도 없는 어중이가 만들었나 보다. 하루 빌면 하루 적자가 더 나니 머리가 아프다. 이건 돈이 안 되니까 내가 잘 아는 돈 많은 선배 건물에다 나이트클럽이나 한번 해보자."

"아니 형님. 돈이 어디 있어서요."

"야 인마. 빚 좀 얻어봐라. 내부 공사비는 일부 주고 나머지는 벌어서 준다고 해야지. 징역 살 때 책에서 본 거지만, 나는 이 세상 사람 중에서 현대그룹 정주영 회장님을 제일 존경한다."

"왜요? 형님."

"너 같은 아우들 때문에 우리가 발전이 없다. 내 옆에 한 명이나마 유식한 참모가 있으면 좋겠는데 도대체 무식하기가 그지없는 놈들만 득시글대다 보니 나도 무식으로 갈 수밖에 없지. 현대 직원들이 부정적인 생각을 가지고 말만 많지 일을 실행하지 않으면 정주영 회장이 그랬대. '이봐, 해보기나 해봤어?' 특히 정주영 회장은 서산 방조제를 쌓고 농경지를 만드는 대토목공사를 진두지휘했는데, 심한 조수간만의 차로 물살이 너무 센 구간을 만나 도저히 물막이 공사를 할 수 없게 되자 현대 직원들은 물론 우리나라고 외국 선진국이고 전문가들이 이구동성으로 불가능한 일이라고 두 손 두 발 다 들었지만, 정주영 회장만은 포기하지 않았대. 그때 문득 고철로 쓰려고 스웨덴에서 들여와 울산항에 갖다 놓은 23만 톤짜리 대형 폐유조선이 생각나서 그걸 끌어다 대놓고 어렵잖게 물막이 공사를 해냈다는 거야. 그게 바로 '정주영 공법' 으로 세계적인 찬사를 받았대. 어쨌든 그분은 무에서 유를 창조하는 데는 세계 최고였지."

"형님, 무에서 유가 뭐예요?"

"무식한 놈아, 없을 무에 있을 유 아니냐. 나는 징역 가서 천자문 공부 좀 하고 온 덕분에 글자깨나 안다. 너도 징역 가서 천자문 공부 좀 하고 와야겠다."

"아이고, 형님. 천자문도 좋지만, 징역 가기는 싫소. 징역 안 가고 배울라요."

"달태 너랑 비슷한 놈이 또 있어, 호영이라고."

그러고 나서 얼마 후에 호영이가 토지대장을 한 부 가지고 날 찾아왔길래 뭔 일이냐고 물었다.

"근데 형님, 이 땅이 나하고 아는 사람 땅인데요."

"근데 왜?"

"이 땅을 산다고 온 놈들이 땅 서류를 다 바꿔버리고…."

"뭘 바꿔?"

"여기 봐요, 형님. 밭을 전으로 바꿔버리고 논을 답으로 바꿔버렸잖아요. 이런 사기꾼 놈들이 어딨어요?"

"야, 이 형이 갑자기 머리가 아프다."

나는 울지도 웃지도 못하고 멍해 있다가 정신을 차리고 말했다.

"호영아, 이 형하고 무허가 집이나 한 번 더 하자. 화정하고 행신 사이에 땅을 좀 얻어 줄 테니까 무허가 집을 백 채만 지어라. 팔든지 아니면 딱지 작업해서 돈 좀 벌게. 시 쪽은 내가 커버할 테니까."

"예, 형님."

나는 호영이를 시켜서 행신동 쪽에 무허가 집 백 채를 짓기 시작했다. 무허가촌 경비 용역은 아우 원철이가 맡아서 진행했다. 나는 그때도 여전히 카드 도박에 빠져 있었는데, 저녁에 카드 도박을 하다가 밑천을 다 털리면 느닷없이 업자한테 돈을 보내라 해서 도박을 계속했다.

나의 이런 도박 중독이 가장 큰 문제였지만, 무허가 불법 사업이다 보니 이런저런 문제로 늘 다툼이 생겼다. 그러다 보니 고양시뿐 아니라 경기도에서도 골치가 아파했다.

결국, 나는 백 채를 거의 완성해서 가지고 있는데, 강남 쪽 사람들이 와서 한꺼번에 다 산다는 걸 값을 조금 더 받을 심산으로 밀당을 하고 있었다.

하루는 무허가촌에서 급하게 연락이 와서 쫓아가 보니 전경들하고 경기도청 공무원들하고 경기도에서 부른 용역이 포클레인을 앞세워 강제 철거를 하려고 몰려오고 있었다.

나는 급한 마음에 동네 아줌마들을 전면에 배치하고 바리케이드를 친 다음에 남자들을 시켜 후방에서 라면과 커피를 아줌마들한테 배달해 주도록 했다.

그렇게 철거 용역이 진입하지 못하도록 몸으로 막아 대치하여 포클레인 마을 진입을 막아냈다. 나는 그들이 다 철수하는 것을 보고 방심하여 차를 타고 나오다가 사복경찰들한테 붙잡혀 경기도경으로 끌려갔다.

"야, 장호야. 너 무허가 몇 채나 지었냐?"

"아니, 무슨 말씀을 하십니까?"

"무슨 말씀이라니? 너 인마, 무허가 전문이잖아."

"나는 전에 개포동에서 몇 채 지어 판 것 말고는 여기하고는 전혀 관계가 없습니다."

"네가 아줌마들 앞세워 데모시키고, 그 뒤에서 라면이랑 뭐랑 갖다 주고 어쩌고 하는 걸 우리가 다 봤어 인마. 그러니 솔직히 얘기해."

"아닙니다. 나는 빌려준 돈 받으러 왔다가 있게 된 겁니다. 그리고 아줌마들 간식 챙겨준 것은 나도 가난한 사람이고 그 사람들도 무허가 집에 살다가 딱지 하나 받아서 내 집 하나 마련해서 살아보려는 서민들 아닙니까? 그래서 인격적으로 도와준 겁니다."

"야 인마. 네가 무슨 인격적이냐? 그래도 불법으로 하면 안 되는 거야. 네가 고생하고 나온 지도 얼마 안 됐고, 무허가 백 채 지어서 가지고 있는 줄도 안다. 안양이나 광명처럼 거기도 되면 좋겠지만, 정부 시책 때문에 거기는 안 될 것 같으니까 징역 안 가려면 이쯤에서 손 떼라."

"예, 알겠습니다."

"다음에 다시 거기서 만나지 말고… 가봐."

"예, 수고하십시오."

나는 걸음아 나 살려라, 하고 도경을 빠져나왔다.

"형님, 어디 갔다 오셨어요?"

"어디는 어디냐, 도경 갔다 왔지. 호영아, 여기는 인자 딱지 작업이 힘들 것 같다. 시뿐만 아니라 도에서도 적극적으로 막고 있다. 강남 애들 오면 원가만 받고 정리해라. 왜 일이 이리 안 풀리고 꼬이냐?"

"그러게요, 형님."

나는 그렇게 무허가 집을 정리하고 그 바닥에서 완전히 손을 털었다. 그래, 내가 이런 사업을 언제 해봤다고… 억울할 것도 없다. 그래도 업소는 내가 좀 아는 분야니까 착실히만 하면 먹고사는 데는 지장이 없을 거야. 그래서 이제 나이트클럽에 힘을 쏟아 보기로 작정했다. 나는 가진 돈이 없으니 또 지인들한테 빚을 얻어 나이트클럽 시설을 하고 개업을 준비했다.

"달태야, 영업 사장은 니가 맡고 전무는 영업 잘하는 사람으로 다른 나이트클럽에서 빼 와서 웨이터 조직하게 해라. 이번만큼은 꼭 성공해야 하니까 열심히 한번 해보자."

"예, 형님. 최선을 다하겠습니다."

그렇게 나이트클럽을 오픈하고 유명 가수와 개그맨을 출연시키면서 영업을 하니까 그런대로 잘되는 편이었다. 가게가 잘 될수록 사장을 비롯한 전 직원이 긴장해야 하는데, 영업 사장인 달태 아우는 영업에는 신경 안 쓰고 연예인들하고 룸에서 양주나 마시며 놀기 바빴다. 위에서 그러다 보니까 웨이터들도 영업보다는 자기들 팁 챙기는 데 신경을 더 쓰고 있었다.

나는 영업시간 두 시간 전에 전 직원들 회의를 열었다. 빨리빨리 돈 벌어서 빚 갚아야 하는데 매출이 떨어지다 보니 마음이 조급해졌다.

"야 이 새끼들아, 너희들 지금 뭐 하는 거야? 감나무에서 홍시 떨어지기만 기다리는 거야? 앉아서 손님 들어오면 순번만 따먹지 말고 초저녁에 나가서 PR을 하란 말이야. 알았냐?"

"예, 알겠습니다."

"최 전무, 내 말이 무슨 뜻인지 알았을 테니 애들 관리 좀 잘해."

"예, 형님."

나는 가게를 불시에 한 번씩 가보는 것 말고는 영업을 전적으로 영업부에 맡기는 성격이다. 목구멍이 포도청이라고 할 수 없이 업소를 운영하고 있지만 나하고 체질에 맞지 않았다. 술 마시고 놀기를 좋아하는 사람은 유흥업소를 해서는 안 된다. 일과 유흥을 구분하지 못하기 때문에 사업에 성공하기가 어렵다.

하루는 영업 사장한테서 전화가 왔다.

"형님, 가게 손님이 찾아왔는데요?"

"누군데?"

"형님하고 축구도 같이 하는 부산 분으로, 송 사장님이라네요."

"알았다. 가게로 올라갈게."

바로 가게로 올라갔더니 송 사장이 같이 온 사람이랑 둘이 앉아 있었다.

"형님, 안녕하세요?"

"송 사장, 오랜만이네."

"형님, 가게는 잘 됩니까?"

"아우가 보다시피 현상 유지는 하고 있네."

"현상 유지만 하면 됩니까? 돈을 벌어야죠."

"그러게 말이야."

사기꾼은 아무나 하나

송 사장이 그냥 놀러 왔을 리는 없었다. 분명 무슨 건수가 있을 것이라 짐작했다.

"아우는 무슨 사업을 하시는가?"

"좋은 일이 있어서 형님하고 상의하러 왔는데요."

"좋은 일, 뭐?"

"자다가도 돈이 들어오고 놀아도 돈이 들어오는 사업입니다. 형님 요즘 파이낸싱 펀드라고 들어봤는지요?"

"이 사람아, 나 같은 무식쟁이가 파이낸싱이 뭐고 펀드가 뭔지 어찌 알겠는가?"

"형님, 한잔하세요. 그러니까 고객들한테 투자받은 돈으로 사업을 해서 원금의 이자를 배당해 주는 간단한 사업입니다. 지금 강남에서는 펀드 사업이 대세입니다. 여기 같이 온 이 친구는 전산실장인데, 모든 돈을 관리하고 이자를 제때제때 전산으로 정리해 주는 투자관리를 맡고 있습니다."

"그래요. 반갑습니다."

"예, 사장님. 반갑습니다."

"이게 간단한 사업 계획서인데 한번 보십시오. 강남 테헤란로 내에 사무실을 얻어서 투자자 모집책을 이쁜 아줌마들로 70명 정도 선발하여 한 반에 10명씩 해서 7개 반을 운영할 것입니다. 형님을 우리 회사 회장님으로 모시게끔 제가 사장을 맡아 모든 일을 총대를 메고 운영하겠습니다."

"내가 할 일은 뭔가?"

"형님은 자금만 이십억 원쯤 만들어 주십시오. 그러면 일 년쯤 지나서 그 돈의 다섯 배를 드리고 그 후로는 제가 알아서 운영하겠습니다. 원금 20억 빼고 80억 가지면 형님이 앞으로 무슨 사업을 못 하겠습니까? 굳이 사업 안 하셔도 그 돈이면 아우들이랑 같이 먹고살고도 남을 겁니다."

"이 사람이 말 같지 않은 말을 쉽게 하네. 세상살이가 그리 쉬우면 못사는 사람이 어딨겠는가?"

"형님, 걱정 붙들어 매시고 이 아우 한번 믿어주십시오."

"하여튼 나는 돈도 없고 침만 꼴딱 넘어가네. 그놈의 이십 억, 어디서 한번 만들어 보세."

"사무실 자리는 제가 좋은 데 잡아놨습니다. 형님, 술 좀 더 시키십시오. 오늘은 제가 시원하게 한잔 사겠습니다."

"알았네. 일단 술이나 한잔하세. 회장님이라… 하하, 우선 듣기에도 좋네."

나는 귀가 얇은 편이라 무슨 일이든 즉석에서 정하고 마는데, 그것도 병이다.

다음날, 술이 깨고 나니 어제 부산 아우가 하고 간 얘기가 귓가에 맴돌았다. 그래서 바로 전화를 걸었다.

"야, 송 사장. 사무실 계약해라. 한 살이라도 젊었을 때 한번 저질러 보자."

"예, 형님. 내일쯤 강남으로 한번 나오십시오."

"그래, 알았네."

우리는 강남 테헤란로에 사무실을 크게 얻어서 내부 공사를 대기업 경영기획실 못지않게 우아하게 하고, 미모의 젊은 아줌마들로만 영업사원 70명을 뽑았다.

"야~ 송 사장, 미세스 클럽 하나 차려도 되겠다."

"아이고, 형님도 참."

나는 여기저기서 돈을 긁어모아 사무실 개업식을 성대하게 치렀다. 그리고 고향에서 놀고 있는 아우 김한구를 불러올려 전무 명함을 하나 파주면서 송 사장하고 잘해보라고 인사를 시켰다. 개업하고 며칠이 지나 투자금 이십억 원이 들어왔다. 사무실에 환호성이 터지고 난리가 났다. 그런데 그 돈에서 송 사장이 이억 원을 빼서 개인적으로 썼다고 김 전무한테서 연락이 왔다.

"형님, 송 사장이 자기 마음대로 공금을 횡령하는데요."

"야, 한구야. 이번 한 번은 눈감아 줘라. 지가 그동안 사업 준비하면서 남의 돈 좀 안 썼겠냐? 우리는 잘 돼서 송 사장하고 약속한 돈만 받아오면 된다."

"그래도 그렇죠. 형님한테 보고도 안 하고 자기 맘대로 돈을 쓰니까 그렇지요."

"그건 아우 말이 백번 맞는데 나도 다 생각이 있으니, 이번까지는 모른 체하고 표 안 나게 잘 지켜봐라."

"예, 형님."

그런데 가만 지켜보니 돌아가는 모양이 불안하다. 돈이 들어오면 돈을 유치한 실장들에게 수당으로 돈이 나가지, 또 그 돈으로 투자자들한테 매월 이자가 나가지, 어디에다 돈을 투자해서 돈을 벌어 고객들에게 계속해서 그렇게 비싼 이자를 준단 말인가?

외국에서는 펀드매니저가 존경받는 직업이라는데 한국에서는 정식 펀드 회사 아니면 죄다 사기꾼이다. 빨리 투자한 원금부터 뽑아야겠는데 돈이 뭉텅뭉텅 들어오는 것도 아니고 겨우 일이억씩 찔끔찔끔 들어온다. 그 돈에서 사무실 운영비 나가고 수당에다 이자 나가고 나면 원금 뽑을 시간이 없다.

그런 와중에 우리 아우 전무님은 비싼 외제 차 타고 다니면서 술 마시고 노느라 바쁘다. 지금까지 살면서 구경도 못 하던 단위의 돈을 보자 눈이 뒤집혔는지 하는 짓조차 바뀌기 시작했다. 강남 룸살롱 가서 웨이터가 국산 양주를 가져오면 대뜸 소리부터 질러댄다.

"야 이 새끼들아, 월드펀드 전무이사를 뭘로 보고 이런 싸구려 국산 양주를 들여? 로열살루트나 발렌타인 정도는 가져와야지, 새끼들아!"

이렇게 한번 갈 때마다 비싼 양주를 몇 병씩 마셔버리는가 하면, 70명이나 되는 실장들 회식을 일주일에 두 번씩 시켜주고 자빠졌다. 이뿐이라면 양반이다. 잘 아는 떨거지 중에 강남에서 장사하다 쫄딱 망해 먹고 멀쩡하게 양복을 빼입고 사무실에 찾아와서 "전무님 열심히 하겠습니다" 하고 인사만 하면 "이봐, 경리부장! 이 사람한테 경비로 삼백만 원 지급해줘" 한다.

그런 데다가 비싼 양복을 수십 벌씩 맞춰서 사기꾼들한테 나눠주는 또라이 기질을 발휘하다 보니 송 사장하고 매일 돈 문제로 다툰다. 김 전무 밑에서 일하는 백여시 같은 실장들이 펀드 쪽으로 문외한인 김 전무를 꼬드긴다.

"전무님, 송 사장님은 원래 사기꾼이니까 사장님 밀어내고 전무님이 사장님 하면 일이 더 잘 되겠어요."

"그래. 못할 것도 없지."

"우리는 송 사장님이 별로 마음에 안 들어요. 사장님 대신 전무님이 운영하시면 대성공할 것 같아요."

그러자 명색이 전무라는 놈이 실장님 야살에 놀아나 아무렇지도 않게 하극상을 저지른다.

"어이, 송 사장. 당신 말이야. 그동안 실적도 없고 매일 다람쥐

쳇바퀴 돌듯이 돈 들어오는 곳도 거기서 거기고…. 그러려면 당장 그만두세요. 이 회사는 내가 운영할 테니까."

"아니, 뭐요? 정 그렇다면 회장님한테 말씀드리고 내가 그만두겠소."

"야 이 양반아, 회장님한테 얘기할 필요도 없어요. 내가 말씀드릴라니까."

"그래도 회장님이 돈을 많이 투자하셨는데, 그러는 게 아니오."

"그건 알아서 하시오. 그럼 송 사장은 오늘부로 회사 그만둔 거요?"

"그런 것으로 합시다. 어디 전무님이 잘 운영해 보세요."

이튿날, 사무실에서 함성이 터졌다.

"김한구 사장님, 만세!"

그날 저녁 김 전무는 실장들하고 전 직원을 고깃집으로 데려가서 거하게 회식을 하면서 앞으로의 회사 운영 포부를 밝히고 건배를 했다.

"월드펀드! 만세! 김한구! 만세!"

그러나 만세의 여운이 가시기도 전에 당장 이튿날부터 추락이 시작되었다. 송 사장이 그만두자 그나마 수억 원씩 들어오던 돈도 뜸해지고 김 전무한테는 돈 냄새가 안 난다며 투자자들이 급격히 줄어들기 시작했다.

아이고, 또라이 새끼가 또 사고를 치고 말았구나. 사기꾼을 사기꾼이라고 쫓아내면 어쩌란 말이냐? 이거 큰일 났구나. 나는 똥줄이 타기 시작했다.

"야, 한구야. 실장들한테 얘기해서 투자자들 모은 다음 버스로 넉 대만 태워서 오락실 구경시켜주고 나이트클럽으로 모시고 와라. 무슨 수를 내야겠다."

"예, 형님."

"우선 이백 명쯤 버스에 태우고 들어와 나이트클럽에 뷔페를 준비해서 대접하자. 우선 투자자들한테 돈을 뽑아서 우리가 빠져나오려면 내가 직접 사업 설명회를 주관해야겠다. 이번 주에는 투자고 뭐고 받지 말고 내 말대로 해라."

나는 투자자들을 접대한 후에 오락실과 나이트클럽의 사업성을 내세워 최대한의 투자를 끌어내려고 갖은 애를 다 썼다. 발등에 불이 떨어지니까 남 앞에 나서는 걸 싫어하던 나도 어쩔 수 없이 사기꾼이 될 수밖에 없었다. 백억은 고사하고 빚내서 넣어 놓은 원금 이십억이라도 어떻게 빼내 도망갈까 하는 생각만 가득했다.

"자, 여러분 건배합시다. 월드펀드의 무궁한 발전을 위하여! 여러분이 아까 보신 오락실에서 하루 수익이 오백만 원씩 나고 있습니다. 여러분이 우리 회사에 아낌없이 투자해 주신다면 저런 오락실 백 개를 전국에 오픈할 것입니다. 그럼 한 달 수익이 무려 백오십억입니다. 그리고 여기 우리가 앉아 있는 술을 마시고 있는 나이트클럽은 현재 한 달에 오억씩 벌고 있습니다. 이런 가게를 전국 체인으로 서른 개를 오픈하려고 합니다. 한 달 수익이 백오십억입니다. 노래방과 나이트클럽 사업만으로 매달 삼백억씩 벌어들이는 것입니다. 그럼 연 삼천육백억이에요. 여러분은 이번 투자로 황금알을 낳는 대기업을 소유하게 되는 겁니다. 그러니 여러분께서 저와 우리 회사를 믿고 과감하게 투자하시기를 부탁드립니다."

"브라보! 짝짝짝!"

우렁찬 박수가 울려 퍼졌다. 강남 사무실 실장들이 바람을 잡고 있었다.

"자~ 다시 한번 건배하시지요. 우리 모두의 건강과 행복과 그리고 대박을 위하여! 자, 마음껏 드시고 즐겁게 보내십시오. 감사합니다."

우리는 이렇게 우리 나름으로는 정성을 들여 사업 설명회를 마쳤다. 그러나 반응은 미지근했다. 다른 유사 업체들은 돈이 뭉텅이로 쏟아져 들어오는 호황을 누리는데, 우리 회사는 얼마 안 가 투자 원금까지 다 까먹을 판이었다.

역시 사기는 사기꾼이 쳐야 하는데, 진짜 사기꾼은 쫓아내 버리고 어중이떠중이들만 남아 우왕좌왕하고 있으니 새로 되는 일도 없지만 다 된 일도 엎어질 판이었다. 혹시나 하고 염치없이 송사장한테 연락을 취해 봤지만, 연락 두절이었다. 나 같아도 전화받지 않을 것이다. 이제 망하는 일만 남았다. 투자자들이 원금을 돌려달라고 아우성인 가운데 우리는 결국 검찰에 고소를 당했다.

"야, 한구야. 이 사기 사업에서 손 떼고 나이트클럽이랑 오락실이랑 다 정리해서 피해자들한테 일부나마 돌려주자. 변호사를 사든 일을 봐서 일단 구속은 면해야 할 거 아니냐?"

"형님, 죄송합니다."

"너를 원망하고 싶진 않다. 내가 애초에 사기꾼을 믿고 여기에 동참한 것이 잘못이다."

나는 가진 것을 모두 정리해서 투자자들에게 일부나마 돌려주고 정리가 덜 된 부분에 대해서는 검찰 조사를 받았다. 의정부 지청에서 조사를 받으라고 연락이 와서 부장 검사로 있는 친구한테 연락해서 사정을 얘기했다.

"야, 장호야. 내가 얘기는 한번 해보는데, 잘못한 부분에 대하여 법의 심판을 받아야 할 부분이 있으면 받아야 할 거야."

"암 그래야지. 정상적으로만 조사를 받으면 되지 뭘 더 바라겠는가? 고맙네, 친구."

나는 한구랑 같이 의정부 지청에 출두하여 조사를 받았다. 피의자 분리 원칙에 따라 우리는 따로 조사를 받아야 하는데 둘이 같이 조사를 받았다. 아마도 막판에 피해 복구를 위해 취한 노력과 그 분야의 초범이라는 점이 참작되어 약식 조사에 그친 것 같았다. 검찰 계장이 조서를 다 작성하여 지장을 찍기 전에 진술과 다른 내용이 있는지 읽어보라고 했다. 읽어보니 내 경험상 무조건 구속은 면하도록 많이 봐준 티가 났다. 그러고 보니 부장 검사가 힘을 많이 써 주었구나, 하는 느낌이 들었다.

"얼른 지장 찍어라."

내가 감사하는 마음으로 먼저 지장을 찍고 한구한데 지장을 찍으라고 하자 멋도 모르는 한구는 순진한 소리를 하고 앉아 있다.

"아니 형님. 이 부분은 맞지만, 이 부분은 송 사장 사기꾼이 한 것 아닙니까?"

"야 인마. 우리가 송 사장이고, 송 사장이 우린데 뭘 따져? 얼른 찍고 나가자."

나는 그러면서 한구 아우 허벅지를 꾹 눌렀다.

"그래도 형님, 나는 이 부분은 인정하지 못합니다."

한구가 눈치 없이 끝까지 우기는 꼴을 보고 있던 담당 검사가 발끈했다.

"정 계장님, 김한구 조서 이리 가져오세요. 김한구 씨는 반성이 조금도 안 되어 있는 거 같네요. 대한민국 검사가 무슨 일을 하는지 똑똑히 보여줘야 할 것 같아요."

"아이고, 검사님. 이 아우가 뭘 몰라서 그럽니다. 한 번만 용서해 주십시오."

"안 됩니다. 장호 씨도 억울하면 조서를 다시 받던지 알아서 하세요."

"아닙니다. 저는 조서대로 다 인정합니다."

"자, 일단 오늘은 두 사람 다 돌아가고 김한구 씨는 내일 오전 10시까지 여기로 다시 오세요. 내가 직접 조서를 다시 받을 테니까. 빨리 돌아가세요."

그렇게 검사실에서 나와 돌아오는 길에도 내가 알아듣게 얘기했지만, 한구는 벽창호였다.

"야, 한구야. 지금 조서대로라면 제일 가벼운 벌금형이야. 그런데 왜 긁어 부스럼을 만드냐?"

"형님, 아닌 건 아니라고 해야죠."

"내일 가서는 무조건 검사님한테 잘못했다고 해라. 알겠냐?"

"예, 알겠습니다."

이 벽창호가 말은 알겠다고 했지만, 아마 내일 가서 검사를 이겨 먹으려고 할 것이다. 아니나 다를까, 이튿날 다시 출두한 한구는 구속되고 말았다. 잘 아는 변호사를 선임하여 대응했지만, 괘씸죄에 걸려 1심에서 징역 2년을 받고 항소하여 징역 1년을 받고 형이 확정되었다. 나는 벌금 이천만 원에 그쳤다. 내 친구의 부탁을 받은 담당 검사가 선처해준 것도 모르고 바득바득 우겨서 오히려 검사를 난처하게 만들었으니 자업자득이다.

나는 또 이렇게 다 날리고 빚만 잔뜩 진 채 빈털터리가 되었다.

사는 게 사는 것 같지가 않고 앞이 캄캄했다. 이대로 죽지는 못하겠고 운동이나 열심히 하다 보면, 뭔가 또 다른 길이 보이겠지, 하는 막연한 낙관으로 빈 주머니라 골프는 못하고 동네 조기축구만 열심히 나갔다.

15

회개하는 삶, 인생은 이제부터

나는 그런 인연으로 주일에 목사님을 뵐 겸 교회로 찾아갔다. 예배를 마치고 둘러보니 교회가 전원에 있어서 마음에도 들고, 같이 점심을 해서 먹는데 밥이 너무 맛있었다. 모든 것을 잃은 나는 이제 하나님에게 매달릴 수밖에 없었다. 그 후로 난 누구보다도 교회에 열심히 다니면서 기도했다. 하나님, 그동안 너무너무 잘못했습니다.

플라자 이사 그리고 함바식당 소동

나는 오랜만에 바람도 쐴 겸 가리봉 오거리로 나가보았다. 예전에 같이 생활하던 아우들은 대개 가리봉 출신이라는 것을 숨기고 자기 고향 소속으로 들어가 강남으로 생활 터전을 옮겨가고 없었다. 다들 자기가 광주네, 목포네, 군산이네, 전국구네 하면서 잘들 생활하고 있었다. 나머지 아우들은 가정을 꾸려 조용히 자기 사업이나 장사를 하면서 평범하게 살고 있었다. 그런 아우들은 가끔 연락해 왔다.

"야, 정원아. 종손이 시켜서 동네 남은 형님들이랑 친구들이랑 아우들 연락해서 모임 만들어 한 달에 한 번씩이라도 돌아가면서 얼굴이나 보고 살자."

"예, 형님. 알겠습니다."

그렇게 하릴없이 설렁거리고 있는데, 하루는 광주 큰형님한테서 전화가 왔다.

"장호야, 잘 지내냐?"

"예, 큰형님. 별일 없으십니까?"

"내가 몸이 좀 안 좋다. 그래서 며칠 안에 입원하려는데 일산 쪽에 병원 좀 알아봐라."

"예, 큰형님. 마침 여기 큰 병원 원무과장을 제가 잘 아니 날짜만 말씀하십시오."

"그래. 모레 들어가는 것으로 해라."

내가 원무과장한테 얘기해서 병실을 하나 잡아놓자 큰형님은 날짜에 맞춰 입원했다.

"큰형님은 고생만 많이 하시고 건강하셔야 할 텐데, 어이가 그렇게 많이 아프십니까?"

"옛날에 법무부에서 고생할 때 걸린 암이 아마도 재발한 것 같다."

"아이고, 큰형님. 어떻게 하시다…. 푹 쉬면서 치료받으시면 좋아지겠지요."

"우선 내가 연락할 사람들한테는 연락할 테니까, 아우는 당분간 혼자만 알고 있어라."

"예, 큰형님. 몸조리 잘하십시오."

암에 걸려 병실에 누운 큰형님을 뒤로하고 나오려니 인생무상이 뼈에 사무쳤다. 그렇더라도 우선 들어가 몸을 누일 방 한 칸이 절실했다. 처자식을 거느린 처지에 저번 사건으로 다 날려 먹고 집도 절도 없는 떠돌이 신세가 된 것이다. 하나님 맙소사! 그래도 죽으란 법은 없는지 장인이 딸자식 외손녀를 불쌍히 여겨 집을 하나 마련해 주었다.

그러던 차에 코미디언 양철이 형이 연락을 해왔다.

"야, 장호야. 요새 뭐 하고 지내냐?"

"홍선대원군입니다."

"그게 뭔 소리야?"

"다 털어먹고 상갓집 개처럼 여기저기 밥 얻어먹고 술 얻어먹으며 왔다 갔다 하고 있습니다."

"그래. 마침 잘됐네. 아우 밥자리 하나 연결해줄 테니까 여의도로 한번 나와라."

"언제 갈까요?"

"지금이라도 와라. 맨해튼 호텔 커피숍으로 와."

나는 밥자리라는 말에 앞뒤 생각할 것도 없이 택시를 타고 총알 같이 여의도로 갔다.

"형님, 잘 계셨습니까?"

"그래. 장호 고생한다는 소리는 들었다."

양철이 형이랑 나는 옛날에 스탠드바에서 지배인과 연예부장으로 만나 돈독한 형제의 우정으로 교도소 위문 공연도 같이 다니는 사이다.

"형님, 무슨 좋은 일이 있습니까?"

"쇼핑센터를 전국에 크게 하는 친구가 있는데, 이번에 일산에다 대형 복합쇼핑센터를 짓나 봐. 그래서 아우 월급이라도 타 먹으라고 직책 하나 주라고 했다. 일주일에 두 번씩만 출근해서 회의나 참석하고, 현장에 무슨 일 있으면 아우들 데리고 도와주면 된다."

"아이고, 형님. 감사합니다."

"조금만 고생해봐. 나도 그쪽에다 큰 상가 건물 하나 지을 거야."

"아니, 형님은 돈이 없잖아요."

"나는 없어도 큰돈 가진 스폰서는 있지."

"하하, 형님. 하여튼 대단하십니다."

나는 그리하여 다공건설 이사 명함을 가지고 적잖은 봉급을 받게 되어서 가장으로서 아내한테 체면치레는 하게 되었다.

나는 기본적인 생계 터전이 잡히자 덕양구에 다목적으로 작은 사무실을 하나 냈다. 아우 한 명하고 경리 아가씨 한 명이랑 셋이서 사무실을 꾸렸다. 이 아우 박 이사는 서울대 출신으로 머리가 아주 좋고 각계각층의 인맥이 넓었다. 사업 아이템을 찾아내는 남다른 안목이 있지만, 문제는 시류를 너무 앞서가서 사업마다 망한다는 것이다. 박 이사가 시작하는 사업마다 몇 년 후에야 떠서 번창하기 시작했다. 박 이사는 그때 이미 망하고 난 뒤였다. 예를 들어, 요양원 같은 것도 대한민국에 우리 박 이사가 제일 빨리 시작한 사업이다.

그러다 보니 나는 건설 브로커도 아니고 뭔 깡패도 아니고 어정쩡한 일을 하기 시작했다. 일산 신도시 개발로 건설 붐이 일고 있는 가운데 기술이라고는 하나도 없는 나는 돈이 생기는 일이라면 무슨 일이든 닥치는 대로 했다.

어떤 때는 괜히 건설회사 현장을 찾아가서 큰소리를 쳤다.

"야, 양반들아! 왜 이리 먼지를 풀풀 내고 공사를 해? 현장소장 나오라고 해."

그러면 현장소장이 지레 놀라서 튀어나왔다.

"당신이 현장소장이야? 여기 길에 먼지 안 나게 공사 좀 하라고!"

"이보시오. 당신이 누군데 여기 와서 이래라저래라 하는 거요?"

"나는 고양시 시민이요. 야, 박 이사. KBS에 연락해서 카메라 출동하라고 해"

"아이고, 사장님. 잠깐 봅시다. 우리 사장님하고 상의할 테니까 이따 저녁때 들려주십시오."

"박 이사! KBS에 연락하는 거 잠시 보류해."

그러고 나서 저녁때 가면 두툼한 봉투를 건네준다. 하루는 사무실에 앉아 있는데, 허름한 옷차림의 아주머니 한 분이 찾아왔다.

"어떻게 오셨어요? 아주머니."

"사장님, 제가 소원이 하나 있어 찾아왔습니다."

"소원이 뭔데요?"

"제가 아파트 현장에서 함바식당 하나 하는 것이 소원입니다."

"아니, 소원이라면 자식들 일류 대학 합격이라든가 좋은 직장 취직이라든가 그런 게 소원이지 고작 함바식당 하는 것이 소원이란 말입니까? 근데 그 손에 든 건 뭐예요?"

"돈인데요."

"얼마예요?"

"이천만 원입니다."

"그걸 뭐 하러 가져오셨어요?"

"사장님 드리려고 가져왔습니다."

"그래요. 현장 어디요?"

"이 앞에 화정이라요."

"여기 연락처 적어놓고 돈 놔두고 가세요. 연락드릴 테니까요."

"예, 사장님. 잘 부탁합니다."

이때 마침 아는 형 둘이 놀러 왔길래 박 이사를 불러 일렀다. 한 형은 가리봉에서부터 친하게 지내온 영철이 형이고, 다른 형은 이 동네 와서 알게 된 윤석이 형이었다.

"박 이사, 여기 형님들 삼백만 원씩 경비 쓰시라고 드리고 너도 삼백만 원 갖다 써라. 미스 김한테는 백만 원 주고 나머지는 내 서랍에 넣어놔라."

"알겠습니다. 사장님."

"아니 형님. 살다 보니까 별사람 다 보네요. 함바식당이 뭐라고 소원이라네요."

"야, 장호야. 네가 잘 모르는 모양인데 아파트 이천 세대 현장 함바식당만 해도 아파트 세 채값은 떨어지는 모양이더라."

"예? 진짜요?"

"장호야, 그나저나 뭔 돈을 이렇게 많이 주냐?"

"형님들, 우선 경비하시라고…."

"일이 안 되면 나중에 돌려줘야 하는데, 괜찮겠냐?"

"되게 해봐야죠."

"아우, 고맙네."

나는 이 동네에 얼굴이 제법 알려진 윤석이 형을 대동하면 얘기가 더 편해지겠다 싶었다.

"윤석이 형님, 내일 시간 괜찮으면 저랑 화정 현장에 한번 가시죠?"

"그러세, 아우."

이튿날, 나는 윤석이 형이랑 대박건설이 짓고 있는 화정 아파트 건설현장을 찾아갔다.

"여기 이 상무님 어디 계세요?"

"2층 사무실에 계십니다."

"형님은 차에서 기다리십시오. 제가 올라가서 마무리하고 내려올게요."

나는 2층으로 올라가서 일부러 거칠게 물었다.

"누가 이 상무요?"

"제가 이 상무인데요."

나는 다짜고짜 이상무란 사람한테 주먹을 날렸다.

"아니, 당신이 누군데 어디서 행패야?"

"당신 말이야. 전에 왜 안양에서 고향 아우들이 먹고살겠다고 공사 하나 주라는데 안 주고 그랬어, 이 양반아."

나는 화정 현장에 오기 전에 대박건설에 관해 대충 알아보았다. 회장은 우리 고향 사람이고, 아들이나 조카들이 다 요직에 앉아 있다는 얘기를 들었다.

"이 상무 당신은 내가 고향 차원에서 가만두지 않을 거야. 당신 고향 여수 맞지?"

"여수가 아니고 나주인데요."

"이 양반아, 나주나 여수나."

"그런데 무슨 일로 나한테 이러는 거야? 경찰에 신고하기 전에 이거 놓고 앉아서 얘기합시다. 자, 앉으시오. 그러는 사장님은 고향이 어디야?"

"나는 순천이여."

"그럼 누구누구 대면 다 알겠네요. 그 사람들 다 나랑 알고 지내는 형님들이요. 그 형님들한테 전화해서 나에 관해 알아보시고, 대박건설이 순천에다 아파트 지을 때 내가 그 양반들한테 무슨 공사를 주었는지 물어보시오."

"그래요. 알겠습니다. 전화해 볼게요."

"뭘 부탁하러 오신 거요?"

"솔직히 말해서 함바식당 하나 달라고 왔습니다."

"그러면 말로 해야지, 부탁하러 온 사람이 주먹질부터 하고 그러면 돼요?"

"아따 이 양반이 되게 말이 많네. 나하고 한번 하자는 얘기여, 뭐여?"

"알았으니까 거기 연락처 놓고 가시오."

"나도 바쁜 사람이니까 곧 연락 부탁드립니다."

나는 일부러 문을 쾅 닫고 나왔다.

"아우, 일은 잘 되었는가?"

"연락 준다고 가 있으랍니다."

"그래, 고생했네."

나는 함바식당 하나 연결해주는 일이 그렇게 어려울 줄 몰랐다. 주위의 얘기를 들어보니 수백 군데서 돈을 싸 들고 로비가 들어온다고 했다. 나는 생각다 못해 가끔 만나 한잔하는 시청 건축과장 형을 만났다.

"형님, 이만저만해서 어떤 아주머니한테 함바식당을 하나 해주기로 덜컥 약속을 해버렸는데 형님이 좀 도와주십시오."

"연구해 볼게, 아우."

"감사합니다, 형님."

그러고 나서 얼마 뒤, 시청 건축과에 대박건설 과장이 현장 공사 진행 건 때문에 시 건축과장하고 마주 앉았다. 대박건설 과장이 뭐라고 말하자 시 건축과장이 하품을 늘어지게 하면서 오히려 하소연했다.

"피곤해 죽겠네요. 이 동네에 악질 깡패 새끼가 하나 있는데, 과장님 회사 현장에 함바식당 하나 해주라고 나를 얼마나 볶아대는지 원. 내가 무슨 빽으로 해주냐고 하면, 술 처먹고 나를 죽이네 살리네 하고 난리가 나니 얼른 다른 부서로 가든지 해야지, 여기 이 자리에 있다가는 제 명에 못 죽겠네요."

"그래요. 잠깐 우리 상무님한테 전화 좀 하고 오겠습니다."

"그러세요."

"상무님, 시에서 인허가 문제를 왜 자꾸만 미루는가 했더니, 이 앞에 우리 사무실에 와서 깽판 치고 간 그 깡패 새끼가 시 건축과장한테 매일 와서 함바식당 해달라고 죽이네 살리네 하며 공갈치고 있는 모양입니다."

"알았어. 바로 회사로 들어와."

그날 바로 대박건설에서 현장 사무실로 들어오라는 연락이 왔다.

"안녕하십니까? 상무님."

"장호 씨가 시청에다 얘기해서 우리 회사를 애먹이고 있는 거요?"

"무슨 말씀을요? 상무님."

"장호 씨가 말 안 해도 우리가 다 알고 있어요. 내일 오후에 함바식당 직접 하실 분 데리고 들어오시오."

"아이고, 감사합니다."

도박으로 날려 먹은 인생

을지로 정남이 형한테서 모처럼 전화가 왔다. 할 얘기가 있다고 원당에서 좀 보자는 것이다.

"아우가 대박건설 현장 함바식당을 누굴 해줬다면서?"

"예, 형님. 소문 참 빠르네요."

"덕이동에 아파트 현장이 하나 들어오는데 나도 맘 잡고 함바식당 한번 해볼라네. 거기 한번 알아봐 주시게."

"아니, 형님이 나보다 더 알아주는 건달이신데, 형님이 가보시는 것이 빠르지 않겠습니까?"

"나는 말이야. 성질이 급해서 혹시 사고 나서 이번에 들어가면 못 나오네."

"그럼, 형님. 이 아우는 사고 쳐서 징역 가면 괜찮고요?"

"그래도 아우가 나보다 일 처리를 잘하지 않는가."

"아이고, 형님. 내가 직계 아우가 아니라고 나를 보내불라고 그요."

"에이 사람아, 무슨 소리를? 내가 아우를 그만큼 믿는다는 얘기 아닌가?"

"하여튼 알았습니다. 형님이 모처럼 부탁하는데 한번 가보겠습니다."

나는 정남이 형 속이 너무 보여서 떨떠름했지만, 무안을 줄까봐 대놓고 거절하진 못하고 한번 가보기로 했다.

"수고 많으십니다. 여기 현장 책임자가 누구신가요?"

"어떻게 오셨습니까?"

"이 앞에 사는 주민인데요. 현장 책임자를 만나서 할 얘기가 있어서요."

"저쪽 가운데로 가시면 전무님이 계십니다."

"감사합니다."

"혹시 여기 전무님이 어떤 분이시죠?"

"내가 전무인데 왜 그러십니까? 이쪽으로 오세요."

"단도직입적으로 말씀드릴게요. 이 앞에 한센촌에서 왔는데 함바식당이나 하나 주십시오."

"죄송합니다. 함바식당은 본사에 결정권이 있습니다."

"그러면 다른 것으로 도와주실 건 없습니까?"

"도배공사 하나 드릴 테니까 좋은 분 모시고 오세요."

"아이고, 감사합니다. 저는 문장호라고 합니다."

"저는 최 전무라고 합니다."

"반가웠습니다. 내일모레 찾아뵙겠습니다."

나는 그렇게 함바식당 대신 도배공사를 따와서 정남이형을 만났다.

"형님, 현장에 갔다 왔는데 함바식당은 나갔고 도배공사 하나 준답니다."

"그래, 수고했네. 아우가 업자 알아봐서 붙여주고 용돈이나 좀 받아 쓰게."

나는 도배업자를 수소문해서 대박건설과 연결해주고 오천만 원을 받았다.

"정남이 형님, 이 돈 반씩 나눠 쓰지요?"

"그래. 근데 아우가 고생했으니까 삼천 써. 나는 이천만 주고."

"아닙니다. 형님도 어려울 텐데 반 쓰십시오."

"고맙네, 아우."

나는 그 돈을 받아서 술 한잔하고 호텔에서 카드 도박으로 탕진하다시피 했다. 이천만 원을 도박판에서 날리고 개평 이백만 원을 받아서 주머니에 넣고 나오는데 최 전무한테서 전화가 왔다.

"장호 씨, 어디세요? 좀 봅시다."

나는 가슴이 덜컹했다.

"예, 전무님. 현장으로 가겠습니다."

나는 예감이 안 좋아 부리나케 현장으로 갔다.

"무슨 일입니까? 전무님."

"아니, 장호 씨. 도배업자들 말이에요. 완전 날강도 새끼들입니다."

"예? 왜요, 전무님."

"아니 우리 회사가 호구도 아니고, 아파트 도배 견적을 호텔 견적으로 뽑아왔어요. 이 사람들이 해도 너무하지 않아요? 장호 씨, 솔직히 이 사람들한테 얼마 받았어요? 괜찮으니까 얘기해 봐요."

"오천 받았습니다."

"알았어요. 내가 다른 업자한테 오천 받아 줄 테니까 돌려주세요."

나는 얼마 뒤 최 전무한테 오천만 원을 받아들고 도배업자를 만났다.

"김 사장님, 그쪽 회사는 무슨 호구들만 있는 줄 아십니까?"

"무슨 말씀입니까?"

"아파트 도배 견적을 넣으라니까 호텔 견적을 넣었다면서요?"

"그리 비싸게 견적을 넣지는 않았는데요."

"내가 얼마 전에 현장에 불려가서 최 전무님한테 왕창 깨지고 왔습니다. 나는 도배 전문가는 아니지만, 그런 견적은 못 받아준다고 나를 나무랍디다. 여기 김 사장님한테 받은 돈 한 푼도 안 쓰고 그대로 가져왔으니 받으시오."

"사장님, 무슨 오해가 있는 거 아닙니까?"

"나는 모르겠으니 이 돈 가지고 최 전무님한테 가서 얘기해 보세요."

"예, 알겠습니다."

이런 난리굿을 치며 좌충우돌하고 있는데, 양철이 형한테서 반가운 전화가 왔다.

"야, 장호야. 우리 이제 살게 됐다."

"형님, 무슨 좋은 일 있습니까?"

"화정동 상업지에 토개공 땅 칠천 평을 샀다."

"아이고, 축하합니다."

양철이 형하고 나는 그 땅에다가 사무실로 컨테이너를 놓고 사업 준비를 했다. 건물을 12층으로 올려서 분양하기로 하고, 건물 이름은 엔젤시티로 설계를 의뢰했다. 개인 카드로 경비까지 써가며 한참을 들떠서 열심히 사업 준비를 하고 있는데, 갑자기 양철이 형이 며칠째 얼굴도 안 보이고 전화도 안 받았다. 나는 이상하다, 무슨 사고가 났나 하고 백방으로 수소문하고 있는데, 양철이 형이 풀이 팍 죽어서 컨테이너 사무실에 나타났다.

"아니 형님, 연락도 없이 어디 갔다가 이제 오십니까?"

"장호야, 이 땅 다시 토개공에다 반납했다."

"그게 무슨 말입니까?"

"사실 이 땅을 사들인 자금은 고위층 자제 돈인데, 누가 청와

대 민정실에다가 찔렀는지 나는 안기부에 끌려가서 며칠 동안 험한 꼴을 당한 끝에 결국 이 땅을 반납한다는 각서를 쓰고 나왔다."

"아니 형님, 삼일천하도 아니고 동네 창피하게 무슨 일이랍니까?"

"미안하다, 장호야. 이 형도 태어나서 사업이라곤 여의도에서 친구 덕분에 나이트클럽 한번 해봤지 언제 이런 걸 해봤어야지. 의견도 구할 겸 자랑한다고 입 밖으로 말을 낸 것이 이 사달이 날 줄 생각도 못 했다."

"어쩔 수 없지요, 뭐. 형님, 잊어버리세요."

"뭔 일이 이렇게 맨날 꼬이냐? 가자, 어디 가서 낮술이라도 한잔하게."

그 무렵 나는 매일 술에 찌들어 살았다. 돈 푼이라도 생기면 노름꾼들하고 어울려 카드나 치는 타락한 삶을 살고 있었다. 그러던 하루는 대원건설 상무한테서 전화가 왔다.

"장호 씨, 잘 지내요?"

"아이고, 상무님. 이놈이 신세만 지고 상무님 한번 찾아뵙지도 못했네요."

"별말씀을요. 장호 씨, 현장에 사고가 났는데 좀 도와줄 수 있어요?"

"그럼요, 상무님."

나는 즉시 택시를 잡아타고 현장으로 달려갔다.

"무슨 일입니까? 상무님."

"행신동 아파트 현장에서 작업하던 인부 한 사람이 부주의로 떨어져 사망했는데 합의하는 데 좀 도와주세요. 경찰에서도 지금 조사 중이라고 했어요. 합의를 종용하는 처지입니다."

"알겠습니다, 상무님. 힘이 될지는 모르겠지만 최선을 다해 보겠습니다."

나는 아우들 둘을 데리고 일단 현장에 가봤다. 공사하던 동료들이 공사를 방해하고 데모를 하고 있었다. 우리는 가까이 가서 정중하게 인사를 했다.

"아이고, 얼마나 상심이 크십니까?"

"당신, 누구야?"

"우리는 본사 영업부 직원인데요. 우리도 이번 사고에 마음이 아파 형님들과 한잔하려고 들렀습니다."

"그래요. 젊은 친구들이 고맙소."

"자, 몇 분 같이 가시지요. 데모는 내일 또 하시고, 오늘은 삼겹살에 소주나 한잔하시게요."

"어이, 김씨! 이 친구들이 고생한다고 소주 한 잔 산다니까 같이 가세요."

"아는 사람들인가?"

"그래. 이 친구들도 여기 직원들이여."

우리는 그분들 모시고 현장에서 가까운 삼겹살집에 가서 소주를 같이 마셨다.

"돌아가신 분과는 아주 친하셨나 봐요?"

"암, 친하고말고. 노가다판 이십년지기야. 참 성실하고 가족밖에 모르는 사람이었지. 그런데 회사에서는 보험사에만 미루고 보상을 안 해주면 어떡하나?"

"뭔 말씀인지 알겠습니다. 내가 회장님 처남을 잘 아니까 그쪽으로 얘기해서 회사에서도 보상 하게끔 도와드리겠습니다."

"그럼 젊은 친구는 일 때문에 회사에서 보낸 게 아닌가?"

"아이고, 전혀 아닙니다. 여기 와서 사정을 들어보니까, 안타까워서 그랬습니다."

"자네, 고향이 어디여?"

"순천입니다."

"그래, 반갑네. 나는 구례네."

"그래요. 우리하고 가깝네요. 자, 한잔 받으십시오. 건방진 말씀인 줄 모르겠지만, 금액은 얼마나?"

"이 사람아, 제수씨가 아이들 공부시키면서 먹고살려면 얼마나 있어야겠는가 잘 생각해보고 얘기하더라고."

"예, 알겠습니다."

이튿날 나는 상무한테 그쪽 사정을 전하고 마무리 잘하시라 말씀드렸다. 며칠 뒤, 상무한테서 다시 전화가 와서 현장으로 가서 만나보았다.

“장호 씨 덕분에 행신동 공사현장 건은 잘 해결됐어요. 술값이라도 좀 챙겨드릴게요.”

“아이고, 놔두십시오. 상무님, 전에 함바식당 건으로 신세 한 번 졌지 않습니까?”

“그건 그거, 이건 이거요. 봉투에 조금 담았어요.”

“상무님, 감사합니다.”

나오면서 봉투를 열어보니 이천만 원이었다.

“야, 호영아. 이게 육백만 원인데 양강이하고 나눠 써라.”

“형님, 감사합니다.”

나는 돈이 생기자 또 어김없이 룸살롱에서 술을 마시고, 동료들과 식당에서 카드 도박을 크게 했다. 식당 앞에 고급 차들이 즐비하고 식당에 불이 환하게 켜져 있으니까 지나가던 순찰차가 차를 세우고 들여다보다가 카드 도박을 크게 하는 현장을 포착하고 지원을 요청해서 들이닥쳤다. 셋은 산으로 튀고, 둘은 밖으로 도망가고, 남은 한 명이 붙잡혔다. 나는 그때 천만 원을 가지고 놀다가 사백만 원쯤 남았는데, 그 돈을 장독 속에 숨기고 경찰관 쪽으로 나왔다.

“수고하십니다. 무슨 일입니까?”

“선생님들을 도박 혐의로 체포하러 왔습니다.”

“아니, 무슨 도박이요? 경찰들은 쉬는 날 훌라도 안 합니까?”

"이것 보세요, 선생님. 바닥에서 찾아온 돈 봉투가 이십 개가 넘어요. 이래도 훌라만 했다고 우길 겁니까?"

나는 산 쪽을 보고 소리쳤다.

"야! 내려와. 우리가 무슨 큰죄를 진 것도 아니고 훌라 한번 한 걸 가지고 그렇게 도망치냐?"

셋은 산으로 도망치다 멧돼지한테 길려서 걸음아 나 살려라, 하고 다시 도망쳐 내려왔다. 한 명은 신분증을 조회해 보니까, 벌금 안 낸 곳이 있어서 우리가 벌금을 대납해 주고 앞으로 절대 도박 안 한다고 각서를 쓰고 훈방되어 나와서 배꼽을 쥐고 웃었다.

그로부터 며칠 뒤, 카드 도박을 하고 있는데 대원건설 분양팀 서 과장한테서 전화가 왔다.

"사장님, 사무실로 빨리 오십시오. 회사에서 우리 사장님이 사장님한테 입주권 삼백 장을 주라고 하시네요."

"야 이 양반아, 그렇게 많은 양을 내가 어디다 파나? 서 과장이 좀 팔아서 나 좀 챙겨주면 되지."

"지금 부동산에서 여기저기 주라는 데가 많습니다."

나는 당장이라도 쫓아가고 싶었지만, 도박에 얼이 빠져 못 가고 말았다. 결국, 밤샌 도박판에서 탈탈 털리고 이튿날 사무실로 서 과장을 찾아갔더니, 입주권은 벌써 다 나가고 내 몫으로 오천만 원을 챙겨놨다가 주었다. 어제 전화 받고 바로 왔으면 수억 원은 버는 건데, 밑천 천만 원짜리 도박에 인생이 묶여 다시 일어설 절호의 기회를 또 놓치고 말았다.

어떤 화가가 세상을 찜쪄먹을 그림 솜씨를 갖고 평생을 골방에서 위조지폐나 그리다가 죽었다는 이야기가 남 얘기 같지 않았다.

기도하는 삶, 갈 뻔한 베트남

하루는 우리 지역 40대 축구팀이 목사님들 팀하고 경기 후에 같이 목욕탕에 갔다. 같은 탕 안에 있는데 공도 잘 차고 잘 생긴 목사님이 내게 말을 걸었다.

"우리 사장님은 공을 잘 차시던데 학교 다닐 때 공 좀 차셨는가요?"

"아닙니다. 이쪽으로 이사 와서 조기축구에서 좀 찼습니다. 저보다는 목사님이 공을 더 잘 차시던데요."

"하, 그래요. 저도 마찬가지입니다. 학교 다닐 때는 다른 운동을 하다가 목회 생활하면서 공을 가끔 차고 있습니다."

"반갑습니다. 어느 교회에 계십니까?"

"여기서 가깝습니다. 화정 국사봉 가는 길에 하늘 목장 교회가 있습니다. 한번 들리십시오."

"예, 목사님. 알겠습니다."

나는 그런 인연으로 주일에 목사님을 뵐 겸 교회로 찾아갔다. 예배를 마치고 둘러보니 교회가 전원에 있어서 마음에도 들고,

같이 점심을 해서 먹는데 밥이 너무 맛있었다. 모든 것을 잃은 나는 이제 하나님에게 매달릴 수밖에 없었다. 그 후로 난 누구보다도 교회에 열심히 다니면서 기도했다. 하나님, 그동안 너무너무 잘못했습니다. 제게 다시 한번 기회를 주시고 돈 좀 벌게 허락하여 주시옵소서.

하루는 지역에서 부동산을 크게 하는 종현이 형을 만났다.

"장호 아우, 술 한잔하세."

"아이고, 형님도 술 좀 줄이세요. 형님이나 나나 술을 너무 많이 먹는다고 주위에서 걱정들 합디다."

"그래도 아우, 인생 뭐 있는가? 인생은 알코올 아닌가? 그나저나 아우, 이번에 이곳 한샘촌이 개발되는데 아우하고 나하고 장로님 좀 도와드리세. 거기서 철거도 하고, 자질구레한 것 좀 해서 돈 좀 벌자고."

"형님, 그럼 얼마나 좋아요."

고양시 한센촌은 우리가 서울에 있을 때부터 우리하고 인연이 깊은 곳이다. 전국의 90여 개의 한센촌이 있는데, 이곳이 중심 지역으로 전국 회장도 이곳에 살고 있다. 이곳이 개발되기 전부터 이곳에 무슨 분쟁이 생기면 나는 아우들하고 들어와서 일을 해결해 주고 달걀도 몇 판씩 얻어 가곤 했다. 이곳 회장님을 비롯하여 임원들도 가끔 우리 동네로 술 마시러 나오기도 했다. 그때만

해도 이곳은 닭이나 돼지를 기르는 농장이었다. 그다음에는 가구공단이 들어섰다가 아파트 단지로 개발된 것이다.

그런데 덕이동과 식사동 두 군데를 한꺼번에 개발하는 바람에 면적도 넓고 이권도 크다 보니까 옆에서 욕심내는 회사도 많고, 지역 주민들 간에도 불신이 생기고, 전국철거민연합회에서도 개입하여 한센촌 주민들과 다툼이 생기고, 하여튼 무척 시끄러웠다. 그러다 보니 조폭도 개입하고, 경찰도 개입하고, 추진위원장이나 조합장도 본의 아니게 교도소를 들락날락하게 되고, 모든 것이 전쟁이었다. 그런 판국에 최진 위원장이 나를 찾았다.

"위원장님, 부르셨습니까?"

"장호야, 네가 철거민연합회 좀 정리해줘야겠다."

"아니 위원장님, 제가 뭔 힘이 있다고 막강한 세력을 정리합니까? 그쪽하고 붙어서 위원장님도 한번 잘못됐지 않습니까?"

"그러니까 너한테 부탁하지. 용역비는 넉넉하게 줄 테니까 한번 해봐라. 윗선에서 특별히 부탁해오는데, 그게 부탁이겠냐? 명령이지. 그러니 언제까지 뭉개고 있을 수가 없다."

"한번 부딪혀 보겠습니다."

나는 철거민연합회장 명함을 건네받아 전화했다.

"고양시 철거민 회장님이십니까?"

"그런데 누구시죠?"

"저는 공단에서 위원장님을 모시고 있는 비서실장입니다."

"그런데 무슨 일로 그러시죠?"

"위원장님이 회장님을 좋은 쪽으로 한번 만나보라고 해서 전화 드렸습니다. 회장님께서 시간 하고 장소 말씀하시면 제가 그쪽으로 찾아뵙겠습니다."

"그럼 내일 오후 두 시에 행주 호텔 커피숍에서 뵙죠."

"예, 알겠습니다."

이튿날, 커피숍으로 운전하는 아우랑 둘이서 약속장소로 나갔다. 연합회에서는 다섯이 나왔다.

"안녕하십니까? 반갑습니다. 비서실장 문장호입니다."

"나는 철거민협회장 이재철이요. 여기는 이 총무랑 직원들이고."

"고생하십니다. 우리 위원장님께서 여러분들 고생하신다고 특별히 신경 쓰라고 말씀하셔서 여기 나오신 분들한테는 다른 회원들보다 2억씩 더 드릴 테니까 많이 좀 도와주십시오."

그러자 옆에 있던 총무가 발끈한다.

"아니 실장님, 지금 우리를 회유하러 나오셨습니까?"

"이 총무님, 이건 회유가 아니고 어디까지나 협상입니다."

옆에서 듣고 있던 회장이 총무를 제지하고 나선다.

"총무님, 이 사람 말을 끝까지 한번 들어봅시다."

"철거민들은 기본권을 최대한 보장해 드리고 거기에 합당한 보상을 해드릴 겁니다. 그러고 나서 여러분한테 별도로 2억씩을 드린다는 얘기지, 반대급부로 회원들한테 불이익을 준다는 얘기는 절대 아닙니다."

"실장님 얘기는 충분히 알았으니까 돌아가서 내일 전체 회의를 연 다음에 다시 보기로 합시다."

"예, 회장님. 감사합니다."

그렇게 헤어지고 사흘 만에 연합회 쪽에서 만나자고 전화가 왔다. 만나보니 같이 있던 총무가 중앙회장한테 공단에서 사람이 나와 자기를 회유했다고 고발을 했다는 것이다.

"아니 회장님, 그것이 회유입니까? 원활한 협상을 위해 기름 좀 친 거지."

"나도 그렇고 다들 우리 실장님이 제의한 내용이 합당하다고 생각하는데 유독 총무만 왜 그런지 모르겠네요."

"알겠습니다, 회장님. 총무는 제 스타일대로 한번 혼을 내야겠습니다. 조금 기다리면 마음이 바뀌겠지요."

동네로 돌아온 나는 달도 아우를 불렀다.

"달조야, 아우들 두엇 데리고 철거민연합회 총무 좀 잡아서 허벅지를 한 방 놔버려라."

"예, 형님. 알겠습니다."

"나중에 사고 나고 잡히면 안 되니까 차량 번호 안 보이게 하고 다녀라."

며칠 뒤에 달조가 와서는 상황을 보고했다.

"형님, 이 새끼를 사무실에서부터 쫓았는데 눈치채고 도망갔어요. 그 뒤로는 사무실도 안 나오고 꼬리를 감췄습니다. 어디 있는지 쑤셔 볼까요?"

"아니, 그냥 기다려봐라."

아니나 다를까, 얼마 안 있어 회장한테서 전화가 왔다.

"실장님, 우리 총무가 사표를 쓰고 새로 여자 총무를 임명했어요. 한번 만나보세요."

"알겠습니다, 회장님."

나는 곧바로 새 총무를 철거민연합회와 공단 간의 문제를 깔끔하게 해결했다. 그러던 참에 광주 큰형님이 퇴원하고 나서 나를 불렀다.

"장호야, 병원 일은 고맙다."

"아닙니다, 큰형님. 크게 도와드린 것도 없는데요 뭐. 건강은 좀 어떻습니까?"

"덕분에 많이 좋아졌다."

"다행입니다, 큰형님."

"이번 주에 베트남에서 오신 강 회장님 모시고 일산 한번 넘어갈 테니 같이 자리 한번 하자."

"알겠습니다, 큰형님. 강 회장님은 재벌이신데, 무슨 음식을 좋아하시는지 모르겠습니다."

"그건 내가 알아서 할 테니 아우는 신경 안 써도 된다."

며칠 후, 매스컴에서만 봐왔던 강 회장이 비서실장을 대동하고 큰형님이랑 일산으로 왔다.

"장호야, 회장님한테 인사드려라."

"회장님, 뵙게 돼서 영광입니다. 문장호라고 합니다."

"반갑소. 우리 장호 씨는 뭘 하시는 분인가요?"

"아, 예. 유흥업소를 하다가 지금은 놀고 있습니다."

"그래요. 베트남 호치민에 우리 호텔이 하나 있는데, 거기다가 나이트클럽 하나 해줄 테니까 운영해 보세요. 생각 있으면 언제든지 얘기하고 건너오세요. 호치민은 소비 도시라 북쪽 하노이하고는 달라요. 북쪽 사람들은 월급의 50프로를 저축하는데 남쪽 사람들은 10프로나 저축하나 마나 그럴 거예요. 오늘 만나서 반갑고, 여기 우리 이 실장이 있지만 나는 의리 있는 사람을 좋아해요. 여기 김 회장님은 내가 노후를 편안하게 책임질 겁니다."

"아이고 감사합니다, 회장님."

"회장님, 오늘 훌륭한 말씀 잘 들었습니다. 베트남에서 나이트클럽 하는 거 한번 생각해보겠습니다."

"언제라도 우리 실장한테 연락하세요."

"예, 회장님. 감사합니다."

최후의 보루, 나의 진짜 황금 마차

잠시 짬을 내서 베트남 문제를 생각하고 있는데, 같은 고향 정군이 형이 사무실로 찾아왔다.

"어이 아우, 잘 있었는가?"

"예, 형님. 오랜만입니다."

"그래 아우는 뭘 좀 하고 있는가?"

"여기서 뭔 일이 잘 안 풀려서 베트남에 가서 나이트클럽이나 한번 해볼까 생각하고 있습니다. 형님은 어쩐 일이세요?"

"우리 동네 아우 정 회장 있잖은가? 그 아우가 시행사를 하다가 IMF 때 큰 평수를 지었는데 대부분 분양이 안 돼서 망해버리고 이번에 다시 김포 풍무지구에 10만 평 규모의 시행사를 할 모양인데 아우가 좀 도와주면 안 될까?"

"형님, 내가 무슨 시행을 알아야지요. 시행 시자도 모르는데…."

"그래도 내가 봐서는 아우가 많이 도움이 될 것 같네."

"사실 그 땅은 다른 시행사에서도 나한테 같이 하자고 연락이 왔는데 아직 승낙은 안 했습니다. 형님이 말씀하시는데 공부도 할 겸 같이 해보지요, 뭐. 아무래도 말도 안 통하는 베트남보다는 여기가 낫지 않겠습니까?"

"고맙네, 아우. 내일이라도 정 회장을 같이 한번 보세."

이튿날 바로 정군이 형이랑 정 회장을 만났다. 정 회장은 전에 한두 번 봤던 고향 아우다.

"오랜만이네, 정 회장."

"예, 형님. 잘 지내셨습니까?"

"자네가 보다시피 근근이 살고 있네. 이번에 좀 도와주게."

"예, 형님. 제가 잘 모시겠습니다."

"그래. 안 그래도 정군이 형님을 옛날부터 잘 알고, 또 우리 가게를 인수해 와서 우연히 한 이삼 년 전에 또 만났는데 형님이 부탁하시니, 남도 아니고 한번 멋지게 해보세."

"감사합니다, 형님."

나는 그렇게 정 회장 회사에 본부장 명함을 달고 출근하기 시작했다. 회사라고 며칠 출근하니 회사에 돈 냄새는 하나도 나지 않고 점심이나 함께 먹고 퇴근하는 것이 일이었다. 그런데 하루는 조합장이 나한테 대뜸 묻는다.

"본부장님, 혹시 삼십억 정도 구할 데 없습니까?"

"조합장님, 이 사업을 시작하려면 PF 전에 얼마가 필요합니까?"

"삼백억 정도면 될 것 같은데 우선 삼십억이면 출발은 할 것 같습니다."

"그래요. 한번 알아볼게요."

나는 시행이 뭔지는 잘 모르지만, 추진력 하나는 자부하는 편이다. 이튿날 여의도로 가서 사채 놓는 아우를 만났다.

"어이, 이 회장 잘 계시는가?"

"장호 형님이 어쩐 일이요?"

"돈이 좀 필요해서 찾아왔네."

"형님, 또 나이트클럽 하시게요?"

"이 사람이 고래 적 얘기를 하고 그래. 유흥업소는 진즉 손뗐네."

"그러면 무슨 일 하시게요?"

"자네, 혹시 시행이라고 들어봤는가?"

"무슨 시행인데요?"

"아파트 시행이지 뭐."

"현장이 어딘데요?"

"김포."

"김포, 괜찮지요. 그럼 제가 내일 사무실로 한번 나갈게요."

"우리 회장님이 그러는데 PM 계약을 하면 된다네."

"예, 맞습니다."

이튿날 우리는 삼백억짜리 PM 계약을 하고, 계약금으로 우선 삼십억을 받았다.

사업지에 경쟁자가 우리 말고도 두 개 업체가 더 있었는데, 가만 보니까 다들 말만 시행사지 자금이 없어서 일을 진행하지 못하고 있었다. 그런데 얼마 후에 사채 이 회장이 엄한 소리를 한다.

"형님, 돈을 더는 못 드리겠는데요."

"아니 이 사람아, PM 계약까지 해놓고 뭔 소리야?"

"형님, 내가 조사해 보니까 땅 작업이 오 프로도 안 되어 있어요. 현재로서는 삼백억을 드리기는 무리니까 우선 삼십 억 가지고 지주 작업부터 끝내놓고 다시 얘기하시지요."

"하여튼 알았네."

나는 정 회장, 조합장, 이사들과 긴급회의를 했다.

"조합장님, 저쪽 시행사들은 단돈 1억도 없는 놈들 같으니까 우리가 거기서 기선제압을 할 수 있도록 지주들을 모아서 사업설명회를 한번 하시지요."

"사업지가 십만 평인데 돈 삼십억 가지고 사업 설명회가 하기가 낯뜨거운데요."

"나한테도 생각이 있습니다. 설명회 날짜 잡기 전에 이미테이션 자금을 여기 우리은행 지점에 백오십억 정도 갖다 놓을 계획입니다."

"아이고, 본부장님. 그렇게만 된다면 금상첨화지요. 한번 해봅시다."

회의를 마치자마자 나는 강남으로 아는 누님을 찾아갔다. 그 누님도 강남에서 사채로 알아주는 큰손이었다.

"누님, 잘 지내십니까?"

"아이고, 이게 누구야? 장호 삼촌 아니야."

"예, 누님."

"술집 해서 돈 많이 벌었다면서?"

"몇 푼 벌어서 강남으로 사기 치러 나왔다가 거꾸로 다 날렸습니다."

"장호 삼촌이 사기를 쳐요? 호호, 강남이 어디 그렇게 호락호락한 덴가요?"

"그러게요."

"그래, 어쩐 일로 날 찾은 거야?"

"누님, 김포에서 시행을 하나 하고 있는데, 이미테이션 자금으로 은행에 백오십억만 넣어주십시오. 안 쓰는 돈 말이지요."

"알았어. 그래도 이자는 내야 해."

"그럼요. 이자는 좀 싸게 해주세요."

"알았어. 모처럼 우리 이쁜 아우가 찾아왔는데 내가 그 정도는 도와줘야지."

역시 큰손답게 화끈한 누님이다.

"조합장님, 모레쯤 이쪽 은행으로 백오십억이 들어올 겁니다. 사업 설명회 날짜만 잡으면 되겠습니다."

"감사합니다, 형님. 천군만마를 얻은 기분입니다."

"별말씀을. 우리 정 회장하고 나하고는 하나님이 맺어주신 형제라고 생각하고 최선을 다해서 꼭 성공하세."

"알겠습니다, 형님."

은행에 돈이 들어왔다는데 문제가 생겼다. 나는 지점장을 찾아갔다.

"지점장님, 사업 설명회에 한 번만 오세요. 와서 도와주십시오."

"안 되는데요. 이 돈은 실제로 사업지구에다 안 쓰면 제가 문책을 받습니다."

"예, 무슨 뜻인지 알겠습니다. 이 사업을 하면서 돈이 들어오면 무조건 지점장님 은행에다 다 넣겠습니다. 한 번만 도와주십시오."

"그 약속 지키세요. 제가 사업 설명회 때 이 통장 사본 가지고 나가서 말씀드릴게요."

"아이고, 감사합니다. 지점장님."

우리는 지주들을 고급 뷔페로 초대해서 사업 설명회를 근사하게 열었다. 이윽고 지점장이 백오십억이 입금된 통장 사본을 보여주며 이 사업에 사용할 자금으로 시행사 우리은행 통장에 이 돈이 들어왔다고 말하자 행사장이 떠나가도록 환호와 박수가 터졌다.

"아니 본부장님, 어디서 그런 머리가 나온 겁니까?"

"산전수전 법전 다 겪다 보니까 이런 잔머리가 나오네요."

"아니, 본부장님. 그건 잔머리가 아니고 큰머리입니다. 안 그렇습니까? 회장님."

"저도 깜짝 놀랐습니다. 우리 형님이 어디서 저런 머리가 나오는 건지?"

"자, 이제 시작이니까 서로 잘 협력해서 멋지게 사업 성공합시다. 본부장님도 수고하셨습니다."

우리는 그렇게 시행사로 선정되어 삼천 세대에 이르는 아파트와 오피스텔 분양을 보기 좋게 성공시켰다. 나는 이제 우리 정 회장이랑 이춘풍 회장과 더불어 고양시 70만 평에 또 다른 미래를 설계하고 있다. 동서남북 사방에서 진짜 황금마차가 나를 태우러 달려오고 있다. 하하하.

(끝)

양심이 잠든 순간들 2

초판 1쇄 인쇄 2023년 02월 15일
2쇄 발행 2023년 02월 20일

지은이 문장수
발행인 이용길
발행처 모아북스 MOABOOKS

총괄 정윤상
디자인 이룸
관리 양성인
홍보 김선아

출판등록번호 제 10-1857호
등록일자 1999. 11. 15
등록된 곳 경기도 고양시 일산동구 호수로(백석동) 358-25 동문타워 2차 519호
대표 전화 0505-627-9784
팩스 031-902-5236
홈페이지 www.moabooks.com
이메일 moabooks@hanmail.net
ISBN 979-11-5849-205-2 03810

공복과 절식
양우원 지음 | 274쪽 | 14,000원

프로폴리스 면역혁명
김희성 · 정년기 지음 | 240쪽 | 14,000원

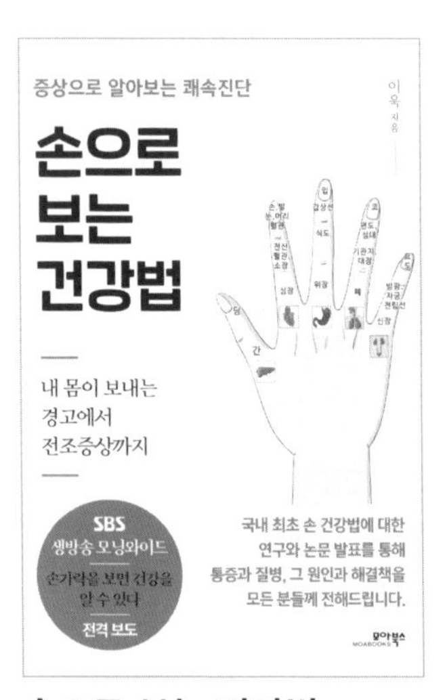

손으로 보는 건강법
이욱 지음 | 216쪽 | 17,000원

암에 걸려도 살 수 있다
조기용 지음 | 255쪽 | 15,000원